浅读巴金《随想录》

金小安 著

中国出版集团有限公司
China Publishing Group Co., Ltd.

现代出版社

献给所有给他人以光亮的人

巴金先生

和

我的导师

浅读巴金《随想录》·序一

陈思和

　　巴金《随想录》共150篇，在香港《大公报》上连载发表，每完成30篇即结集出版单行本，分别是《随想录》（第一集）、《探索集》《真话集》《病中集》《无题集》，由香港三联书店首印出版。《随想录》第一篇写于1978年12月1日，最后一篇完成于1986年8月20日，连同各种单行本、合订本序跋，作家整整花了八年的岁月。这八年，中国从一个巨大的政治阴影中慢慢走出来，逐渐摆脱历史因袭的沉重遗产，摸索、探寻新的发展可能。其间文化思想领域发生过多次争论，有过激烈冲突，也有过左右徘徊。巴金是身在其中的过来人，他紧紧盯着时代进步的步伐，积极参与文化领域的各种争鸣，以他德高望重的身份，有力地支持了思想解放运动。巴金的《随想录》一篇篇发表，引起了知识界高度的关注和热烈的反响。可以说，阅读《随想录》、宣传《随想录》、捍卫《随想录》，是我在大学读书和毕业留校的最初几年中，最为激动人心的事件之一。

　　我特别要说的，是阅读、研究《随想录》的一种方法。《随想录》是了解二十世纪八十年代中国思想文化的百科全书，它博大精深，包含了极为丰富的内涵，涉及政治、思想、文化、伦理道德、历史反省、人性忏悔、生命感受等多个领域，从任何单一的角度去理解《随想录》都将是不完整的，因此，研究《随想录》呈现出多种多样的角度和路径。其中一种方法，就是金小安在这本《浅读巴金〈随想录〉》里所采用的，逐篇阅读，逐篇体会，一花一世界。巴金在《随想录》中的每一篇文章都针对不同的社会现象和问题，阐述他的独到的想法，每一种想法里都包含了他的丰富阅历和复杂感情，有些直接从话语里表达出来，也有的是弦外之音，一斑窥豹，未必都呈现在字面上。所以要读懂《随想录》不那么容易，需要我们下功夫，在不同的篇章里获取不同的精神营养。

最早逐篇解读《随想录》的学者，是中国人民大学的张慧珠老师。我认识她的时候，她大约五十多岁，创作力旺盛。那时巴金《随想录》刚出版不久，她就开始逐篇研究《随想录》，对每一篇《随想录》都做认真的文本细读，后来结集出版了厚厚的一本《巴金随想论》，由百花文艺出版社出版。我深受张老师的影响，在复旦大学指导研究生时，就曾经为一位韩国留学生李喜卿这样一篇篇地细读文本。那时我比较忙，没有完整的讲课时间，就利用出差或者外出讲学的机会，把李喜卿带在身边，见缝插针地找时间讲解《随想录》。后来李喜卿不仅写出了高质量的研究论文，还把《随想录》完整地翻译成韩文，在韩国出版。有了李喜卿这个成功例子的鼓励，我就有意识地把细读《随想录》正式作为一门研究生的课程，带领学生一篇篇、一本本地研读《随想录》，整个阅读过程可能要延续两三个学期，但我一直坚持不懈地讲解这部当代知识分子的良心之作。十多年过去，我一年年老去，我所面对的学生，也越来越年轻，距离《随想录》所描述的那个时代，越来越远了。我年复一年地讲解《随想录》，我一直渴望着，听课的学生中还能够出现一个如同李喜卿那样的"生命开花"

者，能够真正读懂《随想录》，把知识分子的理想和事业传承下去。

现在金小安出现了，我无法形容心中的欣慰。金小安是一位长期在国外接受教育、又在香港定居的青年作家，应该说，她对巴金以及《随想录》的时代背景并不熟悉，但她自从随我攻读复旦大学博士学位，参加我的细读《随想录》的课程以后，突然获得感悟，几年攻读博士期间，她深度研读巴金著作，尤其是巴金的《随想录》，从巴金晚年语言风格中，读出了一个老年人的种种疾病书写的特征，最终顺利通过了博士论文答辩，她的博士论文题目是《病的表征：巴金的疾病书写及其隐喻》。现在，她又完成了第二部研读巴金《随想录》的新书《浅读巴金〈随想录〉》，采用逐篇细读的方法，向青年读者宣传、普及《随想录》。她选摘了每一篇《随想录》的金句名言，然后用随笔的形式来讲解她所选摘的巴金的话，通俗浅近地讲解这部名著。我知道这还是小安第一步的工作，她还有更长远的计划：要深入地、持久地向青年读者传播《随想录》的精神。我读到她在这本书的序言里这么说："任何时候，只要有机会让更多的人走近巴金、了解他的作品，我都会毫不犹豫地放下手中的一切，坚定地说：'我来！'"这是一种门槛上的誓言，她说得多么好！

张慧珠老师是我的前辈，我从她研读《随想录》的文本细读方法中获得启发，移用到大学的课堂，又启发了李喜卿、金小安这样一代代朝气蓬勃的青年学者。我祝福他们，祝愿他们在学习巴金、传承巴金的事业里做得更好，能够在未来的时代发挥更大的作用。

2025 年 1 月 28 日龙年除夕

新的乙巳蛇年即将来临

陈思和

浅读巴金《随想录》·序二

周立民

　　金小安在完成博士论文《病的表征：巴金的疾病书写及其隐喻》（商务印书馆香港有限公司2024年10月版）之后，又一鼓作气拿出这部《浅读巴金〈随想录〉》，让我惊讶之余不禁感叹：真是初生牛犊不怕虎。我又觉得这位女博士太"虎"了：虎虎有生气。注疏经典著作，古今中外的学者不乏其人，从大处讲，《浅读巴金〈随想录〉》也属于疏解之作。是否有必要对一部当代作品做注疏呢？复旦大学中文系的张业松教授在给学生讲述《随想录》之后曾感慨，现在的很多青年学生已经读不懂书中的有些篇章了。这当然与《随想录》所涉语境和巴金的表达方式有关。金小安此书，于此努力，试图让《随想录》作者创作的初衷与当代读者达成沟通，以便更好地理解巴金这部书和他这样一个人。要想打开积蓄巴金一生的经验和穿越二十世纪下半叶中国知识分子历史的这部书，还不能说金小安现有的知识储备已特别充分，然而，她的大胆的尝试和执拗的探索以及本书的独特个性却值得充分肯定。

　　三十多年前，学者张慧珠曾以四十万字的《巴金随想论》（百花文艺出版社1993年4月版）做过跟金小安同样的工作。她的这部书本来有六十万字，出版时减去了三十八篇成如今面貌。遗憾的是，张慧珠女士的这项工作并未得到应有的重视，分析原因，我认为有这样两点值得注意：首先，巴金的《随想录》及其研究表面上被置于高高的圣坛，而实际并未得到应有的重视和认真对待。很多人以为这部书比"讲真话"这三个字还简单，不值一读；而很多学者，包括研究特殊时期文学和历史的学者也的确高傲地撇开或绕开这部大书。评估这种无视的短视性，并非本文主要任务，在此，我只是确认这个事实，由此也反证在不同层面上对于《随想录》的解读、研究还远远不够。其次，既有的学术成果没有得到认真对待，这本身也说明《随想录》的解读和研究的难度，做好这项工作很不容易，以致这么久了，还是孤独的巴金、寂寞的《随想录》。与以上的情形恰成对照的是，《随想录》自完成后将近四十年间，一印再印，拥有相当多的版本和十分可观的印数，并且始终未曾脱离过读者的阅读。在普通读者的认知和反应中，它的热度、影响力已经不输于《家》。那么，原初的问题又凸显出来：该如何向普通读者解说《随想录》？

金小安的这部不够学术的"浅读"，正是在这方面显示出它的独特价值。作者试图用普通读者都能够听得懂的语言，而不是拒人千里之外的学术话语向读者传达巴金的心声和忧思。特别值得注意的是，她期望能够与当下的读者达成沟通，形成交流。为此，她几乎完全舍弃一些研究者喜欢和惯用的对于《随想录》的知识考古，几乎忽略了向《随想录》文本深处的历史探索，而更用力抓住它的文本浅表和巴金的情感表达。说实话，最初阅读时，我对此很不满足，转念一想，《随想录》本来就该有各种不同的读法和阅读体验，金小安这样的解读方式或许更适合今天的去历史化的青年读者。比那些反思、教训、总结等大道理更重要的是，首先要把青年读者吸引到《随想录》的文本上来，吸引到巴金先生所描述的语境里，这才有做进一步纵深探索的可能。

我们的学者和学术界，有必要对惯有的学术表达方式进行反思，尤其是面对着不同的读者对象时。再说得具体一点，千万不要过于好为人师，认为每一个读巴金、鲁迅，读《随想录》《野草》的人，都要跟你读博士、做项目、拿什么国家社科基金。如此丰富、丰满、丰润的文学作品，不是待宰的羔羊、风化的标本，它更应当是润泽情感、照亮内心的阳光、雨露和携手共进的朋友，把文学作品还给文学，让阅读回归阅读，而不是为研究圈禁、为项目绑架，这也是人文学者应当肩负的时代责任。以金小安的这种方式阅读、解读《随想录》，未尝不是向今天的年轻读者讲述《随想录》的可选方式，至少我认为比拿着沉重的历史和密不透风的"理性"分析吓跑年轻人要强得多。几年前，我曾在微博上听过金小安向读者讲述世界名著，当时就发现她比较擅长与当下的读者沟通，让很多被局限在高高讲坛上令人敬而远之的名著变得可以亲近，因此对于金小安这方面的能力，我有充分的信任。这恰恰又是当今只会写学报文章的"学者""教授"们所匮乏的技艺。

当然，金小安也并非两手空空闯入《随想录》这片广阔的天地，她的一大武器就是：共情——与巴金的思想感情共情，与《随想录》的文字和观点共情。这仿佛又与当今很多学术研究的风气背道而驰。很早以前，连写小说都强调"零度情感"，做研究怎么可以"共情"呢？的确，我阅读过不知多少操用理论的手术刀无情地屠戮各种文本的学术成果，它们一是让我看不到研究者的心魂，感觉用一台机器（或者今天的AI）做这样的事情，也不过如此；二是看不清楚研究对象的面目，这套解剖术仿佛对任何一个研究者都可以得出同样的结论，也达到完美地杀死作者的目的。这样的研究充斥在各种项目里，难怪最近有人说人文学科已死，因为它的确随时都可以被替代，也不必要再存在。有感情有灵魂的学术研究，可能并不都显得艰深，却更有个性、温度，在这样的研究里，分析出研究对象的个性，也表达了研究者的自我。金小安的"浅读"，基于对于巴金创作初衷和表达观点的梳理，而不是以己之意对作者、原文的强制阐释和过度阐释，这对于一部引导读者阅读的书来讲特别重要。《随想录》缺的不是无谓的赞扬，也不是不着边际的批评，首先应是阅读，是每一个感兴趣的读者心平气和地阅读，只有直面巴金的文本，才有进一步的评判和议论的可能。——对任何一部文学作品，又何尝不是如此？在这一点上，《浅读巴金〈随想录〉》不是以高高在上的姿态面对《随想录》，而是愿意以最低的姿态做铺路石，引大家走向巴金。在这一过程中，金小安投入了她对巴金和这部作品的感情，有时候不能不说它太浓艳，然而，倘若没有这样的情感，怎么能打开巴金的世界？我曾想过巴金的作品怎么会带给不同的读者完全相反的体验，有的人说读后感觉心潮起伏，而有的人说完全读不下去。他们面对的不是同一个文本吗？后来我想，要打开巴金的文本是要与巴金形成情感共振的，没有这一共振，很难走进巴金的内心和思想世界。阅读金小安的这些文字，我们不难感受到这样的强烈共振，我为巴金先生感到高兴，他在当代还有这样一位读者；我也为金小安感到高兴，她能够找到像巴金先生这样一位倾诉对象。

倘若哪位读者有机缘，读到这部《浅读巴金〈随想录〉》，我希望您能有金小安一样饱满的情感、不尽的期待、蓬勃的探索欲，在看似零碎的解读中，体会到金小安的看法和表达，这些文字中有她的教育背景、基本修养和坚定的信仰，它们像一叶扁舟载负着金小安驶向巴金和《随想录》的精神原点。当然，倘若有一天，您觉得《浅读巴金〈随想录〉》已经不能够让你满足，正好，放下它，拿起巴金先生的《随想录》吧。

周立民

2025 年 2 月 10 日凌晨两点于上海

自 序

2024年11月1日上午，收到论文外审通过的消息，这代表着我离毕业又近了一步。洋洋洒洒地广而告之一圈之后，我约了朋友在正午的时间外出吃打边炉。一边热气腾腾地涮菜，一边和她分享着我近日的生活。这时，凯特小姐给我发来信息："我们想做巴金先生的书，大意如下……"我总说嘛，冲动是魔鬼。前几天才和另外一个朋友探讨要学会内敛这个话题，11月1号的那个当下，被期盼已久的好消息冲得有些飘飘然，我那股按捺不住的冲劲再次涌动："好！我做！我有多少时间？" 2024年11月这一个月，我每天的睡眠时间几乎不超过4个小时，咖啡成了我的续命良药，每天以"桶"为量来摄取。时间的单位开始变得模糊，算不清一天到底是24小时还是48小时，肌肉的记忆只剩下重复性地抱着电脑穿梭于各个角落，不分昼夜地奋笔疾书。偶尔不得不外出时，我便带着《随想录》，在书和手机上做好笔记，回家再誊抄在电脑上。地铁、咖啡厅、候机室、餐厅……每一处都成了我临时写作的角落，全然不顾旁人的目光，争分夺秒。那段时间，我每天会在凌晨5点20分左右，紧咬着下颌从梦中惊醒，是紧张，是压力，又或是《随想录》的痛？我尝试着用理性而轻松的语言拆解文本去书写，却一边写一边疼，那种捂住胸口却遮掩不住撕裂感的疼。

这是我第四次阅读《随想录》。第一遍，是在2019年我刚踏入复旦的大门读博时。我的导师陈思和先生每周都会风雨无阻地为他的学生讲授这部经典，而轮到我这一届，是从《病中集》开始的。也正因如此，我的博士论文也围绕着"巴金的病"这个话题展开。第二次通读，是写博士论文的时候。第三遍，是这几年我在制作读书类的视频时。有段时间，我想将"小球儿精读名著"系列与《随想录》相结合，但碍于工作和论文的写作，这个计划只进行了不到十期更没有继续下去。第四遍，是此刻。本以为这本书已不算陌生，我能够驾轻就熟，甚至某些篇章只需"扫"一眼便能落笔成文。然而，我又一次败在了自己的过度自信和浅薄面前。《随想录》的深邃与广博，岂是草草几遍阅读就能轻易领会的？更不要提在这阅读过程中那种直戳心扉的精神痛感了。读到《怀念萧珊》的时候，一股强烈的窒息感涌上心头，我忍不住冲出门外，在家门口的小公园绕了两圈，才勉强平复心情，回到电脑前继续写作。

这本书的诞生过程充满了艰辛与挑战，远非我向凯特夸下海口时那般轻松——以为只是重读熟悉的作品，迅速摘录到电脑中，再"浅显"地总结一番心得便可成稿。真正的难度，不是凯特给我设定的紧迫时间，而是选择与克制。这么多年来，我似乎在各种选择上从未有过还犹豫不决的时刻，无论是关乎人生走向的重大决策，还是日常琐事，我都能迅速而准确地遵从内心去决定。然而，在这本书的摘录环节，我却陷入了困境。在有限的字数中，哪些更应该摘录？那些触动我心的文字，摘录出来是否能同样触动读者的心弦？对于那些对巴金先生不甚了解的读者，我又该如何更好地诠释原著，并引导他们结合时代背景去深入解读？我摘录完了又删除，删完了又重新摘录，不停地陷入自我否定的旋涡。

而比自我否定更大的难题，是克制。按照当下流行的人格分析，我属于典型的ENFP类型：热情、奔放、直白且冲动。我感激这样的性格让我拥有了一群愿意为我拔刀相助、赴汤蹈火的朋友。但也正是这样的个性，让我在面对巴金先生的《随想录》时，每一次提笔都仿佛被什么哽住了喉咙，像哭久了之后吞咽口水时的那种困难感。心里有太多的话想说，却欲言又止，不知从何说起。

作为业余现代舞爱好者的我，平日训练时常常在地板上"摸爬滚打"，地板就这样成了我的一片"舒适领地"。那些夜晚，当我累得几乎无法站立，便会从书桌旁"挪移"到地板上，静静地躺上几分钟，目光空洞地望着天花板，让思绪飘远。在那短暂的几分钟里，我不由自主地联想起巴金先生在医院里，被"牵引架"固定着，只能无助地望着天花板的情景。那时的先生，内心一定充满了焦虑与无奈吧？他焦急地用左手辅助右手去书写，心中涌动着千言万语，却只能在文章中倾诉自己对手的不听使唤之恼。每每思及此景，我便如同被注入了强心剂，瞬间精神抖擞地回到书桌前。腰椎、颈椎的刺痛，眼睛的干涩，这些似乎都只是肉体上的微不足道的痛苦，它们已与我的灵魂彻底分离。在那一刻，我只需用那双因腱鞘炎而肿胀的双手，拼尽全力地敲击键盘，脑海中的思绪便会像"脱缰的野马"，带着我一路狂奔，自由驰骋。

2020年新冠疫情初袭，我第一次经历隔离，短短两个星期，体重竟悄然增加了6斤。起初的两三天，我还能保持规律的生活作息，认真完成作业，但到了最后那几日，我几乎将清晨当作了夜晚，每天沉睡至黄昏才醒。到了2021年回校隔离时，我为自己制订了一个21天的养成计划。在那3周里，我每天都安排了固定的阅读时间、运动时间和写作时间，严格自律。在成功控制体重、调整好心态的同时，我也按时完成了《生活的勇气》的书稿。提及这些，并非我又突发奇想、天马行空了，而是想表达：在任何时代，总会有我们无法预测和控制的事情发生。作为时代洪流中的一粒微尘，我们应当先做到"律己"，在有限的空间和语境中，尽好作为"人"的本分，说真话，做实事，才能更好地回馈社会。

我深感庆幸，生命中能遇到周立民老师这样一位良师益友。我总是在他最忙碌的时候，不合时宜地向他倾诉内心的苦闷、对学术的厌倦、对人生的种种困惑……而这一次，也不例外。"文化上的事情，就像火种，撒下去，不可能没有亮光的。"周老师或许不会想到，这句话，让我从11月14日那天晚上一直写到了次日清晨6点。台风过后的第一个晴天到来，深秋的第一缕曙光洒在我杂乱却充满故事的小桌台上——啊！我好像看到了书写的意义。

11月27日这一天，我顺利完成了博士论文的答辩，递交了所有相关表格，这标志着我的求学之旅即将画上圆满的句号。几位在上海的朋友特地订了地方，想邀我出去庆祝，但我婉言谢绝了，尚未完成的书稿如同一块压在胸口的巨石，我在书写的疼痛中，寸步难行。跟随陈老师的这5年里，我明白了"契约"与"原则"的重要性。此刻书写下的文字，不是随口答应后却因情绪化而反复更改的草稿，也不是为了应付功课而东拼西凑的成品。它是脚踏实地，是巴老一直在说的"实干、不说空话"。一旦承诺，便全力以赴，坚定地走下去。

如果你未曾经历过重创性的手术，未曾徘徊在生死的边缘，那么你便难以体会生命的珍贵；如果你未曾体味过失去至爱，众叛亲离，那么你也绝不会明白万念俱灰的绝望。我未曾亲身经历巴金先生所历经的风雨沧桑，阅读他的作品，是我唯一能够贴近他内心、感受他情感的方式。在他一直叨念着死亡的《灭亡》《新生》《爱情三部曲》中，我窥见"生"的曙光与希望；然而，在他反复强调"我要活"的《随想录》里，我却嗅到了一种死亡般的绝望气息，那是一种无论我如何反复阅读都无法摆脱的撕裂感。

书中的这数百个摘录，数百次鞭挞着我的心。

任何时候，只要有机会让更多的人走近巴金、了解他的作品，我都会毫不犹豫地放下手中的一切，坚定地说："我来！"这是为何呢？我的导师今年71岁了，他仍自称为"河底的石头"，执着地热爱着他的岗位与文学。我渴望推开这扇门，让那些对巴金先生感到陌生的人，先看到他的样子，然后再用我后半生的时光，一点一滴地，去夯实这条"了解之路"。我当然知道自己所做的还远远不够，但我将矢志不渝地继续前行。

因为敬爱的巴金先生，我也期盼生命花开：

Faire fleurir la vie.

2024 年 12 月 10 日于香港

2025 年 1 月 9 日改于温哥华回港的飞机上

/ 目　录 /

第二章 研读《探索集》，了解巴金

第三章　体味《真话集》，懂得巴金

第四章 共情《病中集》，怀抱巴金

第五章　沉淀《无题集》，纪念巴金

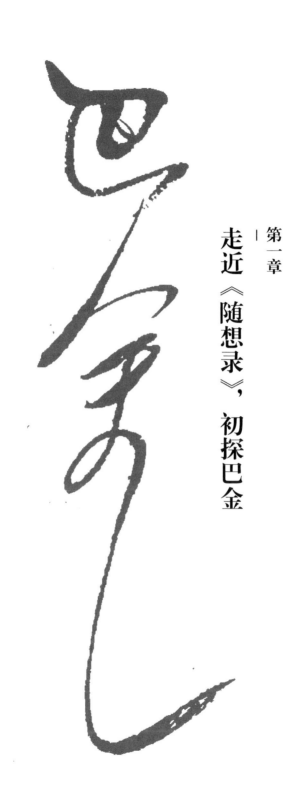

第一章

走近《随想录》，初探巴金

以真心与勇气开始

《随想录》是巴金先生晚年倾力铸就的重要著作，以其深刻的自我省察、犀利的社会剖析和真挚的情感抒发，成为中国现代文学史上的一座巍峨丰碑。作为系列开篇的第一卷"随想"，汇聚了巴金先生在历经近十年沉默后，回顾这一段生命历程心中的百感交集与深邃的思想火花。对于广大读者而言，《随想录》的第一卷犹如一场穿越时空的心灵对话，开篇即以自我反思的赤诚与胆识，拉开思想交汇的宏伟序幕。从《谈〈望乡〉》到《再谈〈望乡〉》，巴金借由一部影片及其引发的社会共鸣，剖析了观影现象背后隐藏的社会真实与人性瑕疵。彼时的他，虽已下定决心重拾笔端，在《一封信》之后毅然决定提笔书写，但心中仍不乏忐忑——该书写何种内容？又该如何落笔？读者将会给予怎样的回应？这一切，在那个时期都如同迷雾一般，充满未知。

由此，"随想"的序幕缓缓拉开，巴金以社会热点、生活点滴与人生哲思为起点，循着这一脉络步步深入，在这一卷中广泛探讨了社会、人性、历史等更为深邃的课题。在这些朴实无华的文字里，我们目睹了一位坦诚而勇毅的老者风采。他的处世哲学，是先祖露自己的心声；他不掩饰自己的脆弱与挣扎，勇于面对内心的真实；他剖析人性的复杂多面，直言不讳地表达对社会现象的忧虑与关切。即便身处一个尚未完全安宁的言论环境，他也毫不退缩，坦荡率真地展现着真我，丝毫不刻意回避过往。他无暇顾及有多少人能够读懂，多少人能够理解，只能决然地埋头先行，用对个人心灵的拷问，引发出众人对时代和社会的深刻反思与省察。

很快地，"随想"对社会问题的批判与探讨逐层深入，巴金文字的锋芒与思想的深邃开始崭露头角。在《"遵命文学"》与《"长官意志"》两篇中，巴金严厉谴责了那些因外界压力而妥协放弃文学原则的行为，对那种束缚创作自由、唯命是从的态度进行了强烈的批判。他的文字锋利且迅捷，直击社会的丑恶与虚伪。巴金在批判中，为那些沉默的人群发出了振聋发聩的声音，更呼吁广大民众主动倾听那些被忽视、被淹没的声音。这种批判精神，是对当时社会的有力回击，更是对后世子孙的真诚警示，充分彰显了文学的力量与知识分子的崇高社会使命。

与此同时，巴金对文字创作的执着热爱与坚定信念也在字里行间跃然于纸上。在《文学的作用》与《"毒草病"》中，他直抒胸臆，表达了一直以来对文学的理解：文学是自由的，它是灵魂的栖息地，是思想的火花碰撞，是情感的自由流淌。他鼓励作家们要随心所欲地挥洒笔墨，深入生活、体验生活，勇敢地表达真实的自我，不必畏惧任何束缚和限制。巴金用自己的生命践行着文学理想，每一篇"随想"都饱含着对生命的无限热爱与对社会的深切关怀。他对文学的执着追求与真诚态度，深深感染了无数读者，也激发了更多人对文学创作的热情与向往。

最令人动容的，是巴金对生命的真切感悟。《怀念萧珊》作为"随想"系列中情感最为饱满的一篇，也是巴金晚年反思历史、忧思未来的重要力作。对妻子萧珊的怀念，构成了巴金文字中最为深沉与动人的情感旋律。他细细回味着与萧珊共度的美好时光，同时痛彻心扉地谴责特殊历史时期的道德沦丧现象无情地剥夺了她宝贵的生命。萧珊的离世，是巴金灵魂深处一道无法愈合的疤。他的愧疚，不仅是对萧珊无尽的爱，更是对历史与社会的深刻痛斥与反思。巴金在此向读者传递了一个重要的思想信息：历史的伤痛绝不能被轻易遗忘，只有勇敢地直面那血肉模糊的过去，才能从中吸取教训，避免悲剧重演。

此外，在《五四运动六十周年》一文中，巴金深情地回顾了五四新文化运动对自己产生的深远影响。五四精神如同一盏璀璨的明灯，照亮了他追求自由与民主的漫漫道路。在他看来，这份宝贵的精神遗产已经超越了个人的信仰和追求，成为推动社会不断进步的重要动力。巴金用文字记录着时代的变迁，用自己的行动诠释着五四精神的真谛，是五四精神忠实的传承者和弘扬者。

《随想录》的字里行间，都渗透着巴金对生命的珍视和对历史的深邃反思，流淌着他对读者的关怀与殷切鼓励。他常说，自己是读者养大的作家。早年时期，巴金时常与读者书信往来，其中包括他挚爱的妻子萧珊，她也是他的一位忠实的读者。到了晚年，尽管身体状况已不允许他像从前那样频繁地与读者交流，但这丝毫未能减弱他对读者的关怀之情。他用自己的生命体验和深刻感悟，激励读者珍惜生命的每一刻，勇敢地追寻自己的梦想，在困境中保持坚韧不拔。巴金视读者为良师益友，将他们的支持与反馈视为自己创作的不竭动力。我们能从他的字句中感受到他对读者的感激与崇高尊重，他真正践行了"把心交给读者"的人生信念。正因如此，每一位翻开《随想录》的读者，都能从他的文字中感受到自己与巴金、与文学、与历史、与社会的紧密相连，在精神的滋养中变得更加丰盈富足。

　　我的两位老师——陈思和老师和周立民老师将《随想录》誉为"枕边书"，反复地品读，年复一年，常读常新。因为它凝聚了巴金先生晚年的思想精髓，他对社会、历史与人性的剖析与反思，更是一部蕴含人生哲理、品人间百味的百科全书。它是真诚又具批判性的，温暖又不乏实操性。这部跨越时代的经典之作，让我们见证了文学的力量，感受到了生命的厚重与深沉，激励我们在困境中坚守初心，在追求理想的道路上勇往直前。巴金先生用他的一生，为后人树立了文学与人格的巍峨典范。他的文字，无论过去还是未来，都将永远照亮和温暖着每一位读者的心灵，激励着我们步履不停。

* 1 *

谈《望乡》

——观影是一种个人选择

"我看过一次影片，是通过电视机看到的，我流了眼泪，我感到难过，影片给我留下很深的印象，阿琦的命运像一股火在烧我的心。"

"说实话，我看一次这部影片，就好像受到谴责，仿佛有人在质问我：你有没有做过什么事情来改变那个、那些受苦的人的命运？没有，没有！倘使再看，我又会受到同样的质问，同样的谴责。"

"年轻人关心的是国家和民族的命运，他们哪里有心思去管什么'五块钱'不'五块钱'？那个时候倒的确有黄色影片上演，却从未见过青年们普遍的腐化、堕落！"①

这是《随想录》的开篇之作，撰写于1978年12月1日。巴金以影片《望乡》上映后所引发的广泛而多元的公众反响为探讨。

首先，展现在我们眼前的是巴金那极具代表性的形象——情感丰富、感性至深。早在创作生涯的初期，他便以多愁善感的性格和忧思绵绵的文风而广受赞誉。巴金的早期作品，如《灭亡》《新生》《爱情三部曲》等，无不洋溢着激昂的情感。他热情讴歌青年们对光明与理

---

① 巴金：《谈〈望乡〉》，《随想录》，人民文学出版社2018年版，第1—3页。

想的执着追求，同时猛烈抨击黑暗势力的凶残与腐败，态度鲜明、主观色彩浓厚。这些作品以青年的爱情、苦闷、理想与抗争为主题，深深触动了广大青年的心弦。而巴金，也毫不掩饰地描绘了这些青年在严酷现实面前的悲壮失败，字里行间透露出深深的控诉与哀愁，为他的早期作品增添了一抹悲愤而阴郁的色彩。

这一特质，也赋予了《随想录》与同时代其他作品截然不同的独特风貌。学者李辉曾指出，忧郁与痛苦是属于不同类型的概念。忧郁更多地源自性格因素，如遗传、童年的生长环境、个人经历等；而痛苦则是精神层面的深刻体验。忧郁或许能从言语表面窥见一二，但痛苦则需深入内心去感知与理解。巴金那忧郁的个性使他在对生活的深刻思考中融入了无尽的痛苦体验；而他的精神追求与实际行动之间的矛盾与挣扎，则为他的作品披上了一层更加浓郁的伤感之调。

我们不难从文中发现巴金对社会事件的满心忧虑。他的一生都笼罩在"理想主义"的焦虑中。早年深受无政府主义思想的影响，他坚信互助式人类道德是一种本能。因此，每当面对自己无力改变的社会现象或无法付诸实践的困境时，他的内心便会涌起深深的自责。他对全人类社会的命运充满了深切的担忧与顾虑，正是这些焦虑与担忧成了他不断前行的强大动力。巴金通过列举自己年轻时的经历，向我们传达了一个值得深思的道理——仅仅逃避"恶"是毫无意义的。作为一个生命个体，无论身处何种环境，我们都应具备独立思考与自主选择的能力。无论何时何地，只要我们坚守正义与信念，无论外界环境如何变幻莫测，都无法动摇我们内心深处的价值观与信仰。

* 2 *
再谈《望乡》
——我们永远可以选择真诚

"她不讲一句漂亮的话，她用朴实的言行打动对方的心。本来她和阿琦婆之间有不小的距离，可是她很快地就克服了困难，使得距离逐渐地缩短，她真正做到和阿琦婆同呼吸，真正爱上了她的主人公。她做得那样自然，那样平凡，她交出了自己的心，因此也得到了别人的心。她最初只是为了写文章反映南洋姐的生活，可是在'深入生活'这一段时间里她的思想感情也发生了变化，她的心也给阿琦婆吸引住了，她们分手的时候那种依依不舍的留恋，那样出自肺腑的哀哭，多么令人感动！"

"看完《望乡》以后，我一直不能忘记它，同别人谈起来，我总是说：多好的影片，多好的人！"①

文章撰写于1979年1月2日，聚焦于电影角色的描绘，特别是《望乡》中的另一位主角"三谷"。巴金以朴实无华而又精准细腻的笔触，勾勒出影片中人物触动心灵的一面，展现了他对人与人之间那份纯粹真诚情感的深切共鸣。这种情感的流露，映射出巴金个人对于自然、平凡人际关系的偏好——他渴望并珍视心灵的交流，愿以真心换取真心——也体现了他一贯秉持的价值观：人与人应基于平等和信任相处，无论社会地位高低、财富多寡，每个人都应获得应有的尊重与接纳。

在巴金的世界里，"深入生活"是创作的源泉，更是连接自我与

---

① 巴金：《再谈〈望乡〉》，《随想录》，人民文学出版社2018年版，第6页。

世界的桥梁。他以《憩园》为例，通过第一人称的亲切叙述，将自己完全沉浸于旧式家庭的风云变幻中，细腻描绘了家族的悲欢离合，深刻剖析了封建社会的残酷现实与人性的复杂多面。这部作品，是文学的艺术呈现，也是巴金对生活深度洞察与真诚感受的结晶。

　　而巴金本人，就是他所倡导理念的鲜活化身。在日常生活中，他以一颗赤诚之心对待每一个人，无论是亲朋好友还是陌生读者，都能感受到他那份不加掩饰的真挚与温暖。他提出的"把心交给读者"，不仅是一句口号，更是他文学生涯的真实写照。巴金用自己的行动诠释了何为真诚——它不仅仅是文字间的流露，更是生活中每一次对话、每一次交往中的全心全意。他鼓励人们，在这个纷繁复杂的世界中，保持内心的纯净与坦诚，勇于展现真实的自我，因为真诚是构建人与人之间深厚情谊的基石，也是对抗虚伪与冷漠最有力的武器。巴金的一生，就是对真诚最动人的诠释与践行。

＊ 3 ＊
多印几本西方文学名著
——读书，要海纳百川

　　"我在两个月前写的一篇文章里说过这样一句：'多印几本近代、现代的西方文学名著，又有什么不好呢？'这句话似乎问得奇怪。其实并不稀奇，我们这里的确有人认为少印、不印比多印好，不读书比读书好。"

　　"西方文学名著有汉译本的本来就不多，旧社会给我们留得太少，十七年中间出现过一些新译本，但数量也很有限，远远不能满足读者需要。"

"人民群众才是最好的裁判员。他们要读书，他们要多读书。"①

文章撰写于1979年1月2日，彼时的巴金身体状况尚佳，日书两文对他而言尚非难事。然而，随着岁月的流转，帕金森综合征逐渐侵袭，他的笔触渐显沉重，握笔犹如推举千斤之鼎，艰难异常。

巴金在阅读的道路上，始终保持着海纳百川的胸怀，其阅读视野之广阔，令人叹为观止。自幼年起，他便怀揣着对文学的无限热爱，广泛涉猎中外文学瑰宝。年少时，克鲁泡特金的《告少年》深深触动了他的心弦，这本小册子常伴其枕边，每每翻阅，总能让他泪水涟涟。此外，巴金对俄国文学情有独钟，托尔斯泰、屠格涅夫、赫尔岑等大师之作，皆是他心头所好。在那个特殊的时代背景下，俄国作品所蕴含的深邃思想与强烈的人道主义精神，与巴金的文学追求不谋而合，成为他精神世界中的重要支柱。

巴金曾力倡经典名著应重读且多读的理念。他认为，"阅读"绝非一次性行为，人在不同生命阶段，感知与认知皆会有所不同。或许年轻时读过的某部作品，当时并未留下深刻印象，但待至中年再读，却可能引发心中五味杂陈的感慨。巴金本人亦常反复品读自己钟爱的作家之作，因为他深知阅读应追求"广博"与"精深"。我们虽无法踏遍世界每一个角落，但通过阅读，却能使心灵远行，抵达更为辽阔的天地。

---

① 巴金：《多印几本西方文学名著》，《随想录》，人民文学出版社2018年版，第7—10页。

* 4 *
"结婚"
——谣言并不可畏

"谣言会自生自灭的，我这样相信。"

"我并不感觉到谣言可畏。"

"然而对什么事情都要用一分为二的眼光看待。对这件事也并不例外。我也应当把谣言看作对我的警告和鞭策。一个作家不是通过自己的艺术实践而是通过其他的社会活动同读者见面，一个作家的名字不署在自己的作品上，而经常出现在新闻中间，难怪读者们疑心他会干种种稀奇古怪的事情。"①

这篇文章撰写于1979年1月7日，社会上突然流传起关于巴金再婚的传言，一时间议论纷纷。这股风波波及了巴金的亲朋好友，就连他年仅四岁半的孙女小端端，在幼儿园里也未能幸免于老师的盘问。传言描绘得有板有眼，连所谓的时间、地点都被冠以"确凿无疑"之名。

面对这突如其来的风波，巴金难能可贵地表现出冷静与理智。历经世事沧桑与岁月洗礼，他深信"清者自清"的道理，对于无端谣言，他并未表现出丝毫的畏惧或慌乱。在文章的结尾部分，他留下了一段跨越近四十年时光仍显睿智的话语。巴金强调，万事皆需"兼听则明"，他一方面坚信谣言终将如过眼云烟，自生自灭；另一方面他也借此机会检讨自我，认为作家的使命在于以笔墨为媒，呈现艺术之

---

① 巴金：《"结婚"》，《随想录》，人民文学出版社2018年版，第11—13页。

美，而非作为公众人物频频曝光于镁光灯下。

今日重读此言，不禁让人感叹巴金仿佛具有某种预见未来的洞察力。他似乎预见到，在这个日新月异、快速发展的时代，作家的身份与角色可能会遭遇前所未有的挑战与变质。许多人或许已不再出于对文学的热爱而挥毫泼墨，而是更多地为了追逐名声与地位而写作。巴金的这番肺腑之言，犹如一盏明灯，照亮了后人的前行之路，提醒我们：文学，自始至终都应是一股清澈的溪流，滋养着每一位热爱者的心田，推动着他们不断前行，而非成为个人攀登社会地位、追求名利的阶梯。

* 5 *
怀念萧珊
——我们是生命的共同体

"我没有流眼泪，可是我觉得有无数锋利的指甲在搔我的心。我站在死者遗体旁边，望着那张惨白色的脸，那两片咽下千言万语的嘴唇，我咬紧牙齿，在心里唤着死者的名字。"

"她不仅分担了我的痛苦，还给了我不少的安慰和鼓励。"

"我有什么委屈、牢骚，都可以向她尽情倾诉。有一个时期我和她每晚临睡前要服两粒眠尔通才能够闭眼，可是天刚刚发白就都醒了。我唤她，她也唤我。我诉苦般地说：'日子难过啊！'她也用同样的声音回答：'日子难过啊！'但是她马上加一句：'要坚持下去。'或者再加一句：'坚持就是胜利。'"

"今天回想当时的情景，她那张满是泪痕的脸还在我的眼前。我多么愿意让她的泪痕消失，笑容在她那憔悴的脸上重现，即使减少我几年的生命来换取我们家庭生活中一个宁静的夜晚，我也心甘情愿！"

"她自己还很高兴，以为得救了。只有她一个人不知真实的病情，她在医院里只活了三个星期。"

"她穿好衣服等候车来。她显得急躁，又有些留恋，东张张，西望望，她也许在想是不是能再看到这里的一切。我送走她，心上反而加了一块大石头。"

"她住院后的半个月是一九六六年八月以来我既痛苦又感到幸福的一段时间，是我和她在一起度过的最后的平静的时刻，我今天还不能将它忘记。"

"我讲完话，她只说了一句：'看来，我们要分别了。'她望着我，眼睛里全是泪水。我说：'不会的……'我的声音哑了。"

"她不止一次地说：'你辛苦了。'我有什么苦呢？我能够为我最亲爱的人做事情，哪怕做一件小事，我也高兴！"

"有人劝我把她的骨灰安葬，我宁愿让骨灰盒放在我的寝室里，我感到她仍然和我在一起。"

"每次戴上黑纱、插上纸花的同时，我也想起我自己最亲爱的朋友，一个普通的文艺爱好者，一个成绩不大的翻译工作者，一个心地善良的人。她是我的生命的一部分，她的骨灰里有我的泪和血。"

"在那些年代，每当我落在困苦的境地里、朋友们各奔前程的时候，她总是亲切地在我的耳边说：'不要难过，我不会离开你，我在你的身边。'的确，只有在她最后一次进手术室之前她才说过这样一句：'我们要分别了。'"

"这就是她的最后，然而绝不是她的结局。她的结局将和我的结局连在一起。"①

这是巴金于1979年1月16日倾尽心血完成的文章，其创作历程痛苦而艰辛，远超越了时间所能衡量的范畴。这背后的原因有二：其一，巴金在这个时候已初现帕金森综合征的端倪，时常被突如其来的疲惫与肌肉僵硬所侵扰；其二，撰写此文需承载巨大的情感重负：丧妻之痛、回忆之殇、歉疚与不甘之感交织成网，使整个写作过程变得异常艰难，字里行间弥漫着悲痛欲绝的情绪。

萧珊的离世，对巴金而言，是一场毁灭性的打击。若要理解他们之间深厚的情感，就必须回溯他们相爱相守的点点滴滴。在《巴金论创作》一书中，巴金曾以细腻温婉的笔触，描写过与萧珊从相爱到结婚的温馨画面："我们结婚那晚，于镇上小饭馆简单要了份清炖鸡与两样小菜，在昏黄的灯光下悠然对酌，餐后漫步归宾馆。在宾馆那盏清油灯微弱的光晕下，我们畅谈着过往与未来。那时的我们，计划着萧珊赴四川旅行，我则返回桂林继续笔耕，并筹备我们的婚后生活。我们聊着，聊着，沉浸在宁静的幸福之中。四周万籁俱寂，唯有溪水潺潺，整夜不息，那声音虽大却单调。那时，我对生活别无所求，只觉自己满怀精力与情感，亟待倾泻。我计划着创作几部长篇或中篇小说。"②

---

① 巴金：《怀念萧珊》，《随想录》，人民文学出版社2018年版，第14—31页。
② 巴金：《关于〈第四病室〉——〈创作回忆录〉之三》，《巴金论创作》（第1版），上海文艺出版社，1983年2月，第342—343页。

　　每读及此，我总会被这份纯粹而深沉的爱打动。尤其是那段关于泪泪水声的描绘，总让我联想到黑塞《悉达多》中那象征"生命之不可摧毁"的泉水。巴金因早年追求的理想主义，在他的那个年代相对晚婚，甚至可以说，如果不是萧珊的出现，他都未必会选择踏上婚姻的旅程。婚后的巴金与萧珊，相守的每一刻，都如同那永恒流淌的泉水，温柔且恒久。然而，命运弄人，这对挚爱之人终未能携手白头。萧珊的离去，留给巴金的是无尽的哀伤与孤独。从简单的摘录中不难看出，婚后多年，他们依然无话不谈，萧珊是巴金的伴侣，是他精神上的支柱。陆正伟在《永远的巴金》中，生动地描绘了巴金在萧珊逝世时的悲痛欲绝："一九七二年八月十三日，龙华火葬场那间昏暗的小厅内，几块破旧的屏风前，巴金身穿一件皱巴巴的短袖白衬衣，袖口缀着黑纱，眉宇间满是悲痛，眼镜滑至鼻尖，瘦削的脸庞更显苍老，凌乱的花白短发几乎竖立，泪水已被心头的悲痛烘干。他站在萧珊遗像前，如一头受伤的雄狮，低唤着她的名字：'蕴珍，蕴珍……'但萧珊已永远闭上了那双明亮美丽的眼睛，再也无法回应'李先生'的呼唤，再也无法展露笑颜。她沉睡在六年来难得的宁静与安详中。"[1]

　　在萧珊生命的最后时光里，他们紧握彼此的手，相互扶持，共渡难关。巴金与老友们相聚时，他们总刻意避开提及萧珊，以免触动这位饱经风霜的老人的心弦。然而，与萧珊三十余载的深情相伴，又岂能轻易忘却？在巴金晚年的岁月里，无论身在何处，他的皮包中总藏着一盘由著名播音员陈醇朗诵的《怀念萧珊》录音带。每当思念涌上心头，他便会让人播放，独自坐在轮椅上，静静地聆听。那盘录音带，被他反复播放，无数次地回响在耳边，成为他心中永恒的旋律。[2]

---

① 陆正伟：《永远的巴金》，复旦大学出版社，2015年1月第一版，第35页。
② 陆正伟：《永远的巴金》，复旦大学出版社，2015年1月第一版，第48页。

我们能从文字中感受到巴金字句中令人窒息的痛，但巴金对萧珊的思念与眷恋，却远不是文字能够概括和表达的，它融入了他每一次的呼吸，每一次的心跳，成为他生命中不可分割的一部分，伴随着他直至生命的尽头。

* 6 *
"毒草病"
——要随心所欲地写下去

"我最近写信给曹禺，信内有这样的话：'希望你丢开那些杂事，多写几个戏，甚至写一两本小说（因为你说你想写一本小说）。我记得屠格涅夫患病垂危，在病榻上写信给托尔斯泰，求他不要丢开文学创作，希望他继续写小说。我不是屠格涅夫，你也不是托尔斯泰，我又不曾躺在病床上。但是我要劝你多写，多写你自己多年来想写的东西。'"

"我担心自己会成为'毒草病'的患者，这个病的病状是因为害怕写出毒草，拿起笔就全身发抖，写不成一个字。"[1]

文章撰写于1979年1月22日，谈及巴金与曹禺的渊源，还需回溯至《雷雨》的横空出世。当年，《雷雨》能够顺利问世，巴金的鼎力推荐起到了至关重要的作用。巴金在一口气读完《雷雨》后，深感其蕴含深厚的文学底蕴，遂主动承担起校对的重任，并满怀热忱地向《文学季刊》主编郑振铎极力推荐。巴金以其敏锐的文学洞察力和深邃的情怀，历来被赞誉为慧眼识珠、爱才如命之士。对于那些才华横

---

[1]　巴金：《"毒草病"》，《随想录》，人民文学出版社2018年版，第32—34页。

溢的创作者，他总是怀揣着一份特别的敬意与热忱，犹如珍视世间罕见的瑰宝，仿佛能洞穿文字的表象，捕捉到字里行间流露出的独特魅力。在巴金的身上，我们总能感受到文学薪火相传的力量，以及他对才华无尽的热爱与尊崇。

因此，当曹禺中断剧本创作时，巴金深感遗憾，甚至有些"恨铁不成钢"。他在书信中屡次劝勉曹禺，切莫轻言放弃文学，应勤勉笔耕。他鼓励曹禺要随心所欲地书写，将内心深处的真实想法倾泻而出，不必有太多顾虑与束缚。唯有如此，方能"将心灵深处的瑰宝捧出，献给我们伟大的社会主义祖国"。[①]

* 7 *
"遵命文学"
——文学不是命题作文

"上飞机的前夕我还和萧珊同去柯灵家，向他说明：我写了批评《不夜城》的文章，但并未提编剧人的名字。此外，我什么也没有讲，因为我相当狼狈，讲不出道歉的话，可是心里却有歉意。"

"同时我也暗中埋怨自己太老实，因为另一位被指定写稿的朋友似乎交了白卷，这样他反倒脱身了。"[②]

这篇文章撰写于1979年1月24日，巴金在回忆的长河中，缓缓捞起了一段往事。那时，他因种种难以推却的缘由，被迫撰写了一篇观影

---

① 巴金：《"毒草病"》，《随想录》，人民文学出版社2018年版，第32页。
② 巴金：《"遵命文学"》，《随想录》，人民文学出版社2018年版，第37页。

批评。尽管在那篇文章中，他并未直接点名编剧，但这份违心之作始终如一根芒刺，深深地扎在他的心头，让他难以释怀，充满了深深的歉疚与自责。对于巴金而言，那不单是一篇简单的批评，而是一次违背内心真实感受的"表演"。他深知，在艺术的殿堂里，真诚与纯粹是至高无上的追求。因此，哪怕是出于无奈而为之，他也无法原谅自己对原则的妥协，羞耻与自责感如影随形，成为他心中一道难以愈合的伤痕。

这正是《随想录》的精髓之所在，巴金以第一人称的视角，将自己置于历史的聚光灯下，无情地剖析自己在特定历史时期的言行举止。他是一个旁观者，也是一个参与者，一个勇于面对自己过去、敢于自我批判的勇士。这种深刻的自我反省，是他作为知识分子的良知与责任，也是他对文学、对艺术、对人性深沉的敬畏与尊重。真正的文学不是粉饰太平，而是敢于直面人性的复杂与矛盾，敢于揭示社会的阴暗与不公。因此，巴金在《随想录》中，全程记录自己的心路历程，以残忍且无情的方式，对自己的过去进行审视与批判。这种精神，是对自己的一种救赎和对后来者的一种鞭策与启示，提醒每一个文学工作者，无论身处何种境遇，都应坚守内心的真实与纯粹，勇于承担知识分子的责任与使命。

＊ 8 ＊
"长官意志"
——称我为写家

"我不是艺术家，我只能说是文艺的爱好者。其实严格地说，我也不能算是作家，说我是写家倒更恰当些。'写家'这两个字是老舍同志在重庆时经常使用的字眼，那个时候还不常用'作家'这个词组。"

"我称自己为写家，也有我的想法，一句话，我只是写写罢了。"

"我回答说我写小说连提纲也没有，从来没有想过我要写什么主义的作品，我只想反映我熟悉的生活，倾吐我真挚的感情。至于我的小说属于什么主义：现实主义？浪漫主义？社会主义现实主义？批判的现实主义？或者革命现实主义和革命浪漫主义的结合？应当由读者和评论家来讲话。作为'写家'，我讲不出什么。"

"因此对写作的事情，对具体的作品，我还有自己的意见。"[①]

这篇文章撰写于1979年1月25日，巴金在字里行间重拾"写家"这一质朴称谓，将写作的初心与真谛追溯至其最纯粹的源头。在过往的篇章中，巴金亦曾言及，鲜有人因怀揣成为作家的梦想而踏上写作之旅，每一位后来被称作"作家"的人，实则都是因各自独特的人生轨迹与机缘巧合，一步步迈入了文字编织的世界。

写作，这一行为，本质上是心灵震颤的瞬间被捕捉，是情感波澜的自然倾泻，而非受外在目的驱使的刻板劳作。当灵魂深处被某种力量触动，情感如潮水般汹涌澎湃，文字便成了这股力量的载体，自然而然地从笔尖流淌而出。巴金早年提笔，正是出于这样的动因——他的文字，是他心灵的直接对话，是他情感的真挚流露，更是他对周遭世界深邃洞察与真实感受的艺术再现。

巴金选择以"写家"自居，而非"作家"，其深意在于强调写作领域的无界限与平等性。在这个由文字构筑的广阔天地里，不论身份

---

① 巴金：《"长官意志"》，《随想录》，人民文学出版社2018年版，第39—40页。

尊卑，不论学识多寡，每个灵魂都拥有以笔墨抒怀、以文字传情的权利。这里没有高高在上的权威垄断，也没有卑微渺小的声音被淹没，唯有平等的心灵交流与真实的情感共鸣。每一个人，都可以自由挥洒，将个人的所见所闻、所思所感，化作一行行温暖的文字，与世间众人共赴这场精神的盛宴。

这正是写作之所以能够跨越时空、触动人心的根本所在——它让每一个平凡的生命都有了发声的机会，让每一份真挚的情感都能找到共鸣的港湾，共同编织出一幅幅丰富多彩的人类精神画卷。

＊ 9 ＊
文学的作用
——深入生活，写出自己

"我常常这样想：文学有宣传的作用，但宣传不能代替文学；文学有教育的作用，但教育不能代替文学。文学作品能产生潜移默化、塑造灵魂的效果，当然也会做出腐蚀心灵的坏事，但这二者都离不开读者的生活经历和他们所受的教育。经历、环境、教育等等都是读者身上、心上的积累，它们能抵抗作品的影响，也能充当开门揖'盗'的内应。读者对每一本书都是'各取所需'。"

"我说过：'我有感情必须发泄，有爱憎必须倾吐，否则我这颗年轻的心就会枯死。所以我拿起笔，在一个练习本上写下一些东西来发泄我的感情、倾吐我的爱憎。'"

"那么'我的感情'和'我的爱憎'又是从哪里来的呢？不用说，它们都是从我的生活里来的，从我的见闻里来的。生活的确是艺术创作的源泉，而且是惟一的源泉。古今中外任何一个严肃的作家都是从这惟一的源泉里吸取养料，找寻材料的。文学作品是作者对生活理解的反映。尽管作者对生活的理解和分析有对有错，但是离开了生活总不会有好作品。"

"去年五月下旬我在一个会上的发言中说过：'创作要上去，作家要下去。'"①

这篇文章的成文日期为1979年1月27日，巴金透彻地探讨了文学对他个人生命的重要意义，细致入微地道出他踏上文学征途的初衷、独特的写作方式，以及他坚定不移的信念——优秀的文学作品必然植根于生活的深厚土壤之中。在《再谈〈望乡〉》一文中，巴金曾深情地阐述了他所推崇的"深入生活"创作理念。他坚信，唯有真正沉入生活的底层，深入理解并体验人物的喜怒哀乐，甚至在一定程度上"化身"为人物本身，才能创作出鲜活灵动、直击人心的作品。这种对生活的深刻洞察与细腻描绘，构成了巴金文学世界的基石。

提及巴金当年的创作环境，我们不妨引用《巴金论创作》中的两段珍贵描述，以窥见一斑：

"我曾如此描绘自己的创作状态：'每日每夜，热情如火般在我体内燃烧，仿佛一根无形的鞭子不断抽打着我的心。眼前浮现出无数惨痛的画面，那是大多数人的苦难与我自己的苦难交织而成的画卷。这些苦难驱使我的手不停地颤抖，不停地书写。我的创作环境始终如一地单调：空旷的房间内，一张堆满书籍、报纸和稿纸的方桌，几扇透

---

① 巴金：《"长官意志"》，《随想录》，人民文学出版社2018年版，第44—47页。

进阳光的窗户，一张破旧的沙发，还有两个小圆凳。我的手在纸上飞快地移动，仿佛有无数灵魂通过我的笔倾诉他们的痛苦。我忘却了自己，忘却了周遭的一切，成为了一台不知疲倦的写作机器。时而蹲在椅子上，时而俯身桌上，又或起身在沙发前坐下，激动地挥洒笔墨。就这样，我完成了长篇小说《家》以及其他中篇小说。'"

"在那样艰苦的年代，连买一瓶墨水都是奢望。写作《憩园》时，我随身携带一锭墨、一支小字笔和一大叠信笺。每到一处，便借个小碟子，倒点水，在碟子上磨几下墨，便开始写作。这情景让我想起了俄罗斯文学巨匠果戈理在简陋小旅店中创作的场景。我也是一路走，一路写，从贵阳的旅馆到重庆，终于完成了这部作品。（记得在重庆北碚的一个小旅馆里，我写到《憩园》的结尾部分，电灯昏暗，我只得点燃一小截蜡烛。然而，文思如泉涌，蜡烛却很快燃尽，我多么渴望能再有一截蜡烛，让我继续沉浸在创作的世界中。）"①

这两段文字，我曾将其打印出来，贴在狭小却充满梦想的书桌上，作为对自己的鞭策与激励。与巴金当年的创作环境相比，我们如今所拥有的写作条件要幸福得多。从巴金的文字中，我们能深切感受到他创作时那份如火般燃烧的激情与驱动力，对文学无尽的热爱与追求。他的文字承载着时代痛苦的共鸣与反思，记录了个人的苦难历程，更映射出整个时代的沧桑巨变。那种忘我的写作状态，是巴金个人艺术追求的写照，更是文学真实、深刻魅力的生动体现。

---

① 巴金：《文学生活五十年——一九八〇年四月四日在日本东京朝日讲堂讲演会上的讲话》，《巴金论创作》，上海文艺出版社，1983年2月第一版，第11—12页。

* 10 *
把心交给读者
——五十年的写作秘诀

"前两天黄裳来访,问起我的《随想录》,他似乎担心我会中途搁笔。我把写好的两节给他看;我还说:'我要继续写下去。我把它当作我的遗嘱写。'"

"我还要争取写到八十,争取写出不是一本,而是几本《随想录》。我要把我的真实的思想,还有我心里的话,遗留给我的读者。"

"青年是中国的希望,他们的期望就是对我的鞭策。我说,像我这样一个小说家算得了什么,如果我的作品不能给他们带来温暖,不能支持他们前进。我说,我没有资格做他们的老师,我却很愿意做他们的朋友,在他们面前我实在没有什么可以骄傲的地方。当他们在旧社会的荆棘丛中、泥泞路上步履艰难的时候,倘使我的作品能够做一根拐杖或一根竹竿给他们用来加一点力,那我就很满意了。"

"离开了读者,我能够做什么呢?我怎么知道我做对了或者做错了呢?我的作品是不是和读者的期望符合呢?是不是对我们社会的进步有贡献呢?只有读者才有发言权。我自己也必须尊重他们的意见。"

"没有读者,就不会有我的今天。我也想说,读者的信就是我的养料。"

"三十年代和四十年代中很少有人写信问我什么是写作的秘诀。从五十年代起提出这个问题的读者就多起来了。我答不出,因为我不知道。但现在我可以回答了:把心交给读者。我最初拿起笔,是这样的想法,今天在五十二年之后我还是这样想。我不是为了做作家才拿起笔写小说的。"①

　　这篇文章的撰写日期为1979年2月3日，巴金在文中深情地透露了将《随想录》视为个人"遗嘱"的深刻寓意，以及他渴望完成多卷《随想录》的强烈愿望。这时大小病痛已不断侵袭，巴金的身体每况愈下，但他的内心依旧秉持着理想主义的光芒，以一种充满智慧的方式，缓缓道出内心的独白。

　　如何以笔为剑地表达内心所想？巴金曾这样坦言道："自幼我便爱发牢骚，但这绝非无意义的呻吟。我拙于言辞，难以用口语清晰表达自己的想法，于是，笔便成了我倾诉的依靠，引领我走上了写作的道路。我并非通过刻苦钻研、勤勉读写来取得所谓的成就。我只是借文学为武器，在作品的天地中生活，在文字的战场上奋斗。无论执笔还是放笔，我都身处生活之中。数十年的写作生涯，我从未刻意追求成功或成就。每当铺开稿纸，我唯一的信念便是：奋笔疾书，勇往直前。"② 此时的巴金，内心有着太多的话想说，这份"遗嘱"是他作为社会公知最有力的一次呐喊。

　　巴金与读者之间，一直存在着深厚而真挚的情感纽带。他的整个创作生涯，都是对读者深情厚爱的生动诠释，也是他"奋笔前进"创作态度的真实写照。文章中，巴金屡次提及与读者的书信往来，他将这些信件视作滋养心灵的宝贵源泉，通过它们洞悉读者的反馈与期待。他渴望成为读者的挚友，与他们分享心灵的触动与思考的火花。同时，巴金并没有忽略他作品对社会影响，知识分子的强烈责任感与使命感，让他期望自己的文字能够让读者看到真实的社会现象及历史

---

① 巴金：《把心交给读者》，《随想录》，人民文学出版社2018年版，第49—56页。
② 巴金：《向老托尔斯泰学习》，《收获》1992年第1期。

之余，给读者带来正面的启迪与引导。

在探索与创新的道路上，巴金从未停歇，他的作品因此始终焕发着勃勃生机与无穷魅力。文章末尾处，我们不难发现，1979年初的巴金已开始感受到体力不支与记忆力的衰退。那时的他尚未被确诊为帕金森综合征，以为只是衰老的必然现象，并没有给予重视。即便在晚年身体极度虚弱，写作变得异常艰难的情况下，巴金依然坚持回复读者的来信。值得一提的是，巴金在作品语言的选择上极为考究，他会刻意避免使用晦涩难懂的词句或生僻的词汇，鲜少融入晦涩的方言俚语或炫耀性的外文。这种语言风格的选择，是他对读者阅读体验的深切尊重，力求让作品更加通俗易懂，便于广大读者接受、理解并广泛传播。

* 11 *
一颗桃核的喜剧
——现代化进程中仍需反封建

"他们扮演的不过是'差役'一类的脚色，虽然当时装得威风凛凛仿佛老大爷的样子。不能怪他们，他们的戏箱里就只有封建社会的衣服和道具。"

"我们绝不能带着封建流毒进入四个现代化的社会。我在四十八年前写了小说《家》。我后来自我批评说，我反封建反得不彻底。但是那些认为'反封建'已经过时的人，难道就反得彻底吗？"①

这篇文章撰写于1979年2月12日，巴金在文首便以《往事与随想》

---

① 巴金：《一颗核桃的喜剧》，《随想录》，人民文学出版社2018年版，第61页。

中一个关于桃核的讽刺笑话，巧妙地隐喻了欺骗的荒谬。自70年代后期起，巴金再度重拾翻译事业，从屠格涅夫的鸿篇巨制《处女地》到赫尔岑的深情回忆录《往事与随想》，每一部作品都倾注了他的心血与热情。《往事与随想》对巴金而言，除译介挑战之外，更是一种心灵的慰藉与精神的寄托。他曾深情地表示，赫尔岑如同他的导师，《往事与随想》对他的文学创作与思想世界产生了深远的影响。

当我们翻开《往事与随想》第一卷，那首被引用的长诗，仿佛生动地描绘了巴金当时的心境：

> 往昔的回忆激荡心间，
>
> 我们重踏旧日轨迹；
>
> 昔日情感再度涌现，
>
> 在心头缓缓复苏；
>
> 让我们心弦紧绷的，
>
> 是那些熟悉的颤动；
>
> 为回忆中的忧伤所困，
>
> 真想发出一声悠长叹息。[①]

学者段怀清在"翻译文化转移的古与今"讲座中，提出了"译者主体与权力及安全性"的深刻见解。若说翻译心爱的文学理论作品，是出于对作家及作品的深切认同与传播的热望，那么在特定的历史背景下，知识分子选择特定作品进行翻译，是否也蕴含着在社会变迁中探寻自我主体地位的渴望？就翻译的本质而言，巴金有着独到的见

---

① ［俄］亚历山大·伊万诺维奇·赫尔岑，巴金、臧忠伦译：《往事与随想》，译林出版社2009年版，第2页。

解："翻译绝非简单地将西洋文学转换为华文，其中必然蕴含着创作的成分。因此，同一著作的不同译本绝不会雷同，每个译本中除了原著者的思想，还应融入译者自己的灵魂。"[1]由此可见，巴金的翻译过程，是情感与智慧的交融，他将自己完全沉浸于语言与作品中，在那些无法直接创作原著的日子里，他仍在不断地摸索与探索。

此外，巴金再次高举起反对封建思想的大旗。在他诞生的年代，封建社会中欺骗之风盛行，不仅被统治者用作维护其统治的工具，更渗透到社会的每一个角落。人们往往选择逃避或美化现实中的问题，这种欺骗的态度严重阻碍了社会的进步与发展。以鲁迅的短篇小说《孔乙己》为例，主人公孔乙己便是一个被封建制度深深毒害的知识分子形象。他出身贫寒，却痴迷于功名利禄，最终沦为一个自欺欺人、逃避现实的悲剧人物。作为五四新文化运动影响下的青年作家，巴金出身于封建大家庭，他早年的许多作品都致力于揭露封建制度的种种弊端。而到了晚年，巴金再次回首历史，提醒人们应以实事求是的态度去批判和改革封建制度，同时警惕自欺欺人的心态，勇于面对现实，积极推动社会的进步与发展。

＊ 12 ＊

关于丽尼同志
——等不到的第四本散文集

"他的才能没有得到很好的发展，我常常这样想。倘使他有充足的时间，倘使他能够关起门来写作，他一定会给我们留下不少的好作品。我在这里用了'关起门来写作'这个词组，并没有特殊的意义，

---

① 陈思和、李辉：《巴金研究论稿》，复旦大学出版社2009年版，第205页。

我只是想说不受到干扰。而在郭，这就是生活上的干扰。"

"我还记得一九三三年年尾到一九三四年年初我带着他的散文到北平，终于把它介绍给靳以在《文学季刊》里发表了一组，后来又介绍给上海的黄源在《文学》月刊里发表了另一组，然后在一九三五年年底在上海出版了他的第一个散文集《黄昏之献》，我不仅是丛书的主编，我还是这本集子的校对人。我这样做，只是因为我喜欢他的散文，我甚至想说他的散文中有值得我学习的地方。"

"我几乎要叫出声来。他写得多好啊！"

"我等待他的第四本散文集，白白地等了多年。"①

这篇文章撰写于 1979 年 3 月 9 日，巴金深情地回顾了 20 世纪三四十年代声名显赫的散文大家郭安仁（丽尼）的生平点滴。字里行间，巴金以其卓越的文学家与编辑家之眼，展现出他对文学才华的敏锐洞察与深厚情感。每当遇见潜力无限的文学新秀，巴金总是由衷赞叹欣喜，并满怀期待地盼望他们能创作出更多璀璨之作。然而，当这些文学之星因种种缘由黯淡退场，无法续写辉煌时，巴金内心深处便会涌起无尽的惋惜。他当然理解文学创作的艰难与挑战，以及每位作家独有的生活重负与创作瓶颈，故而，目睹那些本该更加耀眼的文学之才在困境中挣扎，巴金的心中满是遗憾与无奈。

巴金的这份惋惜，并不局限于对个别作家的关怀，而是对整个文学事业深沉的忧虑与强烈的责任感。他认为每位作家的成长与创作都是文学殿堂中不可或缺的瑰宝，而他们的沉默与流失，则是文学事业不可估量的损失。因此，无论时代如何变迁，巴金始终不遗余力地鼓

---

① 巴金：《关于丽尼同志》，《随想录》，人民文学出版社 2018 年版，第 62—67 页。

励、扶持并助力文学新人的成长，为文学的繁荣贡献着自己的力量。

值得一提的是，巴金的编辑生涯长达半个世纪之久，早在1921年，他便踏上了编辑之路。尤其是从1935年起，他担任文化生活出版社总编辑一职，长达十四年之久，全然出于义务，未取分文报酬。他全身心沉浸于编辑工作的每一个细节，从组稿、审稿到校对、监督印刷，甚至亲自参与书籍的装帧设计、插图选择与排版布局。晚年时期，巴金仍倾注大量心血于《巴金全集》的审校工作，在1994年，不顾个人健康，决然地投入《巴金译文全集》（十卷本）的编纂中，力求早日将这部凝聚其一生翻译心血的巨著呈献给读者。在此期间，他要忍受帕金森综合征的折磨，还因未知自己已罹患严重骨质疏松症，继续坚持高强度的校对任务。每日手捧沉重的德文大词典，一字一句地精细校对，这份长时间的劳作对他的身体造成了极大的负担，最终导致了脊椎压缩性骨折，使他不得不卧床休养三个月有余。巴金对《巴金译文全集》的执着与奉献，是对其作家与翻译家身份的专业诠释，也是他对文学事业无尽热爱的深刻体现。病痛与衰老从来不是巴金的借口，他始终坚守知识分子的岗位，渴望将自己的文学遗产完好无损地传承给后世——这份坚持坚不可摧，未曾有过丝毫动摇。

* 13 *

三次画像
——我更喜欢第二张的自己

"这幅画像在我家里已经挂了将近两年，朋友们看见它，都说不像，说是脸长了些，人瘦了些。可是我喜欢它。我觉得它表现了我当时的精神状态，我在控诉，我愤怒。我就是这样。"

"我的生命力可以转移到别的方面，我可以从事正常的工作和写作，我当然要毫无保留地使出我全身的力量，何况我现在面对着一个严酷的事实：我正在走向衰老和死亡。把想做的事都做好，把想写的作品全写出来，使自己可以安心地闭上眼睛，这是我最后的愿望。因此今天鼓舞我奋勇前进的不仅是当前的大好形势，还有那至今仍在出血的我身上的内伤。老实说，我不笑的时候比笑的时候更多。"[1]

这篇撰写于1979年3月17日的文章，以画家俞云阶为巴金绘制肖像的趣事为引子，细腻地展开了三次跨越岁月的"模特"经历。巴金尤为钟情于第二次的画像，画中人仿佛正愤怒地控诉，那份激昂的状态让他深感共鸣与喜爱。而后，画家又创作了一幅洋溢"青春焕发感"的巴金肖像，但巴金却笑言，那画中人更像画家本人精神风貌的写照——更加成熟稳健，勤勉不懈，对艺术创作满怀信心。[2]

文学作品里，作家以文字为笔，勾勒人物、场景，抒发情感，每一笔都蕴含着作家的情感体验与深刻思考。同理，画家在画布上挥洒色彩，亦是将个人的情感、思考与精神状态融入其中，使画作超越了简单的物象再现，成为心灵的抒发与主观的表达。

文章尾声，巴金再次袒露心声，表达了他的深切愿望。《随想录》作为巴金晚年的心血之作，其忧思重重的笔触贯穿全书，主要体现在他对历史的思辨、对自我的无情解剖以及对文学与社会的深切忧虑上。这份忧思，既源自他对民族历史长河的庄重审视，也饱含对未来的深切忧虑。在深入进行自我剖析的旅程中，巴金以一种真挚而全面的方式，展现了一个立体且丰富的自我形象。他缓缓揭开岁月尘封的

①　巴金：《三次画像》，《随想录》，人民文学出版社2018年版，第73—74页。

②　巴金：《三次画像》，《随想录》，人民文学出版社2018年版，第74页。

伤疤，揭示出人性的脆弱多面与错综复杂，这份真诚与深度，在每位读者的心湖投下巨石，激起层层涟漪。

* 14 *
五四运动六十周年
——希冀下一代青年英雄

"可是今天我仍然像在六十年前那样怀着强烈的感情反对封建专制的流毒，反对各种形式的包办婚姻，希望看到社会主义民主的实现。"

"和我同时代的许多青年都是这样，虽然我们后来走上了不同的道路。我们是五四运动的产儿，是被五四运动的年轻英雄们所唤醒、所教育的一代人。他们的英雄事迹拨开了我们紧闭的眼睛，让我们看见了新的天地。可以说，他们挽救了我们。"

"今天我回头看十一年中间自己的所作所为和别人的所作所为，实在可笑，实在幼稚，实在愚蠢。"

"我因为自己受了骗，出了丑，倒反而敢于挺起胸来'独立思考'，讲一点心里的老实话。"

"说实话，我们这一代人并没有完成反封建的任务，也没有完成实现民主的任务。一直到今天，我和人们接触、谈话，也看不出多少科学的精神，人们习惯了讲大话、讲空话、讲废话……"

"我说过，现在是'四·五'运动英雄们的时代，在这一代青年英雄的身上寄托着我们的希望。过去没有解决的问题将由他们来解决。四个现代化的宏图也将由他们努力来实现。我们要爱护他们。"①

　　这篇撰写于 1979 年 3 月 13 日的文章，生动再现了巴金作为青年学者，在六十年前深受五四新文化运动洗礼的辉煌篇章。在这场轰轰烈烈的文化运动中，五四新文化运动高举"新文学"大旗，向旧文学发起挑战，而年轻的巴金正是在这股浪潮中，接触并沉醉于《新青年》等进步书刊，吸纳着反封建、倡导科学民主的思想精髓。那时，他如饥似渴地搜罗并研读各类新文化刊物，逐字逐句地汲取着知识的甘露，四处求师问道，渴望找到一条光明的前行之路。受此影响，巴金的文学创作之路悄然开启，其早期作品无不洋溢着五四精神的光芒——批判传统封建家庭的桎梏，追求个性解放与自由，崇尚科学、民主与进步，同时饱含对人道主义的深切关怀。

　　《随想录》不仅是一部记录个人在风雨飘摇时代中悲欢离合的哀伤篇章，它更是巴金善良心灵与清醒灵魂的璀璨绽放。在这部鸿篇巨制中，巴金真实记录了个人在动荡年代的坎坷经历与深刻感悟，更以超然物外的思辨精神，使文字成为五四新运动精神的薪火传承者，持续照亮并启迪着无数读者的心灵。面对苦难，巴金没有选择屈服，而是以深邃的思考与独到的见解，对时代与社会进行深刻的剖析与自我反思。他将五四新运动的火种深深植根于作品中，激励人们在逆境中坚守独立思考，勇敢追寻真理与正义。正因如此，《随想录》凝聚了巴金作为知识分子的良知与使命，在中国现代文学史上树立了一座融合个人情感抒发与深远社会意义的里程碑，熠熠生辉。

---

　　① 巴金：《五四运动六十周年》，《随想录》，人民文学出版社 2018 年版，第 76—79 页。

＊ 15 ＊

小人·大人·长官

——多动脑筋思考

"不知道是真相信，还是假相信，甚至是不相信，更可能是没有考虑过真假和信与不信。"

"总之，把自己的命运交给别人，甚至交给某一个两个人，自己一点也不动脑筋，只是相信别人，那太危险了。"

"经过这样的锻炼和考验之后，我们大概比较成熟了吧，我们不再是小孩了。总得多动脑筋，多思考吧。"[1]

这篇撰写于1979年3月28日的文章，是巴金对时代精神的又一次深刻思辨与警示。在文中，巴金以犀利的笔触，揭示了盲从权威所带来的严重后果，犹如一面镜子，映照出人类历史上无数因盲目追随而导致的悲剧。他恳切地告诫读者"要多动脑筋"，在面对纷繁复杂的信息与观点时，应保持清醒的头脑，学会从历史的尘埃中吸取教训，不断锤炼自己的独立思考能力，坚守并勇于表达自己的独特见解。

特别是在文学创作与评论这一领域，巴金的独立思考精神尤为珍贵。他坚信，文学不应仅仅是权威声音的传声筒，更不应沦为传达特定观念的工具。相反，文学应是一面镜子，真实映照出个体内心的感受与思考，成为连接人心、反映社会风貌的桥梁。巴金强调，文学的魅力在于其多样性与包容性，它应像一片广袤的森林，容纳各种树木的生长，倾听每一片叶子在风中摇曳的声音。无论是激昂的呐喊，还

---

[1]　巴金：《小人·大人·长官》，《随想录》，人民文学出版社2018年版，第81—84页。

是细腻的低语，文学都应给予它们应有的空间，让不同的声音和观点在这里交汇、碰撞，激发出更加绚烂的思想火花。

巴金的这一观点，是对文学创作者的殷切期望和对每一个热爱文学、渴望通过文字探索世界的人的深情呼唤。他鼓励我们，在文学的海洋中遨游时要学会欣赏那些波澜壮阔的壮丽景象，学会倾听那些细微而真挚的声音，用我们的心灵去感受、去思考、去创造，让文学成为我们独立思考与自由表达的乐园。

* 16 *

再访巴黎
——让我用笔，继续燃烧自己

"我老是在想四十六年前问过自己的那句话：'我的生命要到什么时候才开花？'这个问题使我很苦恼，我可以利用的时间就只有五六年了。逝去的每一小时都是追不回来的。在我的脑子里已经成形的作品，不能让它成为泡影，我必须在这一段时间里写出它们。否则我怎样向读者交代？我怎样向下一代人交代？"

"这次来法访问我个人还有一个打算：向法国老师表示感谢，因为爱真理、爱正义、爱祖国、爱人民、爱生活、爱人间美好的事物，这就是我从法国老师那里受到的教育。"

"我想起了四十六年前的一句话：

'就让我做一块木柴吧。我愿意把自己烧得粉身碎骨给人间添一点点温暖。'（见《旅途随笔》）

我一刻也不停止我的笔，它点燃火烧我自己，到了我成为灰烬的时候，我的爱、我的感情也不会在人间消失。"①

文章最终完稿于1979年5月22日。巴金与孔罗荪、李小林、徐迟等人一同踏上了重返法国的土地，这是一次跨越半个世纪的回访，也是一次心灵的追溯。回想起1927年1月，那个满怀激情与梦想的青年巴金，从上海起程，踏上了前往法国的求学之旅。这并非一时冲动的决定，而是他内心深处对知识与真理的渴望所指引的必由之路。在法国的岁月里，巴金的文学才华得到了充分的滋养与绽放，1928年，他在法国完成了自己的第一部中篇小说《灭亡》，这部作品是他文学创作正式启航的标志，预示着他未来将以笔为剑，书写人生的辉煌篇章。同年冬天，巴金满载而归，法国的留学经历如同一股清泉，深深滋润了他的心灵与创作，为他的人生轨迹和文学世界留下了不可磨灭的印记。

在这几段简洁却富有深意的文字背后，我们仿佛能看见那个年轻巴金的身影，他心中苦闷交织，却渴望通过文字倾诉与控诉；他向往着"生命的开花"，对人类世界充满了无尽的热爱与关怀；对他而言，写作是一种表达，一种深沉的付出，是他与世界对话、与自己对话的方式。

在《巴金论创作》一书中，巴金曾深情地回忆起自己在法国的一段经历："有一次，我独自漫步在国葬院旁的小径上，不知不觉间，我来到了卢梭铜像的脚下，不由自主地伸出手去触摸那冰冷的石座，就像是在抚摸一个久违的亲人。随后，我抬起头，仰望着那位手持书籍与草帽，巍然屹立的巨人——那位被托尔斯泰誉为'十八世纪全世

---

① 巴金：《再访巴黎》，《随想录》，人民文学出版社2018年版，第86—87页。

界的良心'的思想家。我在那里静静站立了许久，仿佛忘却了世间所有的痛苦，直到警察沉重的脚步声将我拉回现实，让我猛然意识到自己正置身于一个怎样的世界之中。"①

正是早年间卢梭以及其他法国思想家、哲学家对巴金的深刻影响，让他勇于直面自己的缺陷，借鉴了卢梭在《忏悔录》中所展现的真诚面对自我的勇气。在《随想录》这部巨著中，巴金以非凡的勇气，将历史过往中人们思想上的谬误与错误真实地呈现在读者面前，他强调独立思考的重要性，呼吁人们要敢于"说真话"，用真诚与勇气去照亮前行的道路。这是他个人对灵魂的洗礼，对整个社会思想的反思与推动。

＊ 17 ＊
诺·利斯特先生
——赫尔岑在苦难中重生

"《往事与随想》中译本第一部出版了。这只是一件巨大工作的五分之一，要做完全部工作，还需要付出更辛劳的劳动。我有困难，但是我有决心，也有信心。"

"我一九二八年第一次买到《往事与随想》，开始接触赫尔岑的心灵。今天正是我和他们同样热爱的赫尔岑的著作、同样珍贵的赫尔岑的纪念把我们紧密地联结在一起。谈起赫尔岑一家的事情，我们好像打开了自来水的龙头，让我们谈一天一晚也谈不完。"

---

① 巴金：《写作生活的回顾》，《巴金论创作》，上海文艺出版社1983年版，第40页。

"但是苦难并不能把一个人白白毁掉。他留下三十卷文集。他留下许多至今还是像火一样燃烧的文章。它们在今天还鼓舞着人们前进。"[1]

这篇文章撰写于1979年6月2日，其前半部分精心摘录了巴金在《往事与随想》的《后记二》中的深情回忆。在这段珍贵的文字里，巴金的思绪飘回到那个在巴黎与赫尔岑的曾外孙诺·利斯特伉俪会面的温馨时刻。他坚定地表达了自己决心翻译《往事与随想》这部巨著的强烈意愿，深情地回溯了赫尔岑这位伟大思想家对他个人成长与文学创作的深远影响。巴金感慨万分地提到，赫尔岑那历经沧桑却仍熠熠发光的文字，仿佛是从一个饱经风霜的灵魂深处流淌出的智慧之泉，让人不禁为之动容。

19世纪的俄罗斯，赫尔岑以其深邃的思想和卓越的文学成就，成为那个时代最耀眼的星辰之一。对于巴金而言，赫尔岑是一位文学上的导师，一位精神上的引路人。文学题材上，赫尔岑对家庭生活的细腻描绘激发了巴金对大家庭这一社会单元的深刻洞察，使他的作品常常以大家庭为背景，巧妙地折射出社会的种种现实。文学思想上，赫尔岑对现实主义文学的执着追求和对人性深层次的探索，为巴金的文学创作提供了宝贵的启示，引导他更加深入地挖掘人性的复杂与美好。

更为难能可贵的是，赫尔岑所秉持的人道主义精神与巴金的理想主义情怀不谋而合，这种精神上的共鸣使得巴金在创作过程中更加注重对人性光辉的颂扬和对弱势群体的深切关怀。在翻译赫尔岑的著作时，巴金找到了与自己心灵相通的表达方式，在特定的历史

---

① 巴金：《诺·利斯特先生》，《随想录》，人民文学出版社2018年版，第90—92页。

时期里，将这一过程视为一种自我修复与精神寄托的方式，这些作品帮助他度过了精神上的艰难时刻，重新找回了内心的平静与力量。

每当巴金沉浸于赫尔岑那充满激情与智慧的文字之中时，他都仿佛被一股无形的力量所激励，内心涌动着无尽的创作欲望。他渴望将自己的思考与感悟化为滚烫的文字，像火一样燃烧在纸面上，照亮读者的心灵，传递着那份对人性、对理想、对生活的热爱与执着。赫尔岑对巴金的影响，不仅有文学上的启迪，更多的是灵魂深处的共鸣与传承，这份深厚的情谊与敬仰，将永远镌刻在巴金的文学人生之中。

＊ 18 ＊
在尼斯
——笔不能停

"我总是希望作品对读者有所帮助，而自己又觉得它们对读者并无实际的益处。因此产生了矛盾，产生了痛苦。三十年代我常常叫嚷搁笔，说在白纸上写黑字是浪费生命，而同时我却拼命写作，好像有人在后面拿鞭子抽打我。我不是弄虚作假，装腔作势，在我的内心正在进行一次长期的斗争。两股力量在拉我，我这样经过了五十年，始终没有能离开艺术。今天快走到生命尽头的时候，我还下决心争取时间进行创作。我当时利用艺术发泄我的爱憎，以后一直摆脱不了艺术。现在我才知道艺术的力量。"

"我常常说：'读者们接受我的作品就是我的最大的荣誉。'我也曾'把读者们的期待当作对我的鞭策'。到处我都听见一个友好的声音：‘写吧。’‘我要写，我要写。’没有把我想的和应当写的东西写出来，我对读者欠了一笔债。不偿清债务，我不会安静地闭上眼睛。”

"矛盾解决了。我要永远捏着我的笔。写了几十年，我并没有浪费我的生命。我为什么还要离开艺术、摆脱艺术呢？离开了友谊和艺术，我的生命是不会开花的。"①

　　这篇文章撰写于1979年6月17日，巴金在其中再次剖析了写作之痛的矛盾本质。早年间的他，时常嚷着要停笔，因为那时的写作对他而言，仅仅是一种情感宣泄的方式，而非生命的全部。然而，正是这种矛盾与摇摆的独特人格，成了推动巴金走向文学巅峰的重要力量。学者陈思和在早年的《人格的发展——巴金传》中深刻指出，巴金的思想与性格中的矛盾，正是他成功的秘诀所在："他的魅力并非源自生命的圆满，而是源自人格的分裂。他渴望成就的事业未能如愿，而无意间踏入的领域却让他声名鹊起。他的痛苦、矛盾、焦虑……这些情感通过文学语言的抒发，触动了同样身处困境的中国知识青年的心灵，使他成了一代人的偶像。巴金的痛苦即是他的魅力，巴金的失败铸就了他的成功。"②

　　这一观点的提出，为我们揭示了一个更为真实的巴金：他早年经历世事时的内心挣扎与信仰的偏移，并非偶然，而是他人生自我蜕变、精神升华的必经之路。换言之，巴金所承受的痛苦、矛盾和焦虑，以及他在职业与生活选择上的徘徊与抉择，共同铸就了他独特而深邃的人格魅力。

　　此外，巴金对于《寒夜》这部作品的看法也值得一提。他曾因

---

① 巴金：《在尼斯》，《随想录》，人民文学出版社2018年版，第94—97页。
② 陈思和：《人格的发展——巴金传》，上海人民出版社1992年版，第118页。

《寒夜》所传达的痛苦与绝望，而将其称为"悲观绝望的书"。甚至在1977年，他仍为那句"夜的确太冷了"而深感遗憾。然而，当他看到旧版日译本将《寒夜》誉为"一本燃烧着希望的书"时，他的观念开始逐渐转变。到了1981年，巴金更是明确表示："《寒夜》是一本充满希望的书，因为旧的灭亡预示着新的诞生，黑暗过去，黎明必将到来。"①

我深感赞同巴金的这一观点。《寒夜》虽然以汪文宣的死亡作为结局，但作品中的两位主人公——汪文宣与曾树生，却以各自的方式展现了生命的坚韧与希望。汪文宣虽然怯懦无为，但在生命终结之际，却对生命产生了深深的依恋；而曾树生则勇敢地跨出了自己并不喜欢也不适合的圈子，展现出独立与果敢的精神。这何尝不是一种"重生"的寓言，暗示着如果生命可以重来，汪文宣或许会选择一条截然不同的道路，拥抱全新的未来。

＊ 19 ＊
重来马赛
——旧地重游

"在我的另一个短篇《不幸的人》里，叙述故事的人在旅馆中眺望日落、描绘广场上穷音乐师拉小提琴的情景，就是根据我自己的实感写的。印象渐渐模糊了，可是脑子里总有一个空旷的广场和一片蓝蓝的海水。"

---

① 巴金：《〈寒夜〉挪威文译本序》，《巴金全集》（第八卷），人民文学出版社1989年版，第707页。

"我在法国至少学会两件事情：在巴黎和沙多—吉里我学会写小说；在马赛我学会看电影。"

"看了好的影片，我想得很多，常常心潮澎湃，无法安静下来，于是拿起笔写作，有时甚至写到天明。今天，我还在写作，也常常看电影，这两件事在我一生起了很大的作用。"

"我不晕船，我爱海，我更喜欢看见海的咆哮。海使我明白许多事情。"

"走上了飞机，我还在想一个问题：不搞人的思想现代化只搞物质现代化，行不行？得不到回答，我感到苦恼。"①

　　这篇文章撰写于1979年7月6日，巴金以其细腻的笔触，记录了再次踏足马赛的所见所感，以及那些被岁月尘封的往事。他的思绪如同潮水般涌来，将我带回了他曾经以马赛附近海边体验为灵感创作的短篇小说中。巴金一生的文学创作，始终秉持着一种真挚而深刻的态度，他将个人的生活体验融入字里行间，通过描绘那些耳熟能详的环境与人物——无论是大家庭的温馨与纠葛，还是抗战时期小人物的悲欢离合，都真实地反映了社会的风云变幻与时代脉搏。

　　巴金对海的热爱，如同他对生活的执着，深沉而炽热。他笔下的海，既有着丝绸般的柔滑与顺从，又展现出烟波浩渺、一望无际的壮阔。海的涌动与咆哮，仿佛是他内心深处情感巨浪的翻涌，每一次浪花的拍打，都似乎在诉说着无尽的秘密，引发他对时势的深刻洞察与对生命的无限思索。在给友人的书信中，巴金曾深情地写道，海是一

----

① 巴金：《重来马赛》，《随想录》，人民文学出版社2018年版，第98—101页。

位无言的智者，尤其是在波涛汹涌之时，那滚滚巨浪仿佛能洞察生活的真谛，让人在震撼中领悟生命的奥秘。海，对巴金而言，是自然景观的描绘和他心灵世界的镜像，寄托了他对自由的向往与对未知世界的无尽探索。

文章末尾，巴金以擦鞋这一日常小事为切入点，巧妙地引出了他对未来精神世界空虚化的深切忧虑。他观察到，曾经需要人工细心擦拭的鞋子，如今已被高效的擦皮鞋机器所取代，这一变化虽体现了物质文明的进步，却也让他担忧起人们精神世界的贫瘠。巴金认为，物质的现代化固然不可或缺，但若忽视了人的思想层面的成长与提升，社会的发展将变得片面且难以持续。在物质日益丰富的今天，人们往往容易迷失在对物质的盲目追求中，导致精神世界的空虚与迷茫。巴金的这一担忧，体现了一位新文化运动时期知识分子的责任感与担当，如同一盏明灯，时刻提醒着我们在追求物质丰盈的同时，切勿遗忘精神世界的充实与升华。

* 20 *
# 里昂
——五十二年的友谊

"我错就错在我想写我自己不熟悉的生活，而自己并没有充分的时间和适当的条件使不熟悉的变为熟悉，因此我常常写不出作品，只好在别的事情上消磨光阴。"

"至于友谊，我不会为过去那些散文感到遗憾。固然我在这方面走过不少弯路，有时候把白脸看成红脸，把梦想写成现实。即使一些文章给时间淘汰了，但人民的友谊永远不会褪色。我开始写作时有一个愿望就是追求友谊。我第一次到法国，有一个愿望也是追求友谊。在五十多年的创作生活中我始终没有停止对友谊的追求。"

"我没有把它们带回国内，我辜负了法国朋友的友情。我谈论友情，绝不是使用'外交辞令'，我是认真地追求它，严肃地对待它。为了这失去的礼物，我不会原谅自己。我必须把心里的话写出来，才能够得到安宁。"①

这篇文章撰写于1979年7月9日，是巴金在"随想"系列中，以春天访问法国的经历为线索，展开的一系列深度思考与情感抒发。在这几篇文字中，巴金勇敢地对自己过去的创作实践进行了自我批判。他坦白，在过去的一段时间里，为了迎合某些外部要求或完成任务，他曾试图去刻意描写那些自己并不真正熟悉、甚至从未亲身体验过的环境和人物。这种违背创作初衷的尝试，让他始终感到百般煎熬，让他的作品失去应有的真实性与感染力，没了灵魂。

巴金对此深感懊悔，并认识到在文学创作这条道路上，坚守真实原则与"深入生活"的体验是何等重要。他强调，只有真正融入生活，亲身感受那些细微的情感波动与时代的脉搏，才能创作出既真实又富有价值的作品，才能触动读者的心灵，引发共鸣。这是巴金对文学创作的执着与坚守，体现了他作为一位作家的责任感与使命感，以及他对艺术真实性的不懈追求。

在文章的尾声，巴金叙述了一件令他内心深受触动的小事：在回程的飞机上，他不慎丢失了法国友人精心挑选并赠予他的礼物。这份礼物虽小，却凝聚着中法两国人民之间深厚的友谊与无言的理

① 巴金：《里昂》，《随想录》，人民文学出版社2018年版，第106—108页。

解，象征着两国文化交流的桥梁。巴金在文中多次深情地表达了友谊对他生命的重要意义。五十二年前，他初到法国，是为了追求那份跨越国界的真挚友谊；五十二年后的今天，这份友谊依然如初，历久弥新。

在巴金看来，友谊是生命中最宝贵的财富之一，它是由真心与信任共同构筑的坚固堡垒，其中蕴含着理解、包容与承诺。这份对友谊的珍视与坚守，体现在他的个人生活中，更渗透在他的文学创作中，成为他笔下一个个鲜活人物之间情感交织的纽带。因此，篇末巴金再次重申了自己的决心：他将更加努力地写作，用文字记录下那些关于友谊、关于生活、关于时代的真实故事，以实际行动诠释自己对友谊的坚定承诺与不懈追求。

＊ 21 ＊

沙多—吉里
——找寻古然夫妇的足迹

"我从来没有像现在这样把过去和现在混在一起，将回忆和现实揉在一起，而陶醉在无穷尽的友谊之中！我甚至忘记了时间的短暂。"

"我没有打听到古然大妇安葬在哪里，也没有能在他们的墓前献一束花。回到北京我才想起我多年的心愿没有实现。不过我并不感到遗憾。这次重访法国的旅行使我懂得一件事情：友谊是永恒的，并没有结束的时候。即使我的骨头化为灰烬，我追求友谊的心也将在人间燃烧。古然夫人的墓在我的心里，墓上的鲜花何曾间断过。重来沙多—吉里也只是为了扩大友谊。"①

　　这篇文章撰写于1979年7月12日，巴金以沙多—吉里邂逅的古然夫妇为引子，深情回望了那段留法求学的青葱岁月。此次重返里昂，他怀揣着一份难以言喻的期盼，试图探寻那对曾给予他温暖与关怀的老夫妇的安息之地。然而，紧凑的行程并没有给他机会，让他无法抽身去完成这一心愿，寻找那片承载着无数回忆与情感的墓地。四十余日的法国之旅，如同一场穿越时空的心灵之旅，将那些尘封的记忆与深厚的友情再次点燃，照亮了他内心深处的每一个角落。

　　字里行间，巴金流露出的情感深沉而复杂，既有对未能亲赴墓地、献上鲜花的遗憾与惋惜，又蕴含着一种超越生死、直抵灵魂深处的坚韧与力量。他并未沉溺于遗憾的泥沼，而是将其转化为一种更为深沉的感悟：友谊，这一世间最纯粹的情感，是超越生死界限的永恒存在。他坚信，即便肉身化为尘土，对友谊的执着与珍视也将如永不熄灭的火焰，在他心中熊熊燃烧，照亮前行的道路。这份对友谊的坚定信仰，历经半个世纪的洗礼，越发显得壮烈而崇高。在巴金的心中，那束未曾实际献上的花束，早已化作了对古然夫妇最深切的缅怀与祭奠，它超越了物质的形式，成为一种精神上的永恒寄托与延续。

　　文章末尾，巴金提及重访法国的目的在于"扩大友谊"，这体现了他对中法关系发展的积极态度和他对于友谊这一美好情感的珍视与追求。他不满足于仅仅停留在对过去的回忆与怀念之中，而是希望通过实际行动，不断延续和加深这份跨越国界、跨越时间的深厚情谊。巴金的这份情怀与担当，为中法文化交流与友谊的桥梁增添了一份更加坚实的力量。

---

① 巴金：《沙多—吉里》，《随想录》，人民文学出版社2018年版，第113—114页。

* 22 *

"友谊的海洋"

——看得高一点，想得远一点

"对于友谊各人有不同的看法。有的人认为对朋友只能讲好话，只能阿谀奉承，听不得一句不同的意见，看不惯一点怀疑的表示。我认为不理解我，并不是对我的敌视；对我坦率讲话，是愿意跟我接近；关心我，才想把一些与我有关的事情弄清楚。对朋友我愿意把心胸开得大一点，看得高一点，想得远一点。"

"历史总是要前进的，我始终这样相信。历史是人民群众写出来的，我始终这样相信。"

"我们飞渡重洋，探'亲'访友，难道不是为了增进友谊？为什么我的眼前还有那一片热气腾腾的人海？为什么我的耳边还响着法国朋友们的亲切招呼？为什么我怀着倾吐不尽的真实感情写下这一篇一篇的回忆？为什么我在三十五摄氏度的大热天奋笔疾书的时候恨不得把心血也写在纸上？原因是：我想到远在法国的许多朋友，我重视他们的友情"①

这篇文章撰写于1979年7月16日，正值巴金结束法国访问两个月后。在法国的那段日子里，他深切地感受到了友谊如春日暖阳般的温暖与力量，这份体验如同一股清泉，滋润了他心灵的土壤。回到熟悉的上海，巴金的状态悄然发生了变化，与在法国时相比，他少了些对过往岁月的深情回顾，却多了几分对人生真谛的深刻探究与沉思。这

---

① 巴金：《"友谊的海洋"》，《随想录》，人民文学出版社2018年版，第116—121页。

种变化是他个人情感世界的丰富与成长，对友谊这一人生宝贵财富态度转变的生动体现。

　　巴金对于友情的态度，深刻反映了他坦诚、宽容与珍视真挚友谊的人格魅力与精神风貌。他坚信，真正的朋友之间应当坦诚相待，勇于倾听彼此不同的声音，甚至能够包容对方心中的疑惑与不解。在巴金看来，友谊并非一味地追求完全的理解与共鸣，而是在接纳与相处的过程中，学会尊重彼此的差异，理解每个人都有自己的难言之隐。他强调，坦率是友谊的基石，是彼此靠近的前提；而真正的关心，则会促使我们去澄清误会，消除隔阂，让友谊之树常青。

　　巴金以开阔的胸襟、高远的视野和长远的思考来对待朋友，他的这种友谊观为当时的人们树立了榜样，更为后人如何处理友谊关系提供了宝贵的典范。他告诉我们，友谊不是一时的激情与冲动，而是需要时间去培养、去呵护的珍贵情感。在这个过程中，我们需要学会坦诚、宽容与理解，用真心去换取真心，用真诚去维系这份来之不易的缘分。巴金的友谊观，如同一盏明灯，照亮了人们心灵的深处，指引着我们在人生的旅途中，去寻找、去珍惜那些能够与我们并肩同行、共度风雨的真正朋友。

＊ 23 ＊
中国人
——游子的心，永远向着母亲

　　"我过去常说我写小说如同在生活，我的小说里的人物从来不是一好全好，一坏到底。事物永远在变，人也不会不变，我自己也是这样。我的思想也并不是一潭死水。所以我想，即使跟思想不同的人接触，只要经过敞开胸怀的辩论，总可以澄清一些问题。只要不是搞阴谋诡计、别有用心的人，我们就用不着害怕，索性摆出自己的观点，看谁能说服别人。"

"不管你跑到天涯海角，你始终摆脱不了祖国，祖国永远在你的身边。"

"我惟一的武器是'讲老实话'，知道什么讲什么。我们的祖国并不是人间乐园，但是每个中国人都有责任把它建设成为人间乐园。"

"我始终感觉到有一位老母亲的形象牵系着他的心，每一个游子念念不忘的就是慈母的健康，他也不是例外……"

"我每想到祖国人民在困难中怎样挺胸前进的时候，我的脑子里就浮现出散居在世界各地的中国人。一滴一滴的水流入海洋才不会干涸。母亲的召唤永远牵引游子的心。"①

这篇文章撰写于1979年7月22日，巴金以其独特的笔触，多维度地描绘出"游子之心"——那是一种远离故土后，深埋心底、难以割舍的眷恋与思念。作为曾经的游子，巴金的思乡之情犹如夜空中最璀璨的星辰，既是指引他归途的明灯，又在触手可及之时，化作一抹遥不可及的幻影，让人心生向往却又难以触及。

尤为值得一提的是巴金在《海行杂记》中的《再见罢，我不幸的乡土哟！》一文，深情而真挚地记录了他1927年首次背井离乡时的复杂情感。他深情地写道："这二十二年来，你滋养了我，我无时无刻不徜徉在你的怀抱，无时无刻不受到你的庇护。我的衣食皆源

① 巴金：《中国人》，《随想录》，人民文学出版社2018年，第122—128页。

自你，我的悲喜亦由你赋予。我的亲人在这片土地上生根发芽，我的朋友也遍布这里的每一个角落。""雄伟的黄河，神秘的扬子江啊，你们那辉煌的历史如今何在？如此广袤的国土！如此坚韧的人民！我的心，又如何能够离你们而去？"[①]在《海行杂记》中，巴金细腻地刻画了船只缓缓驶离故乡海岸的那一刻，生动叙述了航行途中他心中那份挥之不去的思乡之情。面对异国他乡的风土人情，他虽然怀揣着好奇与憧憬，但内心深处，更多的是对家乡的深深思念与无尽牵挂。

因此，巴金深刻地理解，那些漂泊在外的游子，他们的心中承载着对家乡山川河流的深深印记，对亲人温暖怀抱的无尽怀念。他更不忘提醒他们，游子之心，应永远朝向那片生养自己的土地，那是对根源的追寻，也是对归属感的深切渴望。无论身在世界的哪个角落，游子之心都如同一盏永不熄灭的灯火，照亮着回家的道路，温暖着每一个漂泊在外的灵魂。

＊ 24 ＊
人民友谊的事业
——把余生献给友谊

"我感到疲劳，但是我不想睡。"

"'友谊'并不是空洞的字眼，它像一根带子把我们的心和法国朋友的心紧紧地拴在一起。"

---

① 巴金：《再见罢，我不幸的乡土哟！》，《巴金全集》（第十二卷），人民文学出版社1989年版，第9—10页。

"我们和他们虽然都是初次见面，但我尊敬一切为人民友谊鞠躬尽瘁的人，他们在荆棘丛中找寻道路，在泥泞里奋勇前进，对他们这种艰苦的工作，子孙后代是不会忘记的。"

"道路可能很长，困难仍然不少，但是光明永远在前面照耀。"

"倘使问起我这次访问的最大收获，我的回答便是：让我也把这余生献给人民友谊的事业！"①

这篇文章撰写于1979年7月24日，字里行间依然回响着巴金访法之行的深远影响。作为一位卓越的中国文学家，巴金以其精湛的笔触描绘了中国社会的斑斓画卷，更为中法友谊的桥梁添砖加瓦，做出了不可磨灭的贡献。他的作品如同跨越国界的使者，被广泛翻译成多种语言，在法国乃至世界各地传播，极大地提升了中国文学的国际地位，深化了法国读者对中国文化的认知与理解。

1979年，巴金率领中国作家代表团访问法国，这一行程在巴黎引发了轰动，掀起了一股前所未有的"巴金热"。他凭借个人非凡的人格魅力和作品深邃的影响力，成为连接中法两国文化的纽带，有力地推动了双方的文化交流与合作。在法国期间，巴金与众多法国文学界、艺术界的精英建立了深厚的友谊，他们相互切磋、共话文学，成为中法友谊的见证者与积极推动者。

尤为值得一提的是，1983年巴金荣获法国政府颁授的最高荣誉——"法兰西共和国荣誉军团骑士勋章"，这一殊荣是对巴金个人文学成就和贡献的高度认可，更是中法两国在文化领域相互尊重与认

---

① 巴金：《人民友谊的事业》，《随想录》，人民文学出版社2018年版，第130—133页。

可的象征，进一步夯实了两国之间的友好关系基础。对于那些在异国关系中默默付出、无私奉献的人们，巴金心怀敬意与感激。他深知，正是这些友谊的使者，用实际行动诠释了友谊的真谛，跨越了国界的鸿沟，让不同文化之间得以相互理解和尊重。巴金也再次重申，友谊是无国界的，它如同一条无形的纽带，将世界各地的人们紧紧相连。他愿意将自己余生的力量投入促进国际交流与理解的伟大事业中，为世界的和平与发展贡献自己的绵薄之力。

＊ 25 ＊

中岛健藏先生

——友情是我生命中的一盏明灯

"等了十一年，我终于在上海的虹桥机场上接到了他，我们含着热泪紧紧握着彼此的手，'你好！'再也说不出什么了。"

"可是那些堆积在我心里的话却始终没有讲出来。十几年来它们像火一样地烧着我的心，我哪一天忘记过它们！"

"友情是我的生命中的一盏明灯，离了它我的生存就没有光彩，离了它我的生命就不会开花结果。"

"他，这个著名的评论家和法国文学研究者，终于找到了他的主要的工作——中日两国人民世世代代友好下去。这也是他用他的心血写成的'天鹅之歌'。他的确为它献出了他晚年的全部精力。"

"然而您放心吧。大桥架起来了，走的人越来越多，它是垮不了的。您看不到的美景，子孙后代会看见的，一定会看见的，我相信，我坚信。"①

　　这篇文章撰写于1979年7月30日，聚焦于一位在日本颇具影响力的社会活动家与文学评论家——中岛健藏。他堪称中日文化交流的先驱与桥梁，以其远见卓识创立了日中文化交流协会，并长期担任理事长与会长之职，不遗余力地推动两国间的文化交流与合作。中岛健藏多次踏上中国的土地，以其深厚的学识与热情，为促进中日友好关系及文化交流做出了不可磨灭的贡献。在中国，他与众多学者和文化名人结下了深厚的情谊，成为连接两国文化的纽带。

　　巴金与中岛健藏之间的友谊，如同璀璨的明珠，闪耀着真挚与深厚的光芒。两人因共同的文化追求与理念而结缘，彼此心灵相通，志同道合。在法国文学这一广阔天地里，他们展开了深入的交流与探讨，分享着对文学的热爱与见解。而在生活中，他们更是相互扶持，携手共进，共同面对时代的风雨与挑战。这份友谊见证了他们对文学的执着与追求，也成为他们人生旅途中一道亮丽的风景线。

　　而命运却向这对挚友开了一个残酷的玩笑。当中岛健藏患上癌症的消息传来时，巴金的心犹如被重锤击中，他深知自己即将失去一位知心的朋友和重要的文化伙伴。1979年，中岛的离世如同晴天霹雳，让巴金沉浸在深深的悲痛中。他失去的不仅是一位异国的重要交流对象，更失去了与这位挚友共同回忆往昔、展望未来的宝贵机会。这份遗憾与伤痛，如同烙印般深深地刻在了巴金的心头，成了他人生中难以抹去的记忆。

---

　　① 巴金：《中岛健藏先生》，《随想录》，人民文学出版社2018年版，第135—140页。

* 26 *

观察人
——人是复杂且多变的

"五十年来我在小说里写人，我总是按照我的观察、我的理解，按照我所熟悉的人，按照我亲眼看见的人写出来的。我从来不是照书本、照什么人的指示描写人物。倘使我写人写得不好，写得不像，那就是因为我缺乏观察，缺少生活，不熟悉人物。不管熟悉或者不熟悉，我开始写小说以来就不曾停止观察人；即使我有时非常寂寞，只同很少的人来往，但我总有观察人的机会。我养成了观察人的习惯。"

"观察人观察了几十年，只要不是白痴，总会有一点收获吧。我的收获不大，但它是任何人推翻不了的。这就是：人是十分复杂的。人是会改变的。"

"我写《家》，我写了觉新的软弱和他的种种缺点，他对封建家庭存着幻想，他习惯了用屈服和忍让换取表面的和平……我也写了他的善良的心。这是一个真实的人。他是封建社会的牺牲品，为什么不值得我的同情？我同情他的不幸的遭遇，却并没有把他写成读者学习的榜样。"

"我有这样一个印象：评论家和中国文学研究者常常丢不开一些框框，而且喜欢拿这些框框来套他们正要研究、分析的作品。靠着框框他们容易得出结论，不过这结论跟别人的作品是不相干的。"[1]

---

[1] 巴金：《观察人》，《随想录》，人民文学出版社2018年版，第142—145页。

这篇文章撰写于1979年8月2日，巴金以其作家独有的敏锐洞察力，深入剖析了人性的复杂与多变。在日常生活中，人们往往展现出多面性，时而善良无私，乐于助人；时而自私自利，为蝇头小利而争执不休。这种变化并非简单的二元对立，而是由无数灰色地带交织而成的细腻图谱。一个人可能在某个瞬间展现出极大的慷慨与宽容，而在另一种情境下，却可能因微不足道的利益而陷入斤斤计较的泥潭。这种人性的多变性体现在个体间的相互关系中，深深植根于每个人的内心世界，让人在理智与情感、欲望与道德的天平上不断摇摆，内心的挣扎与冲突正是人性复杂性的生动写照。

进一步而言，人性的多变还与社会环境、个人经历等诸多因素紧密相连。在不同的时代背景下，面对各异的挑战与机遇，人们可能会展现出截然不同的性格特质与行为模式。因此，在现实生活或文学作品中，我们时常能见到某些人"突然变坏"的现象。这种变化并非凭空产生，而是人性深处的潜意识与外界刺激相互作用下的自然反应。巴金以客观理性的笔触，揭示了理解人类本质与行为方式的深层逻辑，同时也在提醒我们，在批判他人时，应保持开放与包容的心态，避免简单地将人标签化、固定化。

在塑造文学作品中的角色时，巴金同样秉持着不可以偏概全的原则。他深知，文学作品中的人物群像如同一幅绚丽多彩的时代画卷，需要以多角度、多层次的视野去审视与解读。尤其是对于那些被命运捉弄、身世可悲的角色，他更是强调要深入探究其背后的深层原因与无奈之境。在巴金的笔下，即便是那些看似堕落、颓废的角色，也隐藏着不为人知的苦楚与挣扎。他认为，每个人的生命轨迹都是独一无二的，都受到了时代变迁与个人经历的深刻影响，这些因素共同塑造了他们的性格与命运。因此，当我们面对那些可悲、可恨的作品人物时，应摒弃表面的批判与指责，而是深入其内心世界，去感受他们的无奈、痛苦与挣扎。这种文学观念体现出巴金对人性的多维度洞察，也为读者提供了一种更加宽容、理性与更具同理心的阅读视角。

最后，巴金在文章的结尾处，对中国研究者们普遍存在的思维局限性进行了深刻的反思。他敏锐地指出，许多文学评论家往往将自己局限于固定的思维框架中，这种做法虽然简化了思考过程，却严重束缚了思想的自由度与创新的可能性。框架如同无形的枷锁，限制了评论家们对文学作品的多元解读与深入探索。在巴金看来，真正的文学评论应该超越这些束缚，以开放、包容的心态去拥抱作品的丰富内涵与深层意蕴，从而激发出更为深刻、独到且富有启发性的见解。

＊ 27 ＊
要不要制订"文艺法"
——给文学创作以自由

"现在形势大好。不过所谓'大好'也有不同的看法和不同的解释。我们是在一面医治创伤、一面奋勇前进的时候，我们应当鼓足干劲，充满信心，但是绝不能够自我陶醉，忘记昨天。我们还得及时给身上的伤口敷药。还要设法排除背后荆棘丛中散发出来的恶臭。"

"有的公开地发表文章，有的在角落里吱吱喳喳，有的在背后放暗箭伤人，有的打小报告告状。他们就是看不惯'文学艺术创作的自由'，他们就是要干涉这种'自由'。"①

---

① 巴金：《要不要制订"文艺法"》，《随想录》，人民文学出版社2018年版，第147—148页。

这篇文章撰写于1979年8月5日，巴金以其深邃的洞察力和丰富的创作经验，提出了一个至今仍具有深远意义的观点——给"文学创作以自由"。他想让读者认识到，时代变迁与文学创作之间有着千丝万缕的联系。巴金坚信，文学创作本身就是文字的艺术和心灵的自由抒发，是作者思想与情感在笔端的激烈碰撞与深情交融。它没有固定的模式，也无对错之分。文艺创作应当如同翱翔天际的雄鹰，拥有广阔无垠的天空供其自由翱翔。因此，巴金强烈反对对文艺创作施加过多的束缚和限制，认为那只会让创作变得呆板僵化，失去其应有的活力与创新力。故步自封的态度与停滞不前的思想，无法真实地反映时代的风云变幻和人心的微妙渴望，会让文艺创作沦为时代的附庸，失去其独立的价值与意义。

巴金的这一思想，具备跨越时代的前瞻性，对当今的文艺创作依然具有重要的指导意义。在这个多元化、开放化的时代，我们更应该珍视并践行这一理念。我们应该鼓励不同的声音和表达方式在文艺的舞台上竞相绽放，让文艺作品如同万花筒般丰富多彩，各具特色。同时，也应给予文艺创作者足够的尊重与自由，让他们在宽松、包容的创作环境中，尽情挥洒才华，创作出更多触及人心、引领时代的优秀作品。

如此，文艺创作才能真正成为推动社会进步和发展的重要力量，成为连接过去与未来、沟通心灵与世界的桥梁。巴金的这一观点是对当时文艺界的一次深度省思，对后世文艺创作者的一份殷切嘱托。让我们铭记这份嘱托，共同努力，为文学创作撑起一片自由的天空。

* 28 *

绝不会忘记
——向前看，向前进

"爱国主义始终丢不掉，因为我是一个中国人，一直受到各种的歧视和欺凌，我感到不平，我的命运始终跟我的祖国分不开。"

"难道我真的只有'五分钟的热度'吗？我每自责一次，这个记忆在我的脑子里就印得更深一些。"

"我们背后一大片垃圾还在散发恶臭、污染空气，就毫不在乎地丢开它、一味叫嚷'向前看'！好些人满身伤口，难道不让他们敷药裹伤？"

"我们应当向前看，而且我们是在向前看。我们应当向前进，而且我们是在向前进。"①

这篇文章撰写于1979年8月6日，字里行间流露出巴金作为一位深具爱国主义情怀文学家的真知灼见。他深知历史对于一个国家和民族的重要性，犹如根基之于大厦，是不可或缺的灵魂与记忆。巴金以一种历史智者的姿态，提醒着后人：在追求进步与发展的征途上，我们不应盲目地高呼向前，而应时刻铭记、思辨历史的价值与意义。

历史，这位沉默而深邃的智者，它如同一面明镜，静静地映照出一个民族的过往与沧桑。在这面镜子前，我们能够清晰地看到自己的优点与不足，如同照见内心的真实。巴金强调，唯有通过深入地思辨

---

① 巴金：《绝不会忘记》，《随想录》，人民文学出版社2018年版，第149—151页。

历史，我们才能从中吸取宝贵的教训，避免重蹈覆辙，让过去的错误成为未来的警示。同时，历史也是我们理解当下、把握未来方向的钥匙，它让我们在纷繁复杂的现实面前，能够拥有更加清晰的视野与判断。

在巴金的心中，爱国主义绝非仅仅是一种对国家的热爱与忠诚，它更是一种深沉而理性的情感，包含了对国家历史的深度了解与省思。他坚信，只有当我们充分了解并珍视自己的历史，才能真正传承和发扬民族的优秀文化，让这份宝贵的文化遗产在新时代焕发出更加璀璨的光芒。而每一位国民，也只有在深刻认识历史的基础上，才能更加自觉地为国家的繁荣富强贡献出自己的智慧与力量，共同书写民族复兴的辉煌篇章。

巴金的这些言论，是对当时社会的一种警醒及对后世子孙的一份殷切期望。他希望通过自己的笔触，能够激发更多人对历史的关注与思考，让历史成为我们前行道路上的灯塔，照亮我们前行的道路，引领我们走向更加美好的未来。

＊ 29 ＊

纪念雪峰
——他值得更多的尊重

"我在鲁彦家吃饭的时候见到了雪峰。我们谈得融洽。奇怪的是他并未摆出理论家的架子，我也只把他看作一个普通朋友，并未肃然起敬。"

"我们海阔天空，无所不谈，每次见面，都是这样，总的来说离不了四个字：'互相信任'。"

"见第一面我就认为雪峰是个耿直、真诚、善良的人，我始终尊敬他，但有时我也会因为他缺乏冷静、容易冲动感到惋惜。"

"我说事情难办，我想的是他太书生气、耿直而易动感情。但他只是笑笑，就回京开始了工作。他是党员，他不能放弃自己的职责。他一直辛勤地干着，事业不断地在发展，尽管他有时也受到批评，有时也很激动，但他始终认真负责地干下去。他还是和平时一样，没有党员的架子，可是我注意到他十分珍惜'共产党员'这个称号。"

"我们是在新侨饭店楼下的大同酒家吃饭的。雪峰虽然作主人，却拿着菜单毫无办法，这说明他平日很少进馆子。他那艰苦朴素的生活作风在重庆时就传开了。"

"这二十二年来我每想起雪峰的事，就想到自己的话，它好像针一样常常刺痛我的心，我是在责备我自己。"

"我决定采取自己忘记也让别人忘记的方法。"

"一直到现在，雪峰并未受到对他应有的尊重。"[1]

这篇文章撰写于1979年8月8日，巴金以深情而细腻的笔触，回忆了与冯雪峰之间的往事，字里行间透露出对这位故友的深深怀念与无尽敬意。他希望通过这篇文章，能够唤起人们对冯雪峰更多的尊重与纪念，让这位曾经在中国现代文学史上留下深刻印记的人物，再次被人们铭记。巴金与冯雪峰的友谊，始于鲁迅先生的引荐，这份情谊如同深埋地下的根脉，无须华丽的言辞去修饰，却牢牢地扎根在彼此的心底。从相识的那一刻起，他们就以平等和真诚为基石，构建起一

---

[1]　巴金：《纪念雪峰》，《随想录》，人民文学出版社2018年版，第154—160页。

座坚固而特殊的信任桥梁。巴金对冯雪峰始终怀有一份深深的敬意，他欣赏冯雪峰的耿直与真诚，那种不畏强权、勇于直言的精神，让巴金深感敬佩。然而，与此同时，他也为冯雪峰过于冲动、缺乏冷静的性格而担忧，担心他会在复杂的斗争中受到伤害。

尽管如此，巴金对冯雪峰作为共产党员所坚守的职责与信仰，始终保持着高度的尊重与钦佩。他深知，冯雪峰对自己的共产党员称谓视若珍宝，那份对党的忠诚与热爱，是他生命中最宝贵的财富。在冯雪峰去世后，巴金陷入了深深的歉疚与自责之中，那些曾经共度的时光，如同电影般在他的心头不断回放。他自责于自己在过去的岁月里，未能给予冯雪峰足够的支持与理解。在冯雪峰面临困境时，自己却因为逃避与胆怯，没有勇敢地站在他的身边，共同面对生活中的种种挑战。这份遗憾与愧疚，如同一块巨石压在巴金的心头，让他难以释怀。

这篇文章是对冯雪峰的一种怀念与致敬，更是巴金对自己内心的一种救赎与释放。他希望通过自己的文字，能够让更多的人了解冯雪峰，理解他的一生，以及他们之间那份深厚的友谊。同时，也提醒自己，要珍惜眼前人，勇敢地面对生活中的每一个挑战，不再让遗憾与愧疚成为自己生命中的遗憾。

＊ 30 ＊

靳以逝世二十周年
——我总觉得他还活在身边

"这（1933年）以后我们或者在一个城市里，或者隔了千山万水，从来没有中断联系，而且我仍然有在一起工作的感觉。他写文章，编刊物；我也写文章，编丛书。他寄稿子给我，我也给他的刊物投稿。

我们彼此鼓励，互相关心。"

"那些年我一直注视着他在生活上、在创作上走过的道路，我看见那些深的脚印，他真是跨着大步在前进啊。"

"二十年过去了。他的声音还是那样响亮，那样充满生命和信心。我闭上眼，他那愉快的笑脸就在我的面前。'怎么样？'好像他又在发问。'写吧。'我不假思索地回答。这就是说，他的声音、他的笑容、他的语言今天还在给我以鼓励。"[①]

这篇文章撰写于1979年8月11日，作为《随想录》第一册的终章，它标志着巴金先生一段心路历程的总结。巴金与靳以，这两位文学界的璀璨明星，他们的友谊如同星辰般璀璨且恒久，是文学同道与心灵挚友的完美结合体。自1931年那场命中注定的邂逅起，两人的命运便紧密相连，尤其在1933年底携手共赴《文学季刊》的征程，更是将这份情谊深化为长达近三十年的深厚友谊。

在这漫长的岁月里，巴金先生始终对靳以的文学才华抱有极高的赞赏，他那敏锐的文学触觉和深邃的思想，让巴金深感钦佩。而巴金本人那如火般的热情与对文学事业坚定不移的执着，也同样激励着靳以在文学的道路上不断前行，探索更深更广的领域。靳以先生，这位将毕生精力奉献给文学创作与编辑事业的大家，直至生命的最后一刻，仍在为《收获》杂志审阅稿件、校对样张，这份对文学的热爱与敬业，让人肃然起敬。

然而，命运总是充满变数。靳以先生的早年离世，如同晴天霹

---

① 巴金：《靳以逝世二十周年》，《随想录》，人民文学出版社2018年版，第161—162页。

雾，让巴金失去了一个文学上的知音，生活中的挚友。这份痛失让巴金深感文学界的巨大损失，也让他深刻体会到生命的无常与脆弱。在随后的日子里，巴金先生以笔为剑，以文字为桥，将心中对亡友的思念与敬意，化作一篇篇深情款款的文章。他多次提笔，回忆与靳以共度的那些难忘时光，从相知到相惜，从并肩作战到生离死别，每一个细节都历历在目，字里行间流露出的是对逝去挚友无尽的怀念与深深的敬意。正如巴金先生所言："这五个字——《热情的赞歌》，是读者对靳以这些文章的最普遍也是最恰当的估价。"① 这是对靳以文学成就的肯定，也是巴金与靳以之间深厚友谊的见证，他们的故事，将永远镌刻在中国现代文学的史册上，成为后人传颂的佳话。

---

① 《中国现代作家传略》编辑组：《中国现代作家传略》（上集），四川人民出版社1981年版，第664—667页。

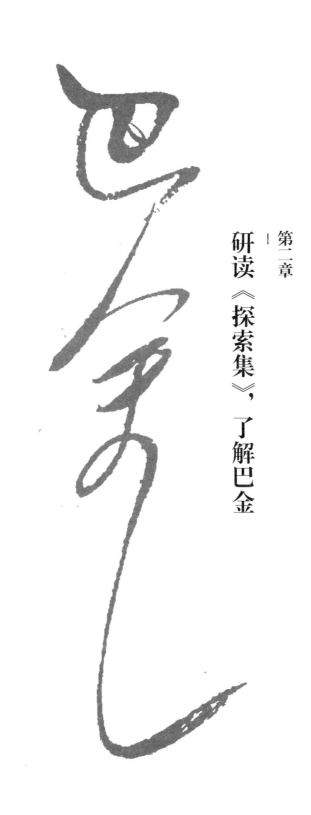

第二章

研读《探索集》，了解巴金

人生、文学、社会与自我

承接《随想录》的深邃与诚挚，《探索集》中，巴金以更加坦诚而深远的笔调，继续他对人生、文学、社会与自我的探索。与前者不同的是，此卷中，巴金更加强调个人的生命体悟与经历，以此为基点，对人性、道德、历史及未来展开更为深入的省思与探讨。

"探索"之旅，始于真诚、自省与实干。《探索集》的开篇《"豪言壮语"》为我们揭开了探索的序幕。巴金直斥自己过去因时代环境影响写下的文字，空洞而浮夸，他深刻反思了说空话的危害——这是一种自欺欺人的态度，只会局限个人的成长与社会发展，让大家都变成井底之蛙。他以自身经历昭示我们：真诚与自省是探索的起点，实干则是走向成功的必经之路。这一态度，在当今快节奏的时代背景下，依然具有鲜明的现实意义。在追求速度与结果的同时，我们更应该注重探索的过程，脚踏实地，方能真正有所斩获。

在探索的征途中，巴金以清醒而独立的思考方式，将人性进行了细致的剖析与放大。如《小骗子》一文，他以骗子事件为引，揭示出人性的薄弱之处与社会道德的滑坡。通过这一事件，他批判欺骗行为，呼吁重建社会信任，坚守真诚与善良。在纷繁复杂的社会中，真诚与善良如同纽带，维系着人与人之间的关系，是我们抵御欺诈与虚伪的坚固堡垒。巴金对人性弱点的洞察提醒我们，保持警惕的同时更要反思——骗子为何频繁滋生？我们又做了什么助长欺骗行为的屡次出现？

"友情"是巴金人生探索中的永恒话题。在《悼方之同志》《怀念老舍同志》等篇章中，他深情地怀念那些曾与他并肩作战的友人，用细腻的笔触描绘了方之、老舍等作家的才华与抱负，对他们的离世流露出深深的惋惜。这些文字除了对友人的缅怀，更是巴金对文学事业始终坚定的信念与不懈追求，这让作为文字工作者的我最为触动。正是巴金等一代代知识分子，以持炬前行的姿态，照亮了文学之路，引领未来，让文学之薪火代代相传。

《探索集》中，我们逐渐看到巴金对生命衰老、病痛与责任的深度考量。如《大镜子》《小狗包弟》等文，他通过镜子映照出的衰老面容，意识到生命的有限，从而更加坚定了写作的决心。在《小狗包弟》中，他以小狗包弟被送上解剖台的命运为线索，揭示了特殊历史时期人性的扭曲与社会的悲哀。巴金在诉说中时常以一个具象画面为话题展开，在小狗包弟的故事画面中，我们看到的是血淋淋故事背后的残忍真相和巴金为之刮骨疗伤的勇气与担当。他认为任何一种生命都不应当受到漠视与不公，同时对自己当时的软弱与无助深深忏悔。

在"探索"系列的五篇文章中，巴金传递出这样一个强烈的信号：路在人心中。无论是《探索》《再谈探索》，还是《作家》和《灌输和宣传（探索之五）》，他都强调着探索是人类永恒的主题。对巴金来说，写作是他探索人生、表达自我的重要途径。无论是个人成长还是社会进步，都离不开对未知世界的勇敢追求。他坚信，路是人走出来的，只要迈出第一步，保持独立的思考方式和对事情的甄辨能力，路便会在人心中延伸。巴金还主张文艺的发展应如百花齐放、百家争鸣，鼓励作家勇于表达自己的真实想法与独特见解。他认为，作家应成为思想的引领者，而非简单的"录音机"，作品应触动人心、启迪智慧，推动社会进步。文学是时代的镜像，是人民的心声。作为后辈，一个繁荣的文学时代需要我们每个人用笔墨去书写真实、反映时代，无惧失败，敢于创新，唯有如此，文学的光芒才能更加璀璨。

　　"随想"的使命远不止于探索本身，更在于对历史的铭记和未来的期许。在《访问广岛》《长崎的梦》等文章中，巴金通过对城市现状的描写表达了对历史的痛心回忆对和平的渴望。只有铭记历史、珍惜和平，才能避免悲剧的重演。同时，他对未来充满了期许，希望人类能迎来更加繁荣与和平的局面。在《说真话》《再论说真话》中，巴金大胆地揭露自己的错误与不足，从过失中映出历史。人类思想的进步从不是平白无故的，它源于不断地反思与自我超越。巴金经历了乱世、失去至亲、体味过各种滋味的人间冷暖、从劫难中重生，他用这一切告诉我们，只有勇于面对自己的缺点与错误，才能不断完善自我、实现超越。今时今日的我们，时常会抱怨环境与运气，却遗忘了对自我的审视与反思，承认不足并积极改正，才能不断成长与进步，避免重蹈覆辙。

　　《探索集》是巴金先生"随想"一个重要的篇章，以深刻的思想内涵、真挚的情感流露与坦诚的笔触，探讨了人生、文学、社会与自我。在这一卷集中，我们看到了巴金先生那颗永不停止探索的心，感受到他对真诚、自省、实干、探索、文学、历史、未来、自我与友谊的深刻理解与执着追求。这些文字记录着他对生命与社会的思考，也为我们提供了在复杂时代中继续前行的力量与启示。

＊ 31 ＊
"豪言壮语"
——要少说空话，埋头实干

"我为第一集写了一篇很短的《后记》，里面有这样一句，'古语说：'人之将死，其言也善。'我过去不懂这句话，今天倒颇欣赏它。'这是我的真实思想。我的意思无非：我可以利用的时间不多了，不能随意浪费它们。要讲话就得讲老实话，讲自己的话，哪怕是讲讲自己的毛病也好。"

"我校阅自己三十年来的散文选集，感想实在不少。我当初的确认为'歌德'可以鼓舞人们前进，多讲成绩可以振奋人心，却没有想到好听的话越讲越多，一旦过了头，就不可收拾；一旦成了习惯，就上了瘾，不说空话，反而日子难过。"

"无论如何，把梦想代替现实，拿未来当做现在，好话说尽，好梦做全，睁开眼睛，还不是一场大梦！"

"只要开的是能兑现的支票，那就开吧，当然越多越好，越'歌'越好。倘使支票到期兑不了现，那就叫做空头支票，这种支票还是少开的好，开多了会吃官司，名誉扫地。"

"我当然不相信，因为我还沉醉在'桃花源'的美梦中，可是鸡却不会回来了。给偷走了鸡，损失并不大，遗憾的是这以后我再也不好意思做美梦了。梦的确是好梦，但梦醒之后，我反而感到了空虚。现在我才明白：还是少说空话、埋头实干的好。"[1]

这篇文章撰写于1979年9月12日，彼时，文学巨匠巴金以一句深沉的古语"人之将死，其言也善"作为引子，深情而坚定地表达了自己对于真实性与实践精神的执着追求，以及深刻的自我省察。他坦言，在人生的旅途中，面对自身的不足与错误，应当秉持"不可讳疾忌医"的态度，勇于直面，敢于揭露，讲话务必诚恳朴实，绝不回避任何存在的问题与瑕疵。更进一步，巴金提倡应主动邀请他人的视角与智慧，共同参与到这一自我修正与完善的过程中来，以期达到更高的境界。

在回顾自己漫长的文学探索之路时，巴金展现出一种难能可贵的自省精神。他毫不避讳地指出自己在过往创作中曾有的偏差——过分脱离现实生活基础的鼓吹，以及对成绩不切实际的夸大。巴金觉察到，当过度美化与空洞的颂扬成为一种习惯性表达时，人便容易沉溺于一种虚幻的"梦境"中，迷失于华丽的辞藻构建的泡沫世界，从而远离实践的土壤与真实的生活体验。这种自我批判是对个人艺术创作态度的检讨，对当时文坛普遍存在的一种浮躁风气的清醒认识与有力挑战。

文章接近尾声时，巴金巧妙地引用了一个关于丢菜刀与鸡被偷的故事，以此作为假象危害性的生动隐喻。这个简单的故事，如同一面镜子，映照出虚幻与现实之间的巨大鸿沟，提醒着后来的文学工作者乃至所有追求进步的人们：美好的愿景虽不可或缺，但唯有脚踏实

---

[1] 巴金：《"豪言壮语"》，《探索集》，人民文学出版社2018年版，第1—4页。

地、勇于实践，方能跨越那道横亘在梦想与现实之间的鸿沟。真正的进步与成就，绝非空中楼阁，而是源自个体不懈的努力与面对现实挑战时无畏的勇气。

通过对自己过往文风的深刻剖析，以及对现实生活中具体实例的引用，巴金为我们树立了一个勇于自我革新、坚持实事求是的典范，为后世留下了一份宝贵的警示：在追求理想的道路上，务必警惕空谈的诱惑，勇于直面现实的复杂与多变，以实际行动为笔，以真诚为墨，书写属于自己的辉煌篇章。他的这些思考与告诫，如同灯塔一般，照亮了通往真理与进步的道路，激励着一代又一代人不断前行，勇于探索，用实际行动去创造和改变这个世界。

* 32 *

小骗子

——我们为何会受骗？

"但同情小骗子的人确实是有的。不过我却不曾听说有什么人同情受骗者，我只听见人批评他们'自作自受'。至于我呢，我倒更同情受害的人。这不是喜剧，这是悲剧，应当受谴责的是我们的社会风气。'大家都是这样做，我有什么办法呢？只是我运气不好，碰上了假货。'"

"我想起了一百四十三年前一位俄罗斯作家果戈理写的一本戏《钦差大臣》。提起十九世纪的俄国作家，有人今天还感到头痛。可是不幸得很，这位俄国作家的鞭子偏偏打在我们的身上。"

"小骗子的一句话使我几个月睡不好觉。我老是想着这样的问题：

为什么那些生活经验相当丰富的人会高高兴兴地钻进了小骗子的圈套？我越想越苦恼，因为我不能不承认在我们这个社会里还有非现代的东西，甚至还有果戈理在一八三六年谴责的东西。"①

这篇文章是在1979年9月28日，巴金先生于病榻之上，忍着感冒咳嗽的不适，以坚忍的意志和深邃的思考，缓缓落笔而成。从拙作《病的表征：巴金的疾病书写及其隐喻》之附录，以及同年9月27日巴金致王仰晨的信中"返沪后身体一直不大好"的自述，我们得以窥见这位文学巨匠在病痛缠身的艰难时刻，仍不忘文以载道，剖析社会，警醒世人。②

在这篇文章中，巴金先生以"骗子事件"为引子，犹如一面透镜，将当时社会风气中潜藏的隐忧与暗流，清晰地呈现在读者面前。他所描绘的骗术，手法粗鄙、直白无华，令人震惊的是，行骗者往往缺乏应有的悔悟与自责，这一现象背后，折射出的是社会道德层面的深刻危机。巴金先生对单一事件会犀利批判，对整个社会道德滑坡、信任链条断裂的现象也表忧虑。在快速发展的经济社会洪流中，人们似乎过于专注于物质的积累，而忽视了精神世界的构筑与滋养，这种不平衡的发展态势，无疑为不诚之行、欺诈之风提供了滋生的土壤。

探究人们为何易于受骗，巴金先生给出了深刻的见解。一方面，是人性中对欲望的无尽追求与渴望，使得部分人在面对诱惑时，理智的防线轻易崩溃，判断力随之迷失；另一方面，则是社会信任体系的脆弱不堪，人与人之间，真诚与信任的桥梁已然断裂，导致在纷繁复杂的社会环境中，真伪难辨，信任缺失成为常态。

---

① 巴金：《小骗子》，《探索集》，人民文学出版社2018年版，第6—7页。
② 金小安：《病的表征：巴金的疾病书写及其隐喻》，商务印书馆（香港）2024年11月版，第243页。

通过这一事件，巴金先生在讲述一个故事的同时，也向世人发出振聋发聩的警醒。他呼吁人们，在追求物质富足的同时，切勿遗忘精神的磨砺与初心的坚守。重建社会的信任基石，让真诚与善良重新成为联结人心的纽带，成为引领社会风气的主流力量。这是对个人品德的期许和对社会整体道德风貌提升的深切呼唤。巴金先生以其独特的文学视角与深刻的社会洞察力，为我们提供了一个反思自我、审视社会的契机，激励我们在前行的道路上，不忘初心，坚守真诚，共同构筑一个更加和谐、信任的社会环境。

* 33 *

悼方之同志
——手持火炬的探求者

"这两位年轻人在创作上似乎有所追求，有理想，也有抱负。我同情他们，但是我替他们担心，我觉得他们太单纯，因为我已经感觉到气候在变化，我劝他们不要搞'探求者'，不要办'同人杂志'，放弃他们'探求'的打算。"

"方之先后发表了《阁楼上》和《内奸》两篇小说，受到读者们的重视。"

"这说明二十一年的遭遇并没有扑灭他的心灵之火，他至今还在'探求'，他始终不曾忘记作为作家他有什么样的责任。他的小说正如他一位朋友所说，是'一团火，一把剑'。"

"关于这一代人的故事我听到不少。可是像千万根针那样刺痛我的心的仍然是方之同志的事情。"

"他想好了十多篇作品，准备一一写出。后来他病情严重，住进了医院，他向爱人央求：'告诉我，我还能活多久。能活三年，我就作三年的打算；倘使只能活一个月，我就马上出院，把最紧要的事情做完。'"

"这样的话是那些不爱惜自己的时间、也不珍惜别人的时间的人所不理解的。比起方之来，我幸福多了，我还有五年的时间写作。"

"把笔当作火、当作剑，歌颂真的、美的、善的，打击假的、丑的、恶的，希望用作品对国家、对社会、对人民有所贡献——这样的理想，这样的抱负，这样的愿望我也是有的。我为什么不能够实现它们呢？"①

这篇文章撰写于1979年12月4日，其主角是一位在文学殿堂中留下深刻足迹的"探索者"——方之，本名陆晨。方之以其敏锐的洞察力和独特的艺术笔触，在文学的广阔天地里耕耘不辍，创作出如《阁楼上》《内奸》等一系列脍炙人口的作品。这些作品展现了他对时代脉搏的精准把握，对社会现实的深刻剖析，透露出他对人性幽微处的细腻探索，彰显出他作为一位文学家的深厚功底与非凡才华。

在巴金眼中，方之是一位才华横溢的作家，一位怀揣理想、肩扛责任、心系家国的知识分子典范。他犹如朝圣者般的姿态，在文学的道路上不懈探索，用实际行动诠释着知识分子的担当与使命。巴金对方之的才华给予了高度评价，对于方之因病痛而未能完全施展其文学抱负，心中充满了无尽的惋惜与痛楚。

令人动容的是，即便在病魔的侵袭下，方之也未曾被绝望的阴霾

---

① 巴金：《悼方之同志》，《探索集》，人民文学出版社2018年版，第9—12页。

所笼罩。相反，这份生命的倒计时似乎激发了他更加炽热的创作热情。他深知时光宝贵，生命有限，便以一种忘我的姿态，坚守于文学的阵地上，誓要将心中的故事、对世界的感悟，化作一行行滚烫的文字，留给后世。这种对文学事业的执着与热爱，让巴金深感敬佩，也进一步坚定了他自己的文学追求。

在文章的尾声，巴金以宣誓般的口吻，表达了自己的决心与志向：他渴望通过自己的笔触，创作出能够惠及国家、人民、社会的作品，用文字的力量去启迪思想，温暖人心，推动社会的进步。这是对方之精神的传承，也是巴金作为一位文学战士，对文学事业最深沉的热爱与承诺。他将以实际行动，践行这一崇高理想，让文学之光照亮更多人的心灵，照亮前行的道路。

＊ 34 ＊
怀念老舍同志
——人亡壶全

"他也不会把壶摔碎，他要把美好的珍品留在人间。"

"只有在虹桥机场送别的前一两天，在衡山宾馆里，从中岛健藏先生的口中，我才第一次正式听见老舍同志的死讯，他说中日友协的一位负责人在坦率的交谈中讲出来的。"

"我上次说老舍同志一定会把壶留下，因为他热爱祖国、热爱人民，他虽然含恨死去，却留下许多美好的东西在人间，那就是他那些不朽的作品，我单单提两三个名字就够了：《月牙儿》、《骆驼祥子》和《茶馆》。在这一点上，井上先生同我大概是一致的。"

"我仿佛看见满头血污包着一块白绸子的老人一声不响地躺在那里。他有多少思想在翻腾，有多少话要倾吐，他不能就这样撒手而去，他还有多少美好的东西要留下来啊！……没有能把自己心灵中的宝贝完全贡献出来，老舍同志带着多大的遗憾闭上眼睛，这是我们想象得到的。"

"老舍同志离开他所热爱的新社会已经十二年了。"

"我会紧紧捏住他的手，对他说：'我们都爱你，没有人会忘记你，你要在中国人民中间永远地活下去！'"①

这篇文章撰写于1979年12月15日，其缘起在于中岛健藏在机场偶然提及老舍先生的短篇小说《壶》，由此引出了巴金先生对老舍先生无尽的怀念与深深的敬仰之情。在探讨《壶》这篇小说的两个不同版本时，巴金先生展现出了他独到的文学见解与深刻的思考。他巧妙地以"壶"为线索，穿插于伦理的探讨、叙事的铺陈、情感的抒发中，表达了他对两个版本结局均持开放与包容的态度。巴金强调，相较于形式上的细微差别，他更为看重的是作品中蕴含的深厚情感与深刻思想。在他看来，《壶》的结局并非故事的全部，真正触动人心的是它如何生动传神地体现了老舍先生"人亡壶不碎"的精神内核——那是一种生命不屈、顽强抗争的张力，一种坚韧不拔、永不言败的生活态度。

巴金先生意味深长地指出，老舍先生的作品是中华民族宝贵的精神财富，是一幅幅细腻描绘中国封建社会风貌、生动刻画典型人物的壮丽画卷。他高度评价了老舍先生的性格特质与深厚的爱国情怀，认

---

① 巴金：《怀念老舍同志》，《探索集》，人民文学出版社2018年版，第14—21页。

为这些元素在老舍的作品与生活中交相辉映，熠熠生辉。老舍先生一生笔耕不辍，以文字为武器，描绘社会现实，反映时代变迁，对文学事业充满了无尽的热爱与不懈的追求。然而，他的生命在创作盛年之时骤然终止，给中国乃至世界文学界留下了难以估量的损失与深深的遗憾。

巴金先生深知老舍先生的才华与抱负，也理解他离世时那份未竟之志的不甘与遗憾。因此，他满怀深情地呼吁社会各界，应当给予这些已故的杰出作家更多的关注与尊敬，以表彰他们卓越的文学成就与不朽的历史贡献。他们的文学之光，如同璀璨星辰，永远照亮着中国文学史的璀璨篇章，激励着后人不断前行，探索文学的无限可能。

＊ 35 ＊
大镜子
——到死也不愿放下笔的作家

"说真话，面对镜子我并不感到愉快，因为在镜面上反映出来的'尊容'叫人担心：憔悴、衰老、皱纹多、嘴唇干瘪……。好看不好看，我倒不在乎。使我感到不舒服的是，它随时提醒我：你是在走向死亡。那么怎样办呢？"

"于是有一天我发现自己垮了。用钢笔写字也感到吃力，上下楼梯也感觉到膝关节疼痛。一感冒就发支气管炎，咳嗽不停，痰不止。"

"哪里有什么'青春'？好像做了一场大梦似的，我清醒了。在镜子里我看见了自己真实的面容。"

"这说明一件事实：镜子对我讲的是真话。所以我不得不认真地考虑现实。这样我才订了一个五年计划。我是站在这样的'思想基础'上订计划的：是作家，就该用作品同读者见面，离开这个世界之前我总得留下一些东西。我不需要悼词，我不愿意听别人对着我的骨灰盒讲好话。"

"我的书房里偏偏留着那面大镜子，每次走过它前面，我就看到自己那副'尊容'，既不神气，又无派头，连衣服也穿不整齐，真是生成劳碌命！还是规规矩矩地待在家里写吧，写吧。这是我给自己下的结论。"

"我只是一个作家，一个到死也不愿放下笔的作家。"①

这篇文章撰写于 1979 年 12 月 23 日。时至岁末，巴金先生已敏锐地感知到自己的身体已走入了急速衰老的轨道，这份对生命有限性的深刻认识，非但没有削弱他的创作意志，反而如烈火般点燃了他更加坚定不移的写作决心。在这篇文字里，镜子被赋予了深邃的隐喻意义，它是物理层面自我审视的工具，更是心灵深处真实面对的勇气象征。

巴金先生借由这面镜子，直观地映照出自己外貌上岁月留下的痕迹，他审视着内心那份对文学不灭的追求与坚守。这份直面现实、不避讳衰老的勇气，正是他晚年写作精神的生动写照，一位文学巨匠在生命黄昏时刻的坚韧与不屈。

大镜子，在这篇文章中，超越了其物理形态，成为一面映照心灵、透视岁月的魔镜。它忠实地记录下巴金先生憔悴而衰老的面容，

---

① 巴金：《大镜子》，《探索集》，人民文学出版社 2018 年版，第 22—25 页。

更映射出他内心深处因岁月磨砺而留下的道道伤痕。在这面镜子前，巴金先生仿佛穿越了时间的长河，看到了过往的辉煌与沧桑，也预见了未来的希望与挑战。镜子，成为连接他个人历史与未来愿景的神秘桥梁，激发了他用笔触记录时代变迁、揭露真相的决心，同时也促使他对社会现象与历史进程进行更为深刻的反思。

在文章的尾声，巴金先生以铿锵有力的笔触，重申了自己作为作家的坚定立场："我是一个到死也不愿意放下笔的作家。"这份对写作纯粹而执着的热爱，是他在生命逐渐衰退的逆境中，依然能够保持蓬勃创作力与旺盛生命张力的源泉。他的故事，是对文学事业无限忠诚与热爱的最好诠释，激励着后来者在文学的道路上勇往直前，无惧岁月的风霜。

* 36 *

小狗包弟
——我不能原谅自己

"包弟送走后，我下班回家，听不见狗叫声，看不见包弟向我作揖、跟着我进屋，我反而感到轻松，真有一种甩掉包袱的感觉。但是在我吞了两片眠尔通、上床许久还不能入睡的时候，我不由自主地想到了包弟，想来想去，我又觉得我不但不曾甩掉什么，反而背上了更加沉重的包袱。在我眼前出现的不是摇头摆尾、连连作揖的小狗，而是躺在解剖桌上给割开肚皮的包弟。我再往下想，不仅是小狗包弟，连我自己也在受解剖。"

"不能保护一条小狗，我感到羞耻；为了想保全自己，我把包弟送到解剖桌上，我瞧不起自己，我不能原谅自己！"

"我想念过去同我一起散步的人，在绿草如茵的时节，她常常弯着身子，或者坐在地上拔出杂草，在午饭前后她有时逗包弟玩。……我好像做了一场大梦。满园的创伤使我的心仿佛又给放在油锅里熬煎。"①

这篇文章，作为1980年的开篇之作，撰写于1980年1月4日，是巴金先生对自己在那段特殊历史时期生活经历的剖析与反思。文中，他表达了对因"自保"之由，被迫将小狗包弟送去做解剖试验这一行为的深切自责，同时饱含深情地缅怀已故爱妻萧珊，字里行间流露出无尽的哀伤与思念。

文章开篇，巴金细腻地描绘出家人与小狗包弟其乐融融的画面——包弟活泼可爱的身影，讨喜的个性，与它共度的每一个温馨瞬间，都跃然纸上，它是一个被爱的小生命，也努力地爱着大家。很快地笔锋一转，"被爱"变成了"悲哀"。巴金开始揭露自己在无奈之下将包弟送往医院做解剖实验的残酷现实，这一行为对内心善良如水晶的巴金来说，在日后折磨了他许多年，成了他心中永远无法愈合的伤痕。他对自己在困境中的自私抉择深感痛悔，他对良心的拷问，既源于对包弟无辜生命的剥夺，更是对自己道德底线的背叛。巴金在此以小见大，通过这一往事，揭露出特殊历史时期人性的扭曲与社会的悲哀，赋予文章更加深远的社会批判意义，引领读者从多个维度审视那段历史。

"随想"里巴金的笔触中，始终流淌着对萧珊无尽的思念与愧疚。萧珊，这位他生命中永远的伴侣，她的离世对巴金的精神世界是摧毁性的。在动荡不安的岁月里，萧珊所承受的苦难与折磨，冰冷而刺

---

① 巴金：《小狗包弟》，《探索集》，人民文学出版社2018年版，第30—31页。

骨，最终，她未能战胜病魔的侵袭，离开了这个她深爱的世界，留给巴金的是精神的黑洞与无尽的自责。巴金始终认为，因自己的身份之由，萧珊受到了太多不公正的对待，自己没能成为萧珊坚实的依靠，让她在风雨中承受了太多的委屈与苦难。这份无法言说的歉疚，如同巨石般压在他的心头，让他难以释怀。

这座巴金用笔而筑的永恒的纪念碑，是对萧珊深情的缅怀，对那段特殊历史时期默默承受苦难的人们的深切悼念，对被漠视的生命的痛惜。他用自己的经历，警醒世人不要忘记那些曾经的伤痛与牺牲，呼唤人性、亲情与责任的回归。

* 37 *
探索
——不满现状

"不满现状（也就是不安于现状）有多种多样：有的人不满意自己的现状，有的人不满意别人的现状；有的人不满意小范围的现状，有的人不满意大范围的现状。"

"可是我想来想去，现在却有了另一种想法：一个人为自己服务的时间越多，他为人民服务的时间就越少。"

"至于说到'分类法'，我对它的不习惯（或者可以说不满意）表现在我喜欢生活在所谓'下等人'中间，同他们交朋友，听他们讲故事，我觉得他们比较所谓'上等人'像老爷、少爷、老太爷之类心地单纯得多，善良得多。"

"我从来不安于现状，总想改变自己的现状。"

"写作。家里的人又再三叮嘱我要走他们安排的路，可是我偏偏走了没有人给我安排的那一条。尽管我的原稿里还有错别字，而且常常写出冗长的欧化句子，但是我边写、边学、边改，几十年的经验使我懂得一个道理：人从没有路的地方走出一条路来。"

"但是我从小就不安于现状，我总是在想改变我的现状，因为我不愿意白吃干饭混日子。"

"想多做事情，想把事情做好，想多动脑筋思考，我过去是这样，现在也是这样。"

"我同胞兄弟五人，连嫡堂弟兄一共二十三个，活到今天的不到一半，我年纪最大，还能够奋笔写作，是莫大的幸福。这幸福就是从不安于现状来的。"

"'大胆，大胆，永远大胆。'现在我又想起了它。"

"我自己也是在'听话'的教育中长大的……现在到了给自己做总结的时候了。我可以这样说：我还不是机器人，而且恐怕永远做不了机器人。所以我还是要探索下去。"[1]

这篇文章撰写于1980年2月9日，是巴金先生以一颗勇敢无畏的心，直面历史沧桑、思辨自我人格曲折历程的力作。文中巴金先生展现出了罕见的勇气与坦诚，他勇敢地揭示了历史曾给个人与社会带来的深重灾难，更毫不避讳地剖析了自己在特定历史环境下，自我人格所走过的"弯路"。这种对自我内心的深度挖掘与审视，是对个人灵

---

[1] 巴金：《探索》，《探索集》，人民文学出版社2018年版，第32—38页。

魂的洗礼，也是对时代精神的一种深刻体悟。

巴金先生坚信，唯有通过真诚无欺的反思与不懈的探索，才能穿透迷雾，找到那条通往真理的光明之路。他认为思想的枷锁唯有靠自我觉醒的力量才能打破，真正的反思不仅是对外在世界的审视，更是对内心深处每一个念头、每一次选择的深刻拷问。因此，他决然地拒绝了家人为他铺设的平稳仕途，选择了充满未知与挑战的文学之路。这一选择，是他个人命运的重大转折，也因他深受五四新文化运动影响，对自由、民主、科学等现代价值观抱持着坚定信仰与执着追求。

巴金先生无情地批判了封建社会的腐朽阶级思想与官本位观念，这些陈腐的思想如同沉重的枷锁，束缚着人们的灵魂，阻碍着社会的进步。同时，他也对中国社会中普遍存在的从众心理及民智未开的现象表示出深深的忧虑。这种忧虑，既源于他对社会现实的深刻洞察，也体现了他作为一位有良知的知识分子，对社会进步与民族觉醒的深切期盼与责任担当。

巴金先生的文字，如同一把锋利的手术刀，精准地剖析了社会的病态与个人的迷茫，同时也像一盏明灯，引领着未来，激励后来者勇于面对历史，勇于反思自我，不断探索真理，追求光明。他的思想与作品是中国现代文学宝库中的瑰宝，是激励着一代又一代人追求自由、真理与进步的永恒灯塔。

* 38 *

再谈探索
——路是人走出来的

"自古以来人类就在探索、探求、追求而且创新，从未停止，当然也永远不会停止。"

"我拿起笔写小说，只是为了探索，只是在找寻一条救人、救世、也救自己的道路。说救人、救世未免太狂妄，但当时我只有二十三岁，是个不知轻重的'后生小子'，该可以原谅吧。说拯救自己，倒是真话。我有感情无法倾吐，有爱憎无处宣泄，好像落在无边的苦海里找不到岸，一颗心无处安放，倘使不能使我的心平静，我就活不下去。"

"我没有走上绝路，倒因为我找到了纸和笔，让我的痛苦化成一行一行的字，我心上的疙瘩给揭开了，我得到了拯救。"

"我就是从探索人生出发走上文学道路的。五十多年来我也有放弃探索的时候，但是我从来不曾离开文学。"

"不把自己的幸福建筑在别人的痛苦上；爱祖国、爱人民、爱真理、爱正义；为多数人牺牲自己；人不是单靠吃米活着；人活着也不是为了个人的享受。我在作品中阐述的就是这样的思想。"

"怎样做人？怎样做一个好人？我几十年来探索的就是这个问题。"

"我不能说我的答案是正确的，但它们是严肃的。我看到什么，我理解什么，我如实的写了出来。我很少说假话。"

"不用怕文学作品横冲直闯，它们总得经过三道关口：社会教育、家庭教育和学校教育。"

　　"文学的路就是探索的路。我还要探索下去。五十几年的探索告诉我：路是人走出来的。"①

　　这篇文章撰写于1980年2月15日，是巴金先生以坦诚而深邃的笔触，深刻阐述探索精神对于个人成长与社会进步不可或缺的一篇随想。他明确指出，探索，作为人类永恒的课题，无论是在历史的长河中回溯过往，还是立足当下，乃至展望未来，这份对未知世界的好奇与不懈追求，始终如一，从未停歇，也永远不会停歇。巴金先生个人的探索历程，从青年时期怀揣救人救世理想的热烈追寻，到后来以文学为桥梁，借由笔端倾泻内心深处的情感波澜与思想火花，实现自我心灵的救赎与升华，无不彰显了他对探索精神深刻的理解与身体力行的实践。

　　在文中，巴金先生反复强调，文学是他探索人生奥秘、表达真实自我、贡献社会的锐利武器。在这片由文字构筑的精神家园里，他找到了灵魂的栖息地，通过一部部作品，深情传递着对正义、真理的执着追求，对爱与牺牲的崇高颂扬，以及对如何成为一个善良、正直之人的深刻省思。他的文字，既是对个人生命轨迹的真实记录，也是对时代精神风貌的生动反映，更是对人性复杂面貌的深度剖析。尤为重要的是，巴金先生坚守真实写作的底线，倡导"深入生活"，坚决抵制虚伪与矫揉造作，这体现了他文学创作中的严肃态度与强烈责任感。

　　巴金先生认为，文学作品虽具有震撼人心的力量，但其真正价值的实现，还需经过社会、家庭、学校等多重教育阵地的洗礼与检验，

---

① 巴金：《再谈探索》，《探索集》，人民文学出版社2018年版，第39—44页。

方能充分发挥其促进社会进步、启迪人心的社会功能。他鼓励人们继续勇敢探索，因为道路是由人走出来的，每一次探索都是对未知领域的勇敢涉足，都是对生命意义的深刻探寻。巴金先生的探索精神，为文学创作提供了宝贵的启示，激励着每一个生命个体，提醒我们在人生的旅途中不断探索、不懈追求，勇于超越自我，共同推动社会的进步与发展。这是对个人潜能的挖掘，更是对人类文明进步的不懈追求。

* 39 *

探索之三
——我写作，因为我在生活

"让·埃先生的朋友希望我为画展的目录作序，这是对我的信任和重视，我很感谢他们的好意，但是我终于辞谢了，因为我拿起笔准备写作的时候发现自己对绘画一无所知。我喜欢画，却不懂画。"

"我写作，因为我在生活。我的小说是我在生活中探索的结果，一部又一部的作品就是我一次又一次的收获。我当时怎样看，怎样想，就怎样写。没有作品问世的时候，也就是我停止探索的时候。"

"一句话，我写每篇文章都是有所为而写作的。我从未有过无病呻吟的时候。我发表文章，也曾想到它会产生什么样的社会效果。但是我所想望的社会效果与作品实际上产生的常常有所不同，我只是一方面尽力而为，另一方面请读者自己评判。作者本人总想坚持一个原则：不说假话。"

"回想起来，我也说过假话，而且不止一次，那就是听信别人讲话而不加思考的时候。"

"我贩卖假话闯祸的事大概就只有一件。但我写文章时并不知道这是朋友的信口'随说'。"

"三十年代我在北平和一个写文章的朋友谈起文学技巧的问题，我们之间有过小小的争论，……我则认为读者关心的是作品所反映的生活和主人公的命运。"

"我甚至说艺术的最高境界，是真实、是自然、是无技巧。"

"我的收获却不大，因为我有一个时期停止了探索，让时光白白地飞逝，我想抓这个抓那个，却什么也不曾抓住。"

"我要继续进行我生活中的探索，一直到搁笔的时候。"

"所以我今天仍然要说：我不是一个文学家，我也不想做一个艺术家，我只要做一个'善良些、纯洁些、对别人有用些'的人。为了这个，我绝不放下我的笔。"①

文章撰写于1980年2月28日，巴金于其中深论探索之真谛，强调在生活旅途中不懈求索的重要性。他以婉拒为画展作序之邀为例，质朴而坚定地表达了不愿因外界压力而妥协的内心真实的声音，彰显了其在知识探索与艺术创作上严谨的立场。这份对未知领域的敬畏与尊重，正是他维持生活本真探索精神的宝贵写照。

巴金重申，写作是其生涯的组成部分，是他洞察世事、沉思宇宙的笔录。他秉持"所见即所思，所思即所书"的原则，以无畏的勇气

---

① 巴金：《探索之三》，《探索集》，人民文学出版社2018年版，第45—50页。

说真话、抒真情，令其作品饱含生活的原汁原味与时代印记。即便在非创作时期，他对生活的探索与思考亦未曾有丝毫懈怠，这份笔耕不辍的坚韧，既是对文学艺术的痴情坚守，也是对生命意义深刻探索的不懈追求。

面对外界对其《随想录》语言质朴无华的非议，巴金以"艺术之巅，在于真实、自然，无须雕饰"的箴言作出了最有力的回应，这恰与他所倡导的生活探索理念相契合。他坚决反对为技巧而牺牲真实，主张作品应直面生活，描绘人物的命运轨迹，触动读者的灵魂深处。正是这份对真实的执着追寻，赋予了他的作品跨越时代的恒久魅力，使之历久弥新。

巴金矢志不渝，誓将生活探索之路走至笔落之时。他自谦非文学大家，仅以成为有益于社会之人为己任，这份对自我角色的清醒认知，以及为之奋斗终身的坚定信念，展现了作为文学巨擘的他，一生所秉持的高尚情操与远大理想。

﹡ 40 ﹡
探索之四
——切勿鹦鹉学舌

"任何人写文章总是讲他自己的话，阐述他自己的意见，人不是学舌的鹦鹉，也不是录音磁带。"

"我还是要写作，而且要更勤奋地写作。不用说，我要讲自己心里的话，表达我自己的意志。"[①]

---

① 巴金：《探索之四》，《探索集》，人民文学出版社2018年版，第51—53页。

文章撰写于1980年2月29日，巴金在短短不到一日之内，再次挥毫泼墨，探讨了个体在探求真理与自我完善的征途中，独立性与批判性思维所扮演的关键角色。他深切地提醒读者，思想不应沦为"复读机"的傀儡，亦非"鹦鹉学舌"般机械重复，而是在探索未知与自我认知的旅途中，坚决抵制对他人的过度依赖或盲目追随。

巴金通过剖析社会现象，并结合自身经历，生动揭示了盲从所带来的恶果：它导致思想的固化与创新的窒息，使人在纷繁复杂的世界中迷失方向，丧失独立判断与应对挑战的能力。他激励读者勇于挑战既定观念，勇敢跨越舒适区的边界，以个人的视角去观察世界，以独立的思考去洞察万物，因为真正的智慧与成长，皆源自内心深处的觉醒与不懈的探索之旅。

作为当代读者，我们亦能从中汲取深邃启示。诚然，尊重他人意见是文明对话的基石，但在追寻个人信念与理想的征途上，我们不应被外界的喧嚣所左右。每个人的生命轨迹、价值观念皆独一无二，他人的建议虽不乏合理之处，但最终的抉择应植根于个体的理性审视与内心的真实声音。这份独立思考的能力是个人成长的基石，也是推动社会不断前行的强大动力。

＊ 41 ＊

友谊
——有情浓于酒，我醉在其中

"人们说：'有情浓于酒'，我这次才明白它的意义，我缺乏海量，因此我经常陶醉，重要的感觉就是心里暖和，心情舒畅。"

"我将心比心，以心换心，我对朋友们讲真话，讲心里的话。我虽然是一个感情不外露的东方人，可是谁触动了我最深的感情，我就掏出自己的心交给他。究竟为了什么？我一直在想。我想得多，但不是想得苦。我越想越是感到心里充实，越想越是觉得一股暖流流遍我的全身。掏出了自己的心，我并不感到空虚，因为我换来了朋友的心。我感到我有两倍的勇气，有两倍的力量。究竟由于什么？我得到回答了：由于友谊。"①

此篇文章撰写于1980年4月24日，正值巴金完成"随想"系列第四十章之后，他踏上了前往日本的旅程，这一行共计十六天的访问，留下了深刻的印象与温馨的回忆。文中巴金满怀深情地追忆了清水正夫先生在筹备讲座时的细致入微与周到关怀，翻译家丰田女士的严谨态度与敬业精神，以及他与著名作家井上靖之间那份跨越国界的深厚情谊。尤为令人动容的是，在中日关系错综复杂的时期，井上靖先生挺身而出，为蒙冤的老舍先生仗义执言，此举不仅是对老舍个人的深切缅怀与有力声援，更是对文学尊严与正义原则的坚定捍卫。巴金在字里行间流露出对井上靖行为的深深感激，并坦言，正是从日本同行的身上，他领悟到了交友的真谛与珍视友谊的重要性，见证了文学跨越国界、联结人心的伟力。

在促进与友邻国家的友好交往方面，巴金同样扮演了举足轻重的角色。"以心交心"，这是巴金一生秉持的交友信条和他对待人生、处理人际关系的核心理念。他常言，真诚是友谊的基石，唯有以真心方能换取真心。在无私的给予与真诚的交流中，巴金找到了生命意义的答案。友谊，这一看似平凡却又蕴含无穷力量的词汇，让巴金及其同时代的学者们感受到了彼此的陪伴与支持，为他们在面对人生风雨时

① 巴金：《友谊》，《探索集》，人民文学出版社2018年版，第54—56页。

增添了无尽的勇气与力量，使他们在追求真理与美好的道路上不再孤单。

* 42 *
春蚕
——吃了桑叶就要吐丝，给人间添温暖

"我在三十年代就一再声明我只是一名'客串'，准备随时搁笔，可是我言行不能一致，始终捏住我那枝秃笔不放……"

"文学事业是人民的事业，而且是世界人民的事业，这个事业中也有我的一份。除非我永远闭上眼睛，任何人也不能再一次夺走我的笔。"

"一九二七年春天我在巴黎开始写小说，我的启蒙老师是《忏悔录》的作者卢骚，我当时一天几次走过他的铜像前，我从他那里学到的是：讲真话，讲自己心里的话。"

"日本朋友要我谈我五十年的文学生活，我的经验很简单，很平常，一句话：不说谎，把心交给读者。"

"今天在探索了五十年之后我虽然伤痕遍体，但是我掏出来交给读者的仍然是那一颗燃烧的心，我只能写我自己心里的话，而且是经过反复思考之后讲出来的话。"

"这些时候我一直摆脱不掉锅里蚕茧的景象。我说：我写作一不为吃饭，二不为出名。我藏在心里没有说出来的话是：我是春蚕，吃了桑叶就要吐丝，哪怕放在锅里煮，死了丝还不断，为了给人间添一

点温暖。"

"一个人倘使不用自己的脑子思索，一个作家倘使不照自己思考写作，不写自己心里的话，那么他一定会让位给机器人。"①

此文章撰写于1980年4月28日，自30年代伊始，巴金虽自谦地以"客串"自居，仿佛随时准备淡出文坛，然而，内心深处对文学的炽热情感与作为知识分子的强烈责任感，却让他始终紧握那支"秃笔"，未曾有片刻的松懈。这种表面上的谦逊与内心的坚守，实则是对文学事业深沉无比的爱恋，以及对社会未来深切的忧虑与担当。无论外界风云如何变幻，他都坚定不移地守护着这片精神的净土，从未离开。

巴金将文学事业视为一项崇高而神圣的人民事业，它跨越国界，属于全世界每一个热爱文学的心灵。这份宽广的视野，让他深刻感受到作为文学工作者所肩负的重大责任。在"随想"系列中，他屡次强调，除非生命之火熄灭，否则无人能夺走他手中的笔。这份决绝与执着，是对文学信仰与个体表达自由最坚定的捍卫，是对精神追求的最高致敬。

回溯巴黎求学岁月，卢骚的《忏悔录》如同一盏明灯，照亮了巴金的文学之路，教会了他忠诚于内心、尊重事实的处世哲学。这一原则，成为他一生文化创作的坚固基石。无论是深入挖掘内心世界的细腻情感，还是真实反映外部世界的纷繁复杂，巴金都力求真实无欺，以心换心，与读者建立起一座座情感的桥梁。

回顾长达五十年的文学生涯，"不说谎，把心交给读者"，这简

① 巴金：《春蚕》，《探索集》，人民文学出版社2018年版，第58—62页。

短却掷地有声的话语，凝聚了巴金一生的创作理念与人生哲学。即便在"探索"的道路上布满荆棘，未来充满未知，他依然怀揣着一颗炽热的心，将所思所感精心提炼，以最真挚的面貌呈现给读者。他以春蚕自比，生动诠释了写作的本质——不为名，不为利，只为那份对文学的热爱与对人类的奉献。他将自己比作那吃了桑叶便吐丝的春蚕，即便生命即将终结，也要倾尽最后一丝力量，为这个世界留下宝贵的财富。这种无私奉献的精神，是对文学价值最深刻的领悟与诠释。

更为深远的是，巴金警醒后世，真正的作家应坚守独立思考，书写真心话，否则将被机械化的创作所取代。虽然"机器人"在此处更多的是一种象征，指向某种缺乏灵魂的写作模式，但在当下 AI 技术日新月异的时代，思想的缺失确实可能让文学失去其独特的魅力与深度。巴金这是在强调文学创作中个性的重要性，同时也是对时代精神的省思，提醒我们在科技飞速发展的今天，更要珍视并坚守人性的温度与思想的深度，让文学成为连接人心、启迪智慧的桥梁。

* 43 *

怀念烈文
——不多取一分不属于自己的东西

"我坐着不动，仍然在'拖'着。忽然有什么东西烧着我的心，我推开面前摊开的书，埋着头在抽屉里找寻什么，我找出了一份剪报，是一篇复印的文章。'黎烈文先生丧礼……'这几个字迎面打在我的眼睛上，我痛了一阵子，但是我清醒了。"

"他常到我家来，我们谈话没有拘束，我常常同他开玩笑，难得看见他发脾气。三十年代我和靳以谈起烈文，我就说同他相处并不难，他不掩盖缺点，不打扮自己，有什么主意、什么想法，都会暴露出来。有什么丢脸的事他也并不隐瞒，你批评他，他只是微微一笑。"

"后来我偶尔看到几本香港出版的刊物，有文章介绍台湾出来的作家，他们都用尊敬的口气谈起他们在台大的'黎烈文老师'。"

"这些人对文学和政治的看法并不是完全一致，但是我们有一个共同的感情，就是对鲁迅先生的敬爱。"

"过三个多月鲁迅先生离开了我们，我和烈文都在治丧处工作，整天待在万国殡仪馆，晚上回家之前总要在先生棺前站立一会，望着玻璃棺盖下面那张我们熟悉的脸。或者是烈文，或者是另一个朋友无可奈何地说一声：'走吧，'这声音我今天还记得。后来我们抬着棺木上灵车，我们抬着棺木到墓穴，有人拍了一些照片，其中有把我和烈文一起拍出来的，这大概是我们在一起拍的惟一的照片了，而且我也只是在当时的报刊上看见，那些情景今天仍然鲜明地留在我的脑子里。"

"烈文仍然在他家里默默地埋头工作，此外还要照顾他那无母的孩子。"

"我仿佛也参加了老朋友的葬礼，我仿佛看见他'冷冷静静地走上他最后一段路程'。长时期的分离并不曾在我们之间划一道沟，一直到死他还是我所认识的黎烈文。"

"'埋头写作，不求闻达。'"

"但最后二十九年中他是忠于自己的，因此在他工作过的地方出现了许多'从黎先生那里直接间接获得很多东西的文化界人士'。"

"我不断地解剖自己，也不断地观察别人，我意外地发现有些年轻人比我悲观……再没有比'没有信仰'、'没有理想'更可悲的了！"

"我不能不想起那位在遥远地方死去的亡友。我没有向他遗体告别，但是他的言行深深地印在我的心上。埋头写作，不求闻达，'不多取一分不属于自己的东西'，这应当是他的遗言吧。"

"只要有具体的言行在，任何花言巧语都损害不了一个好人，黑白毕竟是混淆不了的。"①

这篇文章完稿于1980年5月24日。与上面一篇文章相隔将近一个月的时间，以巴金当时的身体状况，写如此篇幅长的文章，已经开始十分耗时了。读着巴金先生文中的字字句句，我仿佛能够感受到他内心深处对亡友黎烈文逝世的沉痛与不舍。我相信从抽屉中翻出关于黎烈文先生丧礼的剪报并不是"偶然"，巴金先生的拖拉也不是习惯，而是一种刻意，他始终没有勇气去面对这份如同烈火焚心的痛。这份痛楚既是对友人离世的悲痛，更是对过往共同时光的无限怀念。

回想起30年代，他们在鲁迅先生的指引下作战的日子，纯真的友谊和共同的信念已经成为暮年巴金心中最宝贵的记忆。黎烈文是一个不掩饰缺点，真诚坦率的人，他的笑容、他的直率，都深深地烙印在巴金的脑海里。黎烈文先生的一生，是"埋头写作，不求闻达"的真实写照，他默默在家中耕耘，照顾着失去母亲的孩子，同时也在文学

---

① 巴金：《怀念烈文》，《探索集》，人民文学出版社2018年版，第63—73页。

的世界里播种着希望。他的这种精神，不仅激励着自己，更影响着周围文化界的认识，他们都直接或间接地从黎先生那里汲取了养分，成长为各自领域的佼佼者。在这物欲横流、花言巧语盛行的时代，黎先生如一股清流，巴金用此来提醒我们，真正的价值在于具体的言行，而非空洞的虚名。

在巴金沉重的笔触下，我们不仅能感到他对黎烈文逝世的深切哀悼，更能察觉出文字中的遗憾与不平。在文字中流露出，尽管黎烈文先生拥有卓越的文学才华和高尚的人格，但他临终前并未得到与其贡献相匹配的尊重和广泛认可。巴金不过是想借自己的笔，让更多的人了解这位曾与他并肩"不多取一分不属于自己的东西"的知识分子，让他在历史的长河中留下更加璀璨的光芒。

* 44 *

访问广岛

——世界和平万岁

"这次访问日本，我实现了二十年的心愿：我到了广岛。"

"关于那个地方的每一句话都深深地印在我的心上。从这一天起我就在想：要是我什么时候到广岛去看看那多好。"

"三十五年来我就是这样想：他们遭受了多么大的痛苦和不幸，他们应当生活得好一些、幸福些。这大概就是我这个理想主义者的正义观吧。三十五年中间我并非时时刻刻都想在这个遥远城市发生过的大悲剧，想的时候并不太多。但是每一想起广岛，我就受到那个愿望的折磨，我多么想亲眼看看广岛人（包括当时的幸存者）今天的生活！"

"三十五年前这里曾经是一片火海，今天面对着慰灵碑我还有口干的感觉。抬起头我望见了当年产业奖励馆遗留下来的骷髅般圆顶建筑物，这是惟一的旧时代的遗迹，只有它是人类历史上这个大悲剧的见证。"

"我这次不是来挖开记忆的坟墓，找寻痛苦的。"

"就这样离开广岛，我不能没有留恋，说实话，我爱上了这个美丽的'水城'。就只有短短的一天半的时间，我没有访问幸存者的家庭和受害者的家属，也不曾到原子弹医院去慰问病人，我感到遗憾。"

"公园里两只大手捧着的火炬在我的眼前时隐时现，我不会忘记这不灭的火。"①

文章撰写于1980年6月5日，自巴金初闻广岛之名，数十载光阴流转，那座在战火中历经磨难的城市，便化作了他心头一抹难以抹去的印记。他广泛涉猎书籍、关注新闻报道，倾听每一个与广岛相关的故事，竭力捕捉这座城市的一丝一毫信息。然而，这些间接的感知，始终难以满足他内心深处那份亲自踏足广岛、目睹其人民生活现状的渴望。

终于，当巴金的脚步真正踏上了广岛的土地，他所经历的是地理空间的跨越和心灵深处的一次震撼与慰藉之旅。他亲眼见证了广岛如何从战争的废墟中涅槃重生，绽放出繁荣与美丽，感受到了这座城市

① 巴金：《访问广岛》，《探索集》，人民文学出版社2018年版，第74—81页。

所蕴含的勃勃生机与不屈精神。在这一刻，巴金心中的愿望得以实现，但这份满足远不止于眼前的景致，更源自他对广岛人民那份坚韧不拔、勇于重建家园精神的深深敬仰。

广岛的所见所感，让巴金心生无限欣慰。他目睹了和平与建设的力量如何抚平战争的创伤，让这座曾经满目疮痍的城市焕发出新的生机。然而，他并未因此忘却历史的沉痛。那骷髅般矗立的圆顶建筑，慰灵碑前的静默沉思，以及马鞍形大纪念碑石箱上镌刻的文字，都是对那段悲惨历史无声的控诉与永恒的铭记。巴金反复强调，铭记历史的真正意义，在于警醒世人，防止悲剧重演。他以笔为媒，将此次访问的点点滴滴细腻记录，将对广岛的深情厚谊与深切关怀，永远镌刻在了文字的长河中。

离别广岛之际，巴金的心中充满了不舍与眷恋。他遗憾未能亲自探访更多地方，未能亲自慰问那些因战争而遭受创伤的心灵。但此次访问，已让他深刻感受到了这座城市对未来的无限憧憬与坚定信念，以及广岛人民那份不屈不挠的勇气与坚韧。巴金衷心期盼，这段历史能被更多人铭记，愿世界永葆和平，再无战火纷飞。

＊ 45 ＊
灌输和宣传（探索之五）
——文艺发展的方向是百花齐放

"任何一部文学作品，只要不是朝生暮死的东西，总会让一些人喜欢、让另一些人讨厌。人的爱好也有各种各样。但好的作品经受得住时间的考验。"

"今天回想起来我过去好像受了催眠术一样，这说明我并未真被

'说服'。根据我的经验，灌输、加强、宣传等等的效果不一定都很大，特别是有这类好心的人常常习惯于'从主观愿望出发'……"

"我也做过灌输、宣传的事情，至少我有这种想法，不过我的方式和前面所说的不同，因为我无权无势，讲话不受重视，想制造舆论又缺少宣传工具。我的惟一的办法就是在自己的作品书前写序、写小引、写前记，书后写后记、写附记、写跋。我从不放过在作品以外说话的机会，我反复说明，一再提醒读者我的用意在什么地方。"

"这笔糊涂账似乎至今还没有搞清楚。我不是经验主义者，可是常常想到过去，常常回头看过去的脚印，我总有点担心。"

"我们习惯'明哲保身'，认为听话非常省事。我们习惯于传达和灌输，仿佛自己和别人都是录音机，收进什么就放出什么。这些年来我的经验是够惨痛的了。一个作家对自己的作品竟然没有一点个人的看法，一个作家竟然甘心做录音机而且以做录音机为光荣，在读者的眼里这算是什么作家呢？"

"要是大家都成了录音机，我们就用不着进行复杂的思维活动，脑子也成了多余的了。但我始终相信：人类社会发展的方向总是由简单到复杂，而不是由复杂到简单。"

"我们文艺发展的方向当然也是百花齐放，而不是一花独放，更不是无花开放。"①

① 巴金：《灌输和宣传（探索之五）》，《探索集》，人民文学出版社2018年版，第82—88页。

　　文章撰写于1980年6月15日，巴金以其深邃的笔触，探讨了文学作品与读者间微妙而复杂的关系，进而引申出作家在创作、思考与表达时应秉持的正确态度。他首先指出，凡能穿越时间长河、屹立不倒的文学作品，必然能触动不同读者的心弦，引发各式各样的反响。但人心各异，爱好千差万别，强求一律无异于缘木求鱼。真正优秀的作品，并非刻意迎合众人口味，而是在岁月的洗礼中沉淀下来，与那些心灵相通的读者产生共鸣，实现跨越时空的灵魂对话。

　　在巴金看来，作家既不能，也不应试图操控每一位读者的思想轨迹。每位读者都是独一无二的个体，他们带着各自的视角与理解，解读着作品中的每一个字符。作家无法，也不应越俎代庖，代替读者思考。哪怕作家内心充满再强烈的意愿，也无法确保读者的思绪与自己完全同步。强行灌输思想，往往只会适得其反，要么被读者弃之如敝屣，要么被曲解得面目全非。他更以自嘲的笔触，反思了自己过往的"灌输"与"宣传"行为，认为这些做法非但无益，反而可能适得其反。尤其是当这种灌输仅仅基于个人主观愿望，而忽视读者真实需求与感受时，更易激起抵触与反感。巴金的这份坦诚与自省，令人肃然起敬，也为后来者提供了宝贵的警示。

　　巴金强调，作家应成为思想的引领者，而非简单的"录音机"，机械地收录与播放。若写作之人皆沦为人云亦云的附庸，人类的思维活动将趋于退化与简单。他坚信，文艺的发展应如百花齐放、百家争鸣，勇于面对并接纳多元化的声音，不断探索与创新，方能让文学之树常青，绽放出更加绚烂的光彩。

* 46 *
发烧
——要及时就医

"我本来要写我们访问长崎的事，但忽然因感冒发高烧到医院看病就给留了下来。吊了两天青霉素、葡萄糖，体温慢慢下降。烧退了，没有反复。"

"病房里相当静。三十年来我第一次住医院，有点不习惯，晚上上床后常常胡思乱想。想得最多的就是关于发烧的事情。"

"我首先想到的是我的哥哥李尧林。"

"其次我想到亡妻萧珊。"

"那个时候拍 X 光片子也非常困难，不但要请人帮忙，而且还得走不少弯路。到七月中旬才查出她的病源，七月下旬她住进医院，癌细胞已经扩散。她在病房里只活了三个星期。"

"今天回想起这些日子我还会大打冷噤。"

"所以我不喜欢量体温。我长时期没有患过大病，没有住过医院，总以为自己身体好，什么病痛都可以对付过去。明明感觉到不舒服，有热度，偏偏不承认，不去看病，不量温度，还以为挺起胸来就可以挺过去。"

"三十九度三，人已经十分委顿。两天后才退烧。"

"现在一切都正常了。不过十天光景吧，我在身心两方面都像是生过一次大病似的。"

"不承认自己发烧，又不肯设法退烧，这不仅是一件蠢事，而且是很危险的事。"①

此文章撰写于1980年7月11日，记录了一次突如其来的高烧如何中断了巴金的日常写作计划，引发了他对往昔岁月的深情回顾与对生命态度的深刻省思。文中交织着怀念的温情、忧伤的沉淀、自省的勇气与警示的深意，尤其是对三哥李尧林的深切缅怀、对亡妻萧珊的无尽思念，以及自身对疾病认知的转变，皆引人深思，触动心弦。

巴金的思绪首先飘向了1945年离世的三哥李尧林，字里行间流露出兄弟间那份超越血缘、深植于灵魂的深厚情谊。李尧林在巴金的生命旅程中扮演着不可或缺的角色，他们是精神上的支柱，相互扶持，彼此理解。在高烧带来的意识蒙眬中，巴金仿佛又回到了哥哥临终前的那一刻，那份不舍与怀念，如同潮水般涌来。

紧接着，亡妻萧珊的形象在巴金的心海中浮现，她的离世对巴金而言，是一次毁灭性的打击。萧珊患病期间的艰难求医之路，至今仍让巴金心有余悸，每当回想起那些日子，心中的痛楚便如刀割。在病房的静谧与孤独中，巴金对萧珊的思念越发强烈，这份清醒的痛楚，竟也成了他面对自身病痛时的一种坚韧支撑。然而，巴金并未沉溺于过往的悲伤，而是坦诚地反思了自己对待疾病的态度。他曾长期忽视身体的微恙，以为凭借坚强的意志便能战胜一切病痛。但此次高烧的经历，却让他深刻意识到，讳疾忌医只会让病情雪上加霜，甚至危及宝贵的生命。

"发热"，这一看似寻常的生理现象，在巴金的笔下，被赋予了更深层次的隐喻意义。它是巴金身体状况的直接映射，其内心世界、情

---

① 巴金：《发烧》，《探索集》，人民文学出版社2018年版，第89—91页。

感状态与生命哲学的象征性抒发。在病房中的胡思乱想，其实是内心情感的汹涌外溢。发热带来的身体不适与高热，恰如他心中翻涌的思念与忧伤，难以平息。这一常见的病症，却轻易地将他击倒，让他感受到前所未有的"委顿"，从而不得不正视自己的身体极限与生命的无常。"发热"成为巴金对生命脆弱性的深刻警醒，提醒他更加珍视健康，勇敢地面对生命中的每一次挑战与考验。

∗ 47 ∗
"思想复杂"
——是对我的恭维

"我读了他寄来的两大叠手稿，我不同意他的好些看法，也不知道他寄给我的是第几次的誊写稿。但是他的辛勤劳动我是看得出来的。我不好意思给他泼冷水，没有提什么意见，只是指出少数与事实不符的地方。"

"很对不起他，我看了信，心里高兴。一则书出不了，无人替我树碑立传，我倒感到轻松，精神上少背'包袱'，二则说我思想复杂，我认为是对我的恭维。"

"'思想复杂'的人喜欢胡思乱想。思想会长眼睛，想多了，会看见人们有意识掩饰的东西，会揭穿面具下面的真容。"

"一切都会变，一切都在变。我也在变。我的思想由复杂变简单，又由简单变复杂，以后还要变下去。"

"变化总是从无到有，从旧到新，从复杂到更复杂。我们实现社会主义的四个现代化，也绝不会由复杂到简单。关于这个问题我以后还想谈谈，例如文字的发展究竟是为了简单易学，还是为了更准确地表达人们的复杂思想，我也有个人的看法。说我'思想复杂'，是无足怪的。"[①]

　　此文章撰写于1980年7月13日，巴金在文中对"思想复杂"这一常带贬义色彩的标签进行了深刻的反思与重塑。在外界眼中，"思想复杂"或许意味着难以捉摸、不易理解，甚至有时被视作一种负面评价。然而，巴金却以个人经历与深刻感悟为笔，阐述了思想复杂实则蕴含着无尽的宝藏，它是推动社会进步不可或缺的力量源泉。

　　面对朋友寄来的手稿，巴金虽不完全认同其观点，但他并未因此而轻视或否定，反而对作者的辛勤劳动表示了诚挚的尊重，并谨慎地提出了自己的见解。这一态度体现了巴金对思想多样性的包容与尊重，展现了他如何将所谓的"思想复杂"转化为促进交流与理解的桥梁。

　　在巴金看来，思想复杂并非简单的贬义词，它更多时候是对一个人深入思考、多维度审视问题的赞美。尽管这种复杂性可能带来误解与隔阂，但它同样能洞察社会现象背后的本质，揭露伪装，促进真实与透明的交流。巴金强调，正是这种思想复杂性，激发了人们不断质疑、反思的勇气，成为社会进步与创新的重要驱动力。同时，巴金也认识到，思想是一个不断演变的过程。从被贴上"思想复杂"的标签，到逐渐简化、清晰，再到更高层次的复杂与深刻，这是每个人成长与社会发展的必然轨迹。巴金以自己的经历为例，鼓励人们正视并珍惜自己的思想复杂性，将其转化为推动个人成长与社会进步的力量。

　　[①]　巴金：《"思想复杂"》，《探索集》，人民文学出版社2018年版，第92—94页。

* 48 *

世界语
——一种共同使用的辅助语

"上一篇'随想'还是在病院里写成的。"

"我还根据世界语翻译了几本书，如意大利爱·德·亚米西斯的独幕剧《过客之花》、苏联阿·托尔斯泰的剧本《丹东之死》、日本秋田雨雀的独幕剧《骷髅的跳舞》、匈牙利尤利·巴基原著的中篇小说《秋天里的春天》。"

"现在来到大会会场，会场内外，上上下下，到处都是亲切的笑脸，友好的交谈，从几十个国家来的人讲着同样的语言，而且讲得非常流畅、自然。在会场里人们报告、讨论，用世界语就像用本民族语言那样地纯熟。坐在会场里，我觉得好像在参加和睦家庭的聚会一样。对我来说这是第一次，但是我多年盼望的、想象的正是这样。"

"世界语的确在发展，它的用途在扩大，参加大会的一千七百多人中间，像我这样的老年人只占少数，整个会场充满了朝气，充满了友情。"

"我便向他们宣传，说明我的看法：世界语一定会大发展，但是它并不代替任何民族、任何人民的语言，它只能是在这之外的一种共同使用的辅助语。每个民族都可以用这种辅助语和别的民族交往。"

"我并不完全反对文字的简化，该淘汰的就淘汰吧，但是文字的发展总是为了更准确地表达人们的复杂思想，绝不只是为了使它变为更简单易学。"

"我们目前需要的究竟是提高人民的文化水平，还是使我们的文字简单再简单，一定要鬥斗不分、麺面相同？我不明白。"①

此文章撰写于1980年8月24日，聚焦于世界语——这一旨在跨越语言鸿沟、促进全球相互理解的辅助语言。巴金与世界语的缘分，可追溯至五四运动风起云涌的年代，那时的他，便已开始对世界语进行探索与学习。在这条语言之旅上，巴金不仅精通了这门语言，更身体力行地投身于翻译事业，将多部外国文学佳作引入中国，生动展现了世界语作为文化交流桥梁的巨大潜力与无限可能。

在参加世界语大会的难忘时刻，巴金被深深触动。他笔下描绘了一幅跨越国界、语言畅通无碍的和谐画卷：人们以世界语为媒介，自如交流，心与心的距离被无限拉近，仿佛置身于一个温馨的大家庭。这次大会让巴金目睹了世界语的蓬勃生命力与广泛应用场景，感受到了它作为国际沟通利器的独特魅力与深远影响。在巴金看来，世界语并非旨在取代任何现有语言，而是作为辅助语，以其独特的价值，助力不同文化间的相互理解与尊重，构建更加和谐的世界。

对于文字的简易化改革，巴金持有一种审慎而深邃的态度。他认同文字简化在提高学习效率、促进文化传播方面的积极作用，但同时也敏锐地指出，文字的发展应当服务于人类复杂思想的精准表达，而非仅仅追求表面的简单易学。巴金对过分简化可能带来的文化内涵稀释与语言表达能力卜降表示担忧，他强调，在追求文字易学的同时，必须兼顾表达的深度与广度，旨在提升民众的文化素养与审美能力，

---

① 巴金:《世界语》,《探索集》,人民文学出版社2018年版,第95—99页。

而非简单地将文字降格为易于掌握的工具。

＊ 49 ＊
说真话
——大家都把心掏出来

"我说：'我年纪大了，脑子不管用，写不出应景文章。'"

"他说：'我不出题目，你只要说真话就行。'"

"我不曾答应下来，但是我也没有拒绝，我想：难道说真话还有困难！"

"我坦白地说，我只是想保留一些作品，让它向读者说明我走过什么样的道路。"

"我的见闻里毕竟还有真实的东西。这种写法好些年来我习以为常。我从未考虑听来的话哪些是真，哪些是假。"

"我自己也把心藏起来，藏得很深，仿佛人已经走到深渊边缘，脚已经踏在薄冰上面，战战兢兢，只想怎样保全自己。"

"我念念不忘的是我的妻子、儿女，我不能连累他们。对他们我还保留着一颗真心，在他们面前我还可以讲几句真话。"

"他知道这是假话，我也知道他在说谎，可是我看见他装模作样毫不红脸，我心里真不好受。"

"我并不责怪他们，我自己也有责任。我相信过假话，我传播过假话，我不曾跟假话作过斗争。"

"正因为有不少像我这样的人，谎话才有畅销的市场，说谎话的人才能步步高升。"

"我们不谈空洞的大好形势，我们谈缺点，谈弊病，谈前途。"

"大家都把心掏出来，我们又能够看见彼此的心了。"①

这篇文章撰写于1980年9月20日，作为"随想"系列中的一篇核心之作，深刻揭示了"说真话"这一朴素行为背后所隐藏的复杂情感与艰巨责任。巴金以其生活往事为例，真诚地阐述出说真话绝非易事，它时常伴随着当事人内心的激烈挣扎与外界的重重压迫。当写作的行文需求被轻描淡写地定义为"只需说真话即可"时，巴金的反应透出一种滑稽的讽刺——在这个纷繁复杂的世界中，难道说真话竟变得如此艰难？

巴金坦诚地由剖析自己开始，在文学创作中，他一直勇于探索人性的深渊，但在特殊的历史时期，却不得不在现实生活中将心灵深藏，每一步都走得如履薄冰，生怕稍有不慎便陷入万劫不复的境地。这种战战兢兢的状态，源于他当时对个人安危的无奈考量，也是对家人深沉的牵挂与无私的保护。他陈述了在那样一种语境下，说真话可能带来的连锁反应与不可预知的后果，所以当时他选择了谨慎行事、自我保全和暂时的沉默。对未能勇敢站出与假话抗争，甚至在某些时刻无意中传播了不实之言的行为，巴金深感自责与愧疚。他痛心于说谎者的恬不知耻，更痛心于自己也曾无意间成了谎话流行的帮凶。这份深刻的自我反省，让我们明白，说真话需要无畏的勇气与坚定的决

---

① 巴金：《说真话》，《探索集》，人民文学出版社2018年版，第100—103页。

心，更需要我们对真相的执着追求与对彼此间的真诚相待。

巴金提出的"说真话"，还需以更广博而长远的角度去解读。他呼吁人们，不要沉溺于虚幻的蓝图与空洞的幻想之中，而应勇于直面现实中的问题与挑战，共同探寻解决之道。他坚信，只有如此，我们才能打破谎言的枷锁与束缚，携手构建一个更加真实、和谐且充满正能量的社会。

＊ 50 ＊
《人到中年》
——深沉的爱，要用行动表达

"读了《人到中年》后一直忘不了这样一个事实：今天在各条战线上干工作、起作用，在艰苦条件下任劳任怨、鞠躬尽瘁的人多数是解放后培养出来的一代知识分子。"

"正是靠了这无数默默地坚持工作的中年人，我们的国家才能够前进。"

"越来越多的人却说：'小说讲了我们心里的话。'"

"我们已经吃够了谎言的亏，现在到了多讲真话的时候了。我们的生活里究竟有没有阴影，大家都知道，吹牛解决不了问题。"

"《人到中年》写了我们社会的缺点，但作者塑造的人物充满了爱国主义的感情，这种感情不是空洞的、虚假的，而是深沉的，用行动表示出来的。我接触到她（他）们的心，我更想到我那位遍体鳞伤的母亲，我深深感觉到我和祖国血肉相连的关系。是她把我养育大的，是她使我拿起笔走上文学道路的，我从她那里不断地吸取养料。她有伤，所有她的儿女都应当献出自己的一切给她治疗。"①

文章撰写于1980年9月22日，巴金在其中深情地探讨了《人到中年》这部小说所展现的深刻内涵。该作品细腻地刻画了新中国成立后成长起来的一代知识分子群像，揭示出他们与国家之间那牢不可破的精神联系。在巴金的笔下，这些在各行各业默默奉献的知识分子，成为推动国家进步不可或缺的坚实力量，他们以实际行动践行着责任与担当的崇高精神。

巴金再次重申了说真话的至关重要性。他指出，广大群众的热烈反响与共鸣表明，真正优秀的作品之所以能够深入人心，正是因为它们勇敢地说出了人们内心深处的声音。在经历了长久的谎言与虚伪之后，人们越发渴望听到真实的声音，渴望看到生活的本来面目。巴金强调，夸大其词与虚假宣传从来无法真正解决问题，唯有真诚的话语才能触动人心，引发深刻的共鸣。这种对真话的深切渴望，正是社会风气逐渐转变、人们思想意识不断觉醒的生动体现。尽管真实往往伴随着丑陋与不堪，但勇敢面对真实，才是清醒地生活在这个世界上最为理智的成长之路。

此外，巴金还特别强调了作品中蕴含的深厚爱国主义情感。这种情感并非空洞无物的口号，而是深沉而真挚的，需要通过实际行动去诠释与践行。他巧妙地通过作品中的人物形象，将知识分子与祖国之间的关系比作深厚的母子之情。每一个儿女都肩负着守护母亲的重任，应当为她分忧解难，更应当将这份深沉的爱转化为实际行动，去为曾经受过伤的母亲疗愈伤痛，去珍惜她、为她奋斗、捍卫她的尊

---

① 巴金：《〈人到中年〉》，《探索集》，人民文学出版社2018年版，第105—106页。

严。巴金的这番言论是对作品中人物精神的深刻解读，也是对当时社会风气的一种积极引领与呼唤。

＊ 51 ＊

再论说真话

——认真地活下去

"我的'随想'并不'高明'，而且绝非传世之作。不过我自己很喜欢它们，因为我说了真话，我怎么想，就怎么写出来，说错了，也不赖账。"

"过去我写过多少豪言壮语，我当时是那样欢欣鼓舞，现在才知道我受了骗，把谎言当作了真话。无情的时间对盗名欺世的假话是不会宽容的。"

"我有脑子，我就会思索，有时我也忍不住吐露自己的想法。一九六二年我在上海文艺界的一次会上发表了一篇讲话：《作家的勇气和责任心》。就只有那么一点点'勇气和责任心'！就只有三十几句真话！"

"我脑子里好像只有一堆乱麻，我已无法独立思考，我只是感觉到自己背着一个沉重的'罪'的包袱掉在水里，我想救自己，可是越陷越深。脑子里没有是非、真假的观念，只知道自己有罪，而且罪名越来越大。"

"我起初还分辩几句，后来一律默认。"

"虽然中间有过很短时期我曾想到自杀，以为眼睛一闭就毫无知觉，进入安静的永眠的境界，人世的毁誉无损于我。……想了几次我终于认识到自杀是胆小的行为，自己忍受不了就让给亲人忍受，自己种的苦果却叫妻儿吃下，未免太不公道。"

"那些时候，那些年我就是在谎言中过日子，听假话，说假话，起初把假话当作真理，后来逐渐认出了虚假；起初为了'改造'自己，后来为了保全自己；起初假话当真话说，后来真话当假话说。"

"这样一个浅显的道理，我为它却花费了很长的时间，付出了很高的代价。"

"人只有讲真话，才能够认真地活下去。"①

这篇文章撰写于1980年10月2日，巴金在此文中再度深入探讨了"讲真话"的议题。他结合自身丰富的经历，从多个层面深刻剖析了缺乏独立思考所带来的严重后果——丧失自主权与话语权、谎言的自我欺骗性，以及讲真话对于真诚生活的重要性。

巴金指出，当一个人丧失了独立思考的能力，其本质便与动物园中被圈养的高等动物无异。在充斥着谎言与虚假的社会环境中，个体将逐渐失去自己的声音，沦为被操控的傀儡，甚至逐渐迷失自我。他以自己曾经的经历为例，在那个特殊的历史时期，由于种种复杂原因，他不得不违背内心说话，一度陷入无法自主思考的困境。那种状态下，他感觉自己如同背负着沉重的罪孽，越陷越深，以至于对是非真假失去了基本的判断能力。这一描述，深刻揭示了独立思考对于维

---

① 巴金：《再论说真话》，《探索集》，人民文学出版社2018年版，第108—113页。

护个人精神独立与尊严的不可或缺性。

接着，巴金又以自己惨痛的教训为鉴，警醒世人假话讲多了连自己都会迷失其中。他回忆道，自己曾将谎言错认为真相，甚至在一段时间内完全沉浸于谎言编织的虚幻世界中。这种自欺欺人的行为，让他失去了对现实的真实感知，严重削弱了他的判断能力，最终付出了沉重的代价。尽管讲真话可能面临诸多挑战与困难，但巴金依然坚定地认为，唯有讲真话，我们才能挣脱谎言的枷锁，真正聆听内心深处的声音，从而认真地、真实地活下去。真话是连接内心与外界的桥梁，更是保持精神清醒与独立不可或缺的基石。巴金的这番言论，实则是对自己过往经历的反思和对世人的一种殷切告诫与呼唤。

＊ 52 ＊
写真话
——应该写！应该多写！

"我同西彦是有分歧的，我们不便争吵，但是我对他暗中有些不满意。当时我认为我有理，过两年我才明白，现在我更清楚：他并不错。我们的分歧在于我迷信神，他并不那么相信。"

"读他的近作，我觉得他对我十分宽容，当时我的言行比他笔下描写的更愚蠢、更可笑。我不会忘记自己的丑态，我也记得别人的嘴脸。我不赞成记账，也不赞成报复。但是我绝不让自己再犯错误。"

"可惜我们没有但丁，但总有一天会有人写出新的《神曲》。所以我常常鼓励朋友：'应该写！应该多写！'"

"当然是写真话。"①

这篇文章撰写于1980年10月4日，巴金在文中重申了讲真话的重要性，进一步呼吁作家们应勇于写真话，以笔墨为剑，捍卫真理与真实。虽然文中对作家王西彦的具体描述并不详尽，但字里行间透露出王西彦那份对个人良知的坚守，以及他对真话矢志不渝的追求。巴金与王西彦在观点上曾有过分歧，然而时间的流逝却证明了王西彦的清醒与坚韧不拔。在巴金一度迷信"神"的迷茫时期，王西彦却始终保持着独立的思考，拒绝盲从与追随，这种分歧实质上是对真理与盲目崇拜之间的辨别。随着时间的推移，巴金逐渐认识到自己认知上的偏差，对王西彦的坚持与清醒表示了由衷的敬佩。

在那个话语权受限、言论自由受限的时代背景下，讲真话已经是一件极其艰难的事情，而写真话，更是对作家责任感与担当精神的严峻考验。王西彦的作品，以其独特的笔触，真实地记录了那个时代的风云变幻，也毫不避讳地描绘了包括巴金在内的许多人的挣扎与困惑。巴金自嘲地表示，王西彦的作品以宽容之笔勾勒出了他当年的不堪与丑态，但这份所谓的"宽容"，其实更多的是对同一屋檐下友人那份深切的心痛、回忆与保护。

巴金在文章的最后，深情地鼓励所有的友人要多写，更要勇于"写真话"。这是他对文艺界寄予的殷切希望，同时也鼓励与鞭策自己不断前行、勇敢揭露真相。真话虽然可能刺耳，但它却是推动社会进步、促进人心觉醒的强大力量。因此，他呼吁每一位作家都应承担起这份责任，用笔墨书写真实，用真话点亮人心，共同为构建一个更加真实、和谐的社会贡献自己的力量。

---

① 巴金：《写真话》，《探索集》，人民文学出版社2018年版，第114—116页。

＊ 53 ＊
"腹地"
——到人民中间去

"我的文章的题目是:《给一个中学青年》,收在三十年代出版的散文集《短简》里面,后来又给编印在一九六一年出版的《巴金文集》第十一卷里。"

"'九·一八'沈阳事变后,一个中学生写信问我:'该怎么办?'我回答说:第一,我们没有理由悲观;第二,年轻人还有读书的权利,倘使不得不离开学校,应该去的地方是中国的腹地,是人们中间。"

"只有一个人同意我的说法:腹地是内地。他就是文学评论家孔罗荪……"

"我已经看透了那些用美丽辞藻装饰的谎言,忽然感到一阵恶心,我坚持腹地只有一个解释:内地。"

"我放弃了斗争,我疲倦,我甘愿倒下去、不起来了。但这只是我当时的一种想法。"

"只有罗荪同志表面上有点狼狈相,他替我辩护,我自己反而承认了,投降了。我一方面在他面前感到惭愧,但另一方面听着大家的责骂,我倒觉得脑子清醒多了。"[1]

---

[1]　巴金:《"腹地"》,《探索集》,人民文学出版社2018年版,第118—119页。

这篇文章撰写于1980年10月7日，巴金在文中深情地回顾了自己对"腹地"一词独特诠释所引发的遭遇与质疑。那是一个充满探索与困惑的时代，当面对一位中学生的疑惑时，巴金满怀激情地鼓励这位青年深入中国的内陆地区，去人民的生活实践中寻找真正的答案。在他看来，"腹地"是一个地理上的概念，它代表着"内地"，即中国广袤而深邃的内陆地区，那里蕴藏着无尽的故事与真实的生活。

然而，这一诠释在当时的特殊语境环境中却显得格格不入，鲜有人给予支持。唯独文学评论家孔罗荪与巴金持相同见解，他的坚持如同一束光，照亮了巴金前行的道路。但遗憾的是，面对外界的压力与质疑，巴金最终选择了放弃这一诠释，尽管他的内心并未真正屈服。他深知，真相有时会被暂时的误解与偏见所掩盖，但事实终将如同晨曦般照亮大地，让一切变得明朗。

巴金在文中坦诚地表达了自己的遗憾与羞愧，他为自己未能坚持到底而感到自责，更为孔罗荪那份坚持而深感敬佩。他意识到，在那些华丽的辞藻背后，往往隐藏着不为人知的谎言与虚伪。而真相，虽然可能暂时被掩盖，但总有一天会如同破土而出的幼苗，茁壮成长。通过这些亲身经历，巴金告诫我们：在面对误解、栽赃与压力时，我们更应坚守自己的信念与原则。因为时间与事实是最公正的裁判，它们会毫不留情地揭露谎言，还原真相。无论遭遇多少困难与挫折，我们都应保持那份对真理的执着与追求，因为只有这样，我们才能在人生的道路上走得更远、更稳。

* 54 *
再说小骗子
——不可讳疾忌医

"两三年来我经常在考虑一个问题：讳疾忌医究竟好不好？我的回答是：不好。"

"话剧虽然不成熟，有缺点，像'活报剧'，但是它鞭笞了不正之风，批判了特权思想，像一瓢凉水泼在大家发热发昏的头上，它的上演会起到好的作用。剧本的名字叫《假如我是真的……》，我对它的看法一直是这样，我从来没有隐蔽过我的观点。"

"我看他比我们聪明，我们始终纠缠在'家丑'、'面子'、'伤痕'等等之间的时候，他看到了本质的东西。不写，不演，并不能解决问题。"

"那些造神召鬼、制造冤案、虚报产量、逼死人命等等、等等的大骗子是不会长期逍遥法外的。大家都在等待罪人判刑的消息，我也不例外。"①

文章撰写于1980年10月9日，巴金再度触及骗子议题，并以一部聚焦骗子的话剧为载体，以其锋利的笔锋深入剖析了社会中普遍存在的讳疾忌医心态及骗术横行的现象。他明确指出，讳疾忌医——这种试图掩盖矛盾、逃避现实的态度，非但不能解决问题，反而会使之越发恶化。话剧《假如我是真的……》便是对这一社会病态的鲜活反映，

---

① 巴金：《再说小骗子》，《探索集》，人民文学出版社2018年版，第121—123页。

它促使观众在剧情之外进行更深层次的反思：为何人们会轻易落入骗局？人们对骗子抱持的是恐惧还是某种隐秘的期待？又希冀从骗子那里得到何种满足？

在社会舞台上，骗子如影随形，骗术更是日新月异，层出不穷。巴金深刻地指出，这一现象的根本在于，人们往往纠缠于肤浅的表象与细枝末节，而骗子则敏锐地洞察并利用了社会的裂痕与人性的弱点。因此，逃避与忽视问题，无异于为骗子提供更为肥沃的滋生环境。至于那些规模更大的欺诈案件，它们如同一张张逐渐被撕破的谎言面纱，终将在阳光的照耀下无所遁形，接受法律的严正裁决。正义或许会姗姗来迟，但它绝不会缺席，终将还世间一个公道。

* 55 *

赵丹同志
——他身上有一团火，一股劲

"大家都关心他的病，眼看着一位大艺术家一步一步走向死亡，却不能把他拉住，也不能帮助他多给人民留下一点东西。"

"最后有这样一句话：'对我，已经没什么可怕的了。'他讲得多么坦率，多么简单明了。这正是我所认识的赵丹，只有他才会讲这样的话……因此他把多年来'管住自己不说'、积压在心上的意见倾叫了出来。"

"还有一次我听见他表露他的心情：'为了报答，我应当多拍几部好片子。'我很欣赏他这种精神状态。他乐观，充满着信心。我看见他总觉得他身上有一团火，有一股劲。"

"他变了。人憔悴了，火熄了，他说他吃不下东西。"

"我说：'让他再拍一两部好片子吧。'我这句话自己也不知道是向谁说的。"

"华东医院草地上的相遇，是我和赵丹最后一次的见面。我从北欧回来，就听说他病危了。"

"赵丹同志不会回到我们中间来了。我很想念他。"

"这个优秀的表演艺术家这些年的遭遇可以帮助我们头脑清醒地考虑一些事情。'让你活下去'，并不解决人才的问题。"①

文章撰写于1980年10月11日至13日，历时三日。

赵丹，这位曾在中国影坛熠熠生辉的璀璨之星，以其无畏的勇气、开朗的个性及超凡的演技，深深赢得了广大观众的喜爱与敬仰。他在银幕上精心雕琢的每一个角色，皆成为不朽的经典；而在生活中，他更以一种无所畏惧的艺术执着和豁达乐观的生活哲学，激励着无数人。然而，命运之神却对他开了一个残忍的玩笑：当他终于熬过人生的漫漫长夜，准备再次绽放光芒时，却被无情的病痛缠身，最终走向了生命的终点，令人扼腕叹息。

通过巴金那细腻而深情的笔触，我们得以一窥赵丹临终前的真实状态。这位昔日充满活力的艺术大师，在病魔的残酷侵蚀下变得日渐憔悴，他体内那团燃烧的火焰、那股不屈的劲头，似乎也已无力再燃。但即便如此，赵丹依然坚守着他那份坦率与纯真的本性，在临终

---

① 巴金：《赵丹同志》，《探索集》，人民文学出版社2018年版，第124—128页。

前的文字中，倾泻出积压已久的心声与感慨，唱出"天鹅之声"般的一曲灵魂高歌。巴金对于赵丹的离世，内心充满了无尽的惋惜与悲痛。赵丹的骤然离去，是影坛不可估量的巨大损失，并为整个社会敲响了警钟。

这不禁引发我们深思：如何才能更好地珍视与呵护那些宝贵的人才，让他们在各自的领域中自由翱翔、尽情施展才华，为社会的进步与发展贡献出更多的力量？赵丹的离世，为我们敲响了警钟，提醒我们要更加珍惜眼前人，更加努力地营造一个让人才得以茁壮成长的环境。

＊ 56 ＊
"没什么可怕的了"
——我要和死神赛跑

"对他在文章最后写的那句话，各人有各人的看法。……他的话像一根小小的火棍搅动我的心。我反复地想了几天。我觉得现在我更了解他了。"

"为了逃避这一切恐怖，我也曾探索过死的秘密。我能够活到现在，原因很多，可以说我没有勇气，也可以说我很还有勇气。"

"赵丹说出了我们一些人心里的话，想说而说不出来的话。可能他讲得晚了些，但他仍然是第一个讲真话的人。我提倡讲真话，倒是他在病榻上树立了一个榜样。"

"我和他不同的是：我的脚步缓慢，我可以在中途徘徊，而且我甚至狂妄地说，我要和死神赛跑。"

"然而我和他一样，即使在走向死亡的路上也充满对祖国人民的热爱和对文艺事业的信心。工作了几十年，在闭上眼睛之前，我念念不忘的是这样一件事：读者、后代、几十年、几百年后的年轻人将怎样论断我呢？"

"他们绝不会容忍一个说假话的骗子。"①

文章撰写于1980年10月14日，即赵丹逝世之后的又一篇深情追忆。显然，巴金对于赵丹的离世仍沉浸在深深的哀悼之中，难以释怀。上一篇悼念之文，他倾注了三日心血，未给自己留丝毫喘息之机，仿佛在与时间的无情流逝进行着一场无声的赛跑。

赵丹临终之际那句"没什么可怕的了"，是他对个人生死轮回的超脱领悟，也是那个时代知识分子普遍心境的一种深沉共鸣。这句话犹如一束穿透重重阴霾的光芒，照亮了巴金心灵深处最幽暗的角落，再次唤醒了他对生命的意义、勇气的真谛以及真诚表达的深刻省察。赵丹的那份坦然与从容展现了他面对死亡时的无畏，透露出一种难以言喻的辛酸与无奈。他的直言不讳，如同一股清流，激荡着巴金的内心，使其更加坚定了前行的步伐与未来的方向。

历史的长河不会遗忘那些勇于发声、坚持真相的人，而未来的青年一代，也必将以公正无私的目光去审视、评判这条充满荆棘的道路。因此，即便这条道路最终通向的是生命的终点，他们亦无所畏惧。因为，在他们身后留下的，是真实无欺的足迹与永恒不朽的精神光芒。

---

① 巴金:《"没什么可怕的了"》，《探索集》，人民文学出版社2018年版，第128—130页。

＊ 57 ＊
究竟属于谁？
——当然属于人民！

"倘使有人问我错误在哪里，我也讲不清楚。但是没有人以为我不错。我的错误多着呢！"

"赵丹同志说：'大可不必领导作家怎么写文章、演员怎么演戏。'"

"尽管我的记忆力大大衰退，但是这个惨痛的教训我还不曾忘记。尽管我已经丧失独立思考……"

"我就是奴仆中的一个，我今天在责备自己。"

"要澄清混乱的思想，首先就要肃清我们自己身上的奴性。大家都肯独立思考，就不会让人踏在自己身上走过去。"

"文艺究竟属于谁？当然属于人民！李白、杜甫、白居易、苏东坡的诗归谁所有？当然归人民。但丁、莎士比亚、托尔斯泰、巴尔扎克、雨果、左拉的作品究竟是谁的财产？当然是人民的。过去是这样，现在是这样，将来也是这样。只有那些用谎言编造的作品才不属于人民。"

"回顾过去，我不但怜悯自己，还轻视自己，我奇怪我怎么变成了这样的一个人！"

"过去的事就让它过去吧。"①

---

① 巴金：《究竟属于谁？》，《探索集》，人民文学出版社2018年版，第131—133页。

文章撰写于1980年10月15日，巴金以其深邃的自省与对文艺自由的深切呼唤，引领了一场关于文艺本质及其归属的深刻对话。他以"我的错误多着呢"这句风趣而自嘲的话语，尖锐地讽刺了时代洪流中个体易于迷失方向的无奈现实，坦诚地反思了自己过往的盲从与妥协，这些曾让他在一定程度上丧失了独立判断与思考的能力，沦为某种精神上的"奴仆"。

随后，巴金借赵丹之口，掷地有声地提出了文艺创作的自由原则，这既是对艺术创作自主权的坚定捍卫，也是对文艺生态环境健康发展的一份殷切期许。他深知，艺术的魅力在于其无尽的多样性与不竭的创新性，任何外部的过度干预都如同无情的利刃，会无情地扼杀这份宝贵的生机与活力。

巴金再次强调了独立思考的重要性，他呼吁人们要澄清混乱的思绪，勇敢地成为自己思想的主人。他坚信，唯有当每个人都能独立思考，拥有独立的判断能力时，社会才能避免被他人任意践踏，文艺创作也才能迎来真正的繁荣与辉煌。

关于文艺作品的归属问题，巴金给出了明确的答案："文艺究竟属于谁？当然属于人民！"这一观点体现了他对文艺本质的深刻洞察和他对艺术家社会责任的清晰界定。他强调，只有那些真诚、真实、深刻反映人民心声的作品，才能真正归属于人民，成为历史的瑰宝，流传千古；而那些用谎言与虚伪堆砌而成的所谓"作品"，则注定会被时代的洪流所淘汰，成为历史的笑柄。

* 58 *

作家

——靠作品而存在

"前两天我意外地遇见一位江苏的青年作家。她插队到农村住了九年，后来考上了大学，家里要她学理工，她说：'我有九年的生活，我要把它们写出来；我有许多话要说，我不能全吃在肚子里。'"

"她充满自信，而且很有勇气。她不是为写作而写作，她瞧不起'文学商人'……她脑子里并没有资历、地位、名望等等东西。"

"这是新一代作家，她（他）昂着头走上文学的道路，要坐上自己应有的席位。他们坦率、朴素、真诚，毫无等级的观念，也不懂得'唯唯诺诺'。他们并不要求谁来培养，现在生活培养了他们。"

"'接班'二字用在这里并不恰当，绝不是我们带着他们、扶他们缓步前进；应当是他们推开我们，把我们甩在后面。"

"我常说：作家不是温室里的花朵，也不是翰林院中的学士。作家应当靠自己的作品生活，应当靠自己的辛勤劳动生活。"[1]

文章撰于1980年10月17日，记录了巴金与一位江苏青年作家的邂逅。这位青年作家，毅然决然地选择了以九年生活积淀为素材，踏上文学之路，即便面对家人的反对也未曾退缩。巴金对这位青年的率真与勇气给予了高度评价，更为其不为写作而写作、拒绝沦为"文学商人"傀儡的纯粹态度深感赞赏。这份对文学的挚爱与执着追求，让

---

[1] 巴金：《作家》，《探索集》，人民文学出版社2018年版，第134—136页。

巴金看到了新一代作家身上的无限希望与磅礴力量。

巴金认为，作家的真正价值应体现在作品中。早在他的"随想"之作《谈〈望乡〉》中，他便强调要"深入生活"，去真切感受时代的脉搏，用笔尖记录下那些真实的情感与思考。这既是对作家身份的一种清醒认知，也是对新一代作家的殷切鞭策，更是对整个文学界发出的深沉呼唤。

新一代作家的坦率、朴素与真诚，让巴金对文学的未来充满了无限期许。他坚信，这些作家有能力铲除文学中的陈腐糟粕，以自己的才华与勇气，在文学的道路上大步前行。他们不会随波逐流，更不会唯唯诺诺，而是会以自己的傲骨与率真，为文学注入新的活力与血液，让文学焕发出更加璀璨的光芒。

巴金深知，作家的生命在于作品。没有作品，何谈作家之名？他始终像一位英勇的战士，在文学的战场上奋勇拼搏，以自己对文学的执着与热爱，激励着自己也鼓舞着每一位热爱文学的灵魂。他满怀敬意地看着新一代的作家接过文学的接力棒，期待着他们能以更加鲜活、真实的作品，去深情地描绘这个时代，去真正地推动文学的发展与进步，让文学之树常青。

＊ 59 ＊
长崎的梦
——说完了自己想说的话，梦醒了

"全世界仅有的两个遭受原子弹破坏的城市，我都到过了，在其中生活过了。用自己的眼睛看到的这两个城市今天的面目，加强了我对人类前途的信心。"

"不需要空话，在废墟上建设起来的现代化城市的强大生命力解答了我的问题：人民的力量是无穷的。"

"我这一生中'来迟了'的事情的确太多了。我说过我来日本是为了偿还友情的债。"

"但是在广岛、在长崎我到底想些什么，他就不太清楚了。……奇怪的是在昨夜的梦里，一九八〇年十月十九夜做的梦里，十二张嘴讲了同样的话。"

"当时在原子弹爆炸中心附近有一所小学，一千五百个学生中有一千四百人死亡。这些受难者拼命要喝水。找到了水，大家抢着喝，就死在水边。……"

"两天的长崎见闻深深地印在我的心上，甚至在梦中我也能重睹现实。从长崎和广岛我带走了勇气和信心。历史的经验不能不注意。忘记了过去惨痛的教训，一定会受到严厉的惩罚。"

"在梦里我终于憋得透不过气了，当着朋友的面我叫喊起来：'让我说！我要告诉一切的人，绝不准再发生广岛、长崎的大悲剧！'……说完了我自己想说的话，我的梦醒了。"[1]

文章撰写于1980年10月20日至21日，巴金以其独特的梦境叙事手法，搭建起一座通往过往恐怖记忆的桥梁，引领我们穿越回那个被原子弹阴影所笼罩的黑暗时代。他细腻入微地描绘了战争给无辜平民带来的深重创伤，重现了长崎在原子弹爆炸后的惨烈景象：孩童们在

① 巴金：《长崎的梦》，《探索集》，人民文学出版社2018年版，第137—141页。

绝望的深渊中苦苦挣扎，只为寻求一线生机之水，却最终倒在了生命之旅的终点线上。这是巴金对历史悲剧的一次痛心回望，对战争无情摧残人性的一次深刻揭露。

通过梦境的迷雾，巴金让读者仿佛置身于那场浩劫之中，亲眼见证了生命的脆弱与战争的残酷。那些本应拥有灿烂未来的年轻生命，在战争的烈焰中瞬间化为乌有，成为历史长河中永远无法愈合的伤痕。然而，巴金的笔触并未沉溺于对过去的哀伤与哀叹之中。

他深知，历史的教训是宝贵的财富，不容忽视与遗忘。这是对全人类的一次振聋发聩的警醒，告诫我们绝不能让历史的悲剧再次上演，必须坚定不移地阻止一切可能引发灾难的行为，守护每一个无辜生命免受战火的侵袭。在长崎与广岛的实地考察中，巴金亲眼见证了人民力量的伟大与不屈。他看到在废墟之上，现代化城市如凤凰涅槃般重生，感受到了生命不屈不挠的顽强与坚韧。

这份力量让巴金对人类的前途充满了坚定的信心，激发了他内心深处的勇气与责任感。他果决地拿起笔，勇敢地揭露战争的罪恶与丑陋，呼吁全世界人民携手共进，共同维护来之不易的和平与安宁。

＊ 60 ＊

说梦

——日有所思，夜有所梦

"据我估计，我可能一直到死都不能不做梦，对我来说，只有死才是真正的休息。我这一生中不曾有过无梦的睡眠。但是这事实并不妨碍我写作。"

"我说做梦不损伤精神，其实也不尽然。"

"的确我在梦中常常跟鬼怪战斗。那些鬼怪三头六臂，十分可怕，张牙舞爪向我奔来。我一面挥舞双手，一面大声叫喊。"

"我打碎了床头台灯的灯泡……我梦见和恶魔打架，带着叫声摔下床来，撞在板凳上，擦破了皮，第二天早晨还有些痛，当然不会有人同情我。"[1]

"好些时候我没有做怪梦，但我还不能说以后永远不做怪梦。我在梦中斗鬼，其实我不是钟馗，连战士也不是。我挥动胳膊，只是保护自己，大声叫嚷，无非想吓退鬼怪。"

"我在最痛苦的日子，的确像一位朋友责备我的那样，'以忍受为药物，来纯净自己的灵魂'。但是对我，这种日子已经结束了。"

文章撰写于1980年10月22日的《探索集》终章"随想"，巴金以梦为引，缓缓揭开了自己一生中被无尽噩梦缠绕的序幕，深入剖析了这些梦境背后所蕴含的深刻意蕴。他直言不讳地表示，或许直至生命的终点，自己都无法彻底挣脱梦境的枷锁。这份对梦境的无奈与深深的恐惧，无不透露出巴金内心深处那份难以名状、难以言喻的痛苦与挣扎。而这一系列噩梦，或许与他日后被确诊的帕金森综合征息息相关，成为其身体疾患在精神层面的一种早期映射，对此，拙作《病的表征：巴金的疾病书写及其隐喻》中已有详尽探讨。[2]

在梦境的迷雾中，巴金常与形形色色的鬼怪展开殊死搏斗。那些面目狰狞、三头六臂的恶魔，是他内心深处恐惧的外在显现，他现实

①　巴金：《说梦》，《探索集》，人民文学出版社2018年版，第142—143页。

②　金小安：《病的表征：巴金的疾病书写及其隐喻》，商务印书馆（香港）2024年11月版，第140—164页。

生活中重重压力与无尽痛苦的象征。梦中，他奋力挥舞双臂，高声呼喊，企图以此驱散那些恐怖的阴影，却往往只是徒劳地守护着自己脆弱的内心。这恰恰映射出他在现实困境中的无助与无奈，以及那份深藏于心的绝望与不屈的挣扎。

然而，随着时光的流逝，巴金不再只是被动地承受梦境的侵扰与现实的压迫。他开始主动面对这些梦境，试图揭开它们背后的秘密，理解它们所传达的深刻意义。他挥动起那支奋笔疾书的笔，执笔为剑，守护着自己的内心世界，唤醒后人对历史的思考，以及对生命真谛的不懈追寻。在这一刻，巴金以他的文字为桥梁，连接了过去与未来，让人们在阅读中感受到他那份深沉的忧虑与炽热的希望。

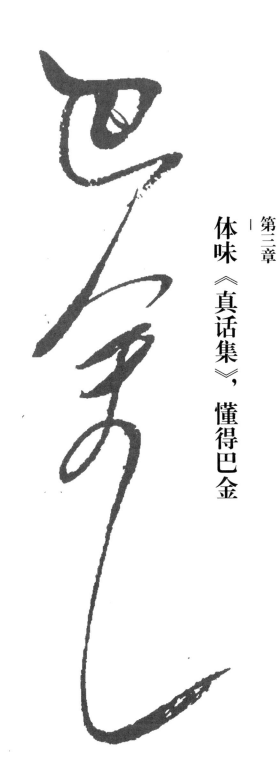

第三章

体味《真话集》，懂得巴金

真诚与责任

　　《真话集》中，巴金以他独有的文学魅力，将个人经历与时代变迁交织融合，为读者呈现出一幅生动而立体的历史画卷。这是他对社会现实探索与反思的延续，也是他对生命意义的进一步挖掘与表达。开篇的《"三谈骗子"》，以电视剧中的骗子故事为切入点，剖析了社会中存在的种种弊病，并提出"少说空话，埋头实干"的中肯建议。巴金认为骗子的屡禁不止，折射出社会诚信的缺失和人们辨识能力的不足。他以真诚的笔触呼吁人们提高警惕，学会识别骗子的伎俩，共同维护社会的和谐与正义。这种观点在当今社会依然具有极强的现实意义。在信息爆炸的时代，我们每天都面临着各种真假难辨的信息，如何保持清醒的头脑，不被谎言和欺骗所蒙蔽，已成为每个人都需要关注的切身问题。八十年代的巴金似乎早已预见到未来社会的复杂局面——真诚与真话越发稀缺，太多的人为了迎合他人的期待，甘愿去塑造一个"假大空"的自己。"说真话"看似轻而易举，但对于身处社会洪流中的个体而言，却不是一件容易的事。

在《我和读者》中，巴金回顾了自己与读者之间深厚的情谊，是这些年来读者的信任与支持，给予了他源源不断的创作动力。巴金将读者视为自己忠实的朋友，用心倾听他们的心声，用文字回应他们的期待。他与读者的关系已超越作者与读者的界限，成为一种心灵的契合与共鸣。即使晚年的巴金身处不同的社会地位，这份真诚的交流从未中断。他对读者的尊重与关爱，让人钦佩，为后辈作家提供了值得学习的榜样。巴金对文学前辈的深情缅怀与崇高敬仰，在《悼念茅盾同志》与《怀念鲁迅先生》等篇章中缓缓道来。巴金的一生深受中国现代文学先驱们卓越成就与高尚人格魅力的熏陶，然而，他内心所渴望传达的，远远超越了仅仅对前辈们的崇敬与谢意。巴金怀揣着一份传承的使命，以文字为媒介，接力传递着这份宝贵的精神火炬。同时，他的作品也激励着我们这群后学之辈，让我们在人生的道路上勇往直前，永不停歇，持续追寻着进步的光芒。

这份源自内心深处对文学的挚爱，化作了沉甸甸的责任感，贯穿"随想"的始终。在《现代文学资料馆》与《〈序跋集〉序》中，巴金呼吁建立现代文学资料馆，保护文学遗产，以传承文学精神。在回顾自己的创作历程时，巴金的心声坦诚而真挚。他渴望"多留下一点东西"，将自己毕生的文学积累，如星辰般璀璨地留给未来的天空。其中我们看到的，是他穿越时代逆流的勇气与担当，敢言人所不敢言，追求真话的力量，要让文学成为连接历史与未来的桥梁，让后辈们能有穿透时间迷雾的机会，站于桥头之首，了解历史，不断前行。

同时，巴金在深入探讨人性与道德的过程中，敏锐地指出，真诚与真话的最大障碍莫过于谎言与欺骗。如此直白而露骨的探讨让我们不得不反问自己：从何时起，我们就置身于充满谎言的环境中呢？在《三谈骗子》《怀念方令孺大姐》等作品中，他借助历史事件和个人回忆，再度探讨人们在欲望的驱使和道德的缺失下，如何一步步陷入欺骗与虚伪的泥潭的诱因。巴金痛心地感叹道，有些时候是我们纵容了腐蚀人心的环境，更破坏了社会的和谐与信任。因此，他再次向世人发出呼吁，要坚守真诚与善良，用这两把钥匙打开净化心灵、改善环境的大门。他始终坚信，真诚与善良能够像一股清流，冲刷掉谎言与欺骗的污垢，让我们的社会重新焕发出健康与活力。这一信念贯穿着《真话集》，也为读者提供了反思自身所处环境、寻求改变的重要契机。

巴金对教育的独到见解，蕴含着对未来的深远思考。《真话集》里，他以孙女端端的课业烦恼为例，深刻批判了当时教育体制中的种种弊端，精准剖析出教育的病痛所在。巴金认为教育的真谛在于启发与引导，而非填鸭式的灌输，应当鼓励孩子们像勇敢的探索者一样，独立思考，勇于追寻未知。教育不仅仅是知识的累积，更是人格的锤炼与价值观的铸就。巴金期许着下一代能在更加宽松、自由的教育土壤中茁壮成长，这样，他们才能在未来的社会中，如同翱翔的雄鹰，具备敏锐的思辨能力，无畏地面对挑战，坚定地追求自己的梦想。巴金对教育制度的态度，时至今日依然振聋发聩，给予我们宝贵的启示。

与前两卷不同，《真话集》用了更多的笔墨去探讨生命的意义与价值。巴金通过回顾曾经自己在文化生活出版社的奋斗历程，以及远赴法国参加国际笔会的所见所闻，再次阐明了他的生命观与价值观——生命之真谛，在于无私的奉献与付出。他认为，唯有用实际行动援手他人、服务社稷，方能成就生命之真正价值。这是巴金一生都在践行的信仰，是他早年理想主义情怀的延续，也是他晚年思想智慧的升华。生命的意义远非个人的成就与荣耀所能囊括，更在于如何在互助友爱与平等和谐的环境中，将个人的生命与他人的幸福紧紧相连，为社会的进步贡献自己的力量。

贯穿"随想"的主线，始终是巴金以自我为镜，映照历史深邃剖析的独特风格。在《十年一梦》等篇章中，他再度将自己置于"解剖台"上，运用多维度的视角，将"我"这一角色既塑造为巴金本人的真实写照，也化身为每一位历经时代风云变幻的见证者与经历者。他那深沉的忧虑与炽热的希望交织在一起，让我们深刻领悟到：即便在新时代的征程中昂首阔步，也绝不能遗忘旧时代留下的深刻反思与宝贵教训。这种对过去的铭记与对未来的殷切期许，正是巴金扪心自问、坦诚说真话，以及探索文学永恒主题的核心所在。

《真话集》不仅是巴金对人生、文学与社会深度洞察的结晶，更是他面向自我、审视历史、展望未来的坦诚独白。他的文字犹如一面明镜，映射出过往的沉痛教训，也闪耀着未来的璀璨希望，为读者心灵带来了影响深远的启迪。我们在这一卷读到的，是巴金那些质朴无华的"真话"与细腻入微的"碎碎念"，也是一个时代心灵的共鸣与一份文化传承的神圣使命。

﹡ 61 ﹡
三谈骗子
——"木朽而蛀生"

"不久前我看过北京电视台摄制的电视剧《他是谁》，接着又看到云南电视台的电视小品《似梦非梦》，两部作品写的都是骗子的事情。"

"我对着荧光屏，一边看'戏'一边思索。对在我四周发生的事情，我无法冷眼旁观。"

"任何人只要肯用脑子思索，就不会受骗。但偏偏有不少人上当。可以说所有的受害者都是自投罗网的，而且他们推波助澜，推动骗子朝前走，使'他们'欲罢不能。骗子能够一再出现，而且到处吃得开，正因为我们社会里还有不少像飞蛾那样的人，也因为我们的空气里还有一种类似旧小说中使人神志糊涂的迷魂香的东西，有的人见到骗子就头发晕，马上缴械投降。"

"但是我不同意这样的说法：谈骗子就是给新社会抹黑。"

"我看对付骗子最好的办法就是揭露他，让大家都学会识别骗子的本领，时时处处提高警惕。没有人肯钻进圈套，那么连骗子也会失业了。"

　　"骗子的一再出现说明了我们社会里存在的某些毛病。对封建社会的流毒我有切肤之痛。"

　　"只会'头痛医头、脚痛医脚'的医师并不是高明的大夫。至于我呢，我仍坚持我的意见：要是人人识货，假货就不会在市面上出现了。"①

　　文章撰写于1981年1月29日，正值巴金病痛缠身之际，这篇"随想"是他病中坚持创作的见证，预示着他未来的创作之路，病中挥毫将成为一种常态，直至《随想录》完稿。

　　巴金在观看电视作品时，对其中刻画的骗子行径深感忧虑，这再次触动了他对社会深层次问题的思考。骗子屡禁不止，四处横行，揭示了社会中仍存在的种种弊病。这些"顽疾"，或许源自封建社会的残余毒素，或许与当下社会的不良风气紧密相连，它们如同迷魂香，迷惑人心，使人易于受骗。巴金强调，要减少受骗现象，关键在于提升大众的辨识能力。骗子并非无迹可寻，只要人们肯动脑筋，提高警惕，便能有效避免落入陷阱。然而，现实生活中不乏因缺乏这种辨识力，或是受心理弱点驱使，乃至被内心欲望所蒙蔽，而主动投怀送抱，甚至助纣为虐的人，无形中助长了骗子的嚣张气焰。值得注意的是，巴金指出部分骗子的行为背后并非出于纯粹的恶意，因此，在揭露与打击骗子的同时，也需深入了解其行骗动机及欺骗程度，以便区别对待。

　　在巴金看来，揭露骗子是对付他们的最佳策略。他批判了那种"头痛医头，脚痛医脚"的片面应对方式，主张应从"治本"的角度出发，倡导每个人都成为"明眼人"，让假货与骗子在市场中无处藏

---

　　① 巴金：《三谈骗子》，《真话集》，人民文学出版社2018年版，第1—4页。

身，无所遁形。这是对社会诚信的呼唤，对每个人责任感的期许，希望我们都能成为守护社会清明与正义的力量。

* 62 *
我和读者
——普通的人，忠实的朋友

"我们当时的解释是'读者相信作家'，这就够了。"

"据说人到暮年经常回顾过去，三十年代的旧梦最近多次回到我的心头。那个时候我在上海写文章、办刊物、编丛书，感觉到自己有用不完的精力和时间。"

"读者们的确把作家当做可以信任的朋友，他们愿意向他倾吐他们心里的话。在我的创作力旺盛的日子里，那些年轻人的痛苦、困难、希望、理想……，许多亲切、坦率、诚恳、热情的语言像一盏长明灯燃在我的写字桌上。我感到安慰，感到骄傲，我不停地写下去。"

"我常说作家靠读者们养活，不仅因为读者买了我写的书，更重要的是他们送来精神的养料。……他们并不认为我是一位有头衔的作家，却只把我当做一个普通的人，一个忠实的朋友。"

"但是后来我跟读者渐渐地疏远了。我缺少时间，也缺少精力，堆在我身上的头衔越多，我花在写作上的时间越少，我终于成了不需要作品的作家。"

"整整几年中间我没有收到过一封信。"

　　"还有人错把作为装饰的头衔当成发光的钥匙，要求我为他们打开一些方便之门。我只好用沉默回答。但是我也为沉默感到痛苦。一方面我没有忘记我欠了读者一笔永远还不清的债，另一方面我脑子里一直保留着这样一个自己的形象：一个多病的老人移动艰难的脚步走向遗忘。让读者忘记我，这是我的心愿。但是我永远忘不了读者。"

　　"这不是矛盾吗？既然愿意被人忘记，为什么还不肯放下自己的笔？"

　　"今天我同读者之间仍然有共同的东西，因此我还能活下去，还能写下去。"①

　　文章撰写于1981年2月23日。巴金深情地回望了自己作为青年作家时与读者间那段紧密相连、不可分割的岁月，字里行间流露出既感激又愧疚的复杂情感。作家与读者之间的心灵交流，超越了身份与地位的界限，让两颗心在文字的世界里紧紧相连。读者被作家的作品深深吸引，作家则因读者的认可与共鸣而激发出更强烈的创作欲望；读者向作家倾诉内心深处的秘密与情感，作家则从这些宝贵的生活素材中汲取灵感，孕育出更加动人的作品。这种沟通，让作家与读者成为可以互诉衷肠、彼此信赖的朋友。

　　在巴金创作力最为旺盛的那些年里，他的案头堆满了来自读者的信件，那些关于青春的痛苦、挣扎、希望与梦想，如同一盏永不熄灭的明灯，照亮了他的写作之路。这些真挚的情感交流，为他的创作提供了源源不断的灵感，更让他深刻体会到了作为作家的价值与使命。

---

　　① 巴金：《我和读者》，《真话集》，人民文学出版社2018年版，第7—9页。

被读者如此信任，能够成为他们心灵的倾诉对象，是作家最为珍贵的财富。

尽管巴金在创作道路上也曾遭遇过困境与挑战，但他的内心始终坚守着对读者的承诺与责任。他用自己的行动诠释着作家与读者之间难以言喻的默契与情感纽带，就算后来身体逐渐出现不适，早在1981年已感到"写字也吃力"，他也从未放弃他的"秃笔"。他始终挥动着笔杆，为文学的殿堂增添一抹璀璨的光芒，以此作为对读者最深情的回馈与答谢。

* 63 *

悼念茅盾同志
——我把他当作一位老师

"我每次都想多坐一会，但又害怕谈久了会使他疲劳，影响他的健康。告辞的时候我常常觉得还有许多话不曾讲出来，心想：下次再讲吧。同他的接触中我也发现他一年比一年衰老，但除了步履艰难外，我没有看到什么叫人特别担心的事情，何况我自己也是一年不如一年。"

"三十年代在上海看见他，我就称他为'沈先生'，我这样尊敬地称呼他一直到最后一次同他的会见，我始终把他当作一位老师。"

"我国现代文学始终沿着'为人生'的现实主义道路成长、发展，少不了他几十年的心血。"

"我每想起自己的粗心草率，内疚之后，眼前就现出茅盾同志在广州爱群旅社看校样的情景和他用红笔批改过的稿件。"

　　"人到暮年，对生死的看法不像过去那样明白、敏锐；同亲友分别，也不像壮年人那样痛苦，因为心想：我就要跟上来了。但是得到茅盾同志的噩耗我十分悲痛，眼泪流在肚里，只有我自己知道。"

　　"这两年我脑子里一直有一个孤寂老人的形象。其实我并不理解他。"

　　"他的心里装着祖国的社会主义的文学事业，他为这个事业贡献了毕生的精力。他怎么会感到寂寞呢？"[①]

　　撰写于1981年3月29日的这篇文章，带我们走进了巴金温馨的回忆，得以一窥中国现代文学巨擘茅盾先生那谦卑而深沉的人格魅力。巴金每一次对茅盾的探访，字里行间都洋溢着对这位文学前辈健康状况的深深挂念，同时也映照出茅盾先生即便在晚年，仍以一颗开放包容的心，温暖地接纳着每一位来访者的形象。作为文学上的导师与先驱，茅盾更是生活中的智者，与巴金的每一次交谈都让后者意犹未尽，却又因体谅茅盾的身体状况而适时告别。这种细腻入微、润物无声的情感交流，彰显了巴金那一代知识分子间相处的艺术——体贴入微与相互尊重。

　　茅盾的一生，是文学事业的光辉写照。巴金在悼念茅盾的文字中，深情地回顾了茅盾对中国现代文学发展所做出的不可磨灭的贡献。茅盾文以攻心，数十年如一日地耕耘在现实主义文学的沃土上，塑造了一个又一个栩栩如生的人物形象，引领了文坛的风向标。巴金感慨道："我国现代文学始终沿着'为人生'的现实主义道路成长、发展，少不了他几十年的心血。"这是对茅盾文学成就的高度赞誉，

---

　　① 巴金：《悼念茅盾同志》，《真话集》，人民文学出版社2018年版，第11—15页。

对他一生矢志不渝、无私奉献于文学事业的最好诠释。茅盾对文学的执着与热爱，透过那些被红笔细心批改的稿件，生动展现了他对文字、对艺术的严谨态度与不懈追求。

岁月如梭，当巴金步入暮年，他对生死有了更加豁达而深刻的领悟。茅盾的离世，巴金内心的悲痛难以言表。文中他一度将茅盾视为"孤寂老人的形象"，而这何尝不是巴金自己内心深处晚年孤独感的投射？但矛盾的他，随即又自我否定，认为真正热爱生活、热爱文学的人，是永远不会感到孤独的。巴金道，茅盾的心中充满了对文学事业的无限热爱，这份热爱足以驱散一切寂寞，让他的生命在文学的长河中熠熠生辉，永远闪耀。

＊ 64 ＊
现代文学资料馆
——一个丰富的矿藏

"我彻底否定了自己。我丧失了是非观念。我没有过去，也没有将来，只是唯唯诺诺，不动脑筋地活下去，低着头，躲着人，最怕听见人提到我的名字，讲起我写过的小说。"

"文学是民族和人类的财产，它是谁也垄断不了的，是谁也毁灭不了的。……"

"我当时否定了自己，否定了文学，否定了一切美好的事物，我真的这样想过。现在我把那些否定又否定了，我的想法也绝非虚假。"

"我说句笑话，倘使我们对这种情况仍然无动于衷，那么将来我们只有两条路可走：或者把一代的文学整个勾销，不然就厚着脸皮到国外去找寻我们自己需要的资料。"

"现在还是能够有所作为的时候。"

"我准备交出自己收藏的书刊和资料，还可以捐献自己的稿费，只希望在自己离开人世前看见文学馆创办起来，而且发挥作用。"

"对'文学馆'的前途我十分乐观。我的建议刚刚发表，就得到不少作家的热烈响应。同志们给了我很大的鼓励。我心情振奋，在这里发表我的预言：十年以后欧美的汉学家都要到北京来访问现代文学馆，通过那些过去不被重视的文件、资料认识中国人民优美的心灵。"[1]

文章撰写于1981年4月4日，巴金置身于风景如画的杭州，以笔为媒，倾诉着对文学的无限热爱与深刻理解。文学，这一民族与人类共同的瑰宝，承载着厚重的历史记忆，映照出时代的风云变幻，更是一座连接过往与未来的桥梁，让人类的精神世界得以延续与传承。巴金在文中的深情告白，既是对个人文学信仰的坚定守望，也是对文学价值深刻洞察的体现。他曾一度陷入自我怀疑的深渊，对文学的意义与自我的存在产生了深深的质疑，但最终，他如同凤凰涅槃般从困境中重生，坚定地重申了文学的不可替代性——它是任何力量都无法剥夺、无法摧毁的精神灯塔。

对于文学馆的未来，巴金满怀信心，他坚信这里将成为世界各地汉学家探寻中国、研究中国现代文学的重要阵地。他以实际行动践行着自己的信念，慷慨地捐赠出个人珍藏的书籍、珍贵的资料以

---

[1] 巴金：《现代文学资料馆》，《真话集》，人民文学出版社2018年版，第17—20页。

及辛勤创作所得的稿费，只为能亲眼见证并参与文学资料馆的创建与繁荣。这份无私的奉献是对文学事业的深情厚谊，对文化传承的崇高敬意。

在巴金看来，文学绝非仅仅是个人情感的宣泄，它更是记录民族历史、展现人民心灵的宏伟画卷。他深深忧虑于文学资料的流失与被遗忘，担心后世子孙将无法全面、真实地触摸到这个时代的脉搏。因此，他积极倡导建立现代文学馆，呼吁社会各界共同保护好每一份文献与资料，让更多的人能够通过这些宝贵的文化遗产，窥见中国人民的优美心灵与不屈精神。巴金的这一举动，展现出了在五四新文化运动影响下知识分子的远见卓识与深厚爱国情怀：他们既尊重历史，又勇于担当未来，以文学为武器，为民族的复兴与文化的繁荣贡献着自己的力量。

* 65 *

怀念方令孺大姐

——善良的九姑

“我记起来了：十六年前也是在这个时候，我和萧珊买了回上海的车票、动身去车站之前，匆匆赶到白堤走了一大段路，为了看一树桃花和一株杨柳的美景，桃花和杨柳都比现在的高大得多。树让挖掉了，又给种起来，它们仍然长得好。可是萧珊，她不会再走上白堤了。”

“我对她的了解是逐渐加深的。但有一点我的看法始终未变：她是一个十分善良的人。”

"但是关于她的过去，我知道很少，我向来不注意朋友们的身世，我想了解的常常是人们的精神世界和真实感情。"

"文联的同志们要我在会上讲话。我不知道该从哪里讲起，拿起笔一个字也写不出。……虽然有那样多的时间，可是我坐在书桌前，写不上十个字就涂掉，然后好像自来水笔有千斤重，我动不了它。这样的经验那些年我太熟悉了。有时写作甚至成了苦刑，我常常想：我'才尽'了。"

"她哪里是喜欢孤独？她那颗热烈的心多么需要人间的温暖。"

"我没有想到这是我最后一次看见她，但是我有一种感觉：我们没有雨具，怎么挡得住可能落下的倾盆大雨！'我们'不单是指我，不单是指九姑，还有许多同命运的人。"

"现在回想起来我还有似梦非梦的感觉，当时也是如此，我总以为不是真的。"

"年轻时候看旧小说，我总是不懂'莫须有'三字怎么可能构成天大的罪名，现在完全明白了。"

"我的女儿也去了杭州。她也去过白乐桥。她和她的爱人给八十岁老太太的孤寂生活中带去一点温暖和安慰……"

"在人民大会堂新疆厅里休息，我坐在丁玲同志旁边。她忽然对我说：'我忘记不了一个人：方令孺。她在我困难的时候，主动地来找我，表示愿意帮忙。我当时不敢相信她，她来过几次，还说：'我实在同情你们，尊敬你们……'她真是个好人。'我感谢丁玲同志讲了这样的话。九姑自己没有谈过三十年代的这件事。"①

文章于1981年5月15日完成，巴金首次在"随想"的日期栏里郑重标注"写完"，这一细微之举，或许是他面对日益艰难的书写过程，一种特殊的记录方式。从握笔、运字到整篇文章的构思，每一步都显得尤为不易，因此，这简单的标注，也成了他对文章完成时刻的珍贵铭记。又或许自此开始，他再也没有单日完成过"随想"。

文章开篇，巴金以一棵被挖去又重栽的桃树为引子，巧妙营造出一种"景物依旧，人事已非"的凄美氛围。十六载光阴流转，当他再次与萧珊携手漫步白堤之时，那满目的桃花与依依杨柳，如同他们炽热的爱情，满载着对未来的无限憧憬与希望。然而，当巴金再次踏上这片故土，桃树虽已重获新生，却已物是人非，萧珊已化作他心中永恒的追忆。每当忆起与萧珊的点点滴滴，巴金的心海便会泛起层层难以言喻的涟漪。萧珊，他一生的挚爱，精神的坚强后盾，在那风雨飘摇的岁月里，正是她的陪伴与支持，让他得以挺过生活的重重难关，坚守那份对文学的执着信念。

与此同时，巴金还深深怀念着与方令孺大姐之间那份醇厚如酒的友情。那份情谊，用"温暖"二字来形容，似乎略显单薄，它更是一种超越言语的心灵契合与相互理解。巴金曾形象地比喻，与方令孺相处，就如同冬日里沐浴在温暖的阳光下，心灵得以彻底放松，自在无拘。对于方令孺的过去，巴金了解的并不多，但她的善良与真诚，才是最为宝贵的精神瑰宝。

然而，岁月并非总是温柔以待。那些年，巴金与方令孺等知识分子共同经历了社会的动荡与风雨的洗礼。在那段风起云涌的日子里，

---

① 巴金：《怀念方令孺大姐》，《真话集》，人民文学出版社2018年版，第21—33页。

巴金也曾陷入自我否定与怀疑的深渊。方令孺等友人的关怀与支持，如同黑暗中的一束光，照亮了他前行的道路，给了他坚持下去的勇气。那些共同走过的风雨岁月，如今只能化作回忆中的斑驳片段。有的人在风雨后一病不起，有的人则勇往直前，而有的人却已永远离开了这个世界。晚年的方令孺，精神上的孤寂如同寒冬里的刺骨寒风，无情地侵蚀着她的心灵。她渴望温暖，渴望陪伴，却在未竟的期盼、未了的故事与无尽的孤独中，静静地离开了这个世界。

＊ 66 ＊

《序跋集》序
——多留下一点东西

"我居住的地方气候并不炎热，因此我想不通为什么有人那样喜欢风。风并不总是朝着一个方向吹，它有时向东，有时向西。我的头脑迟钝，不能一下子就看出风向，常常是这样：我看见很多人朝着一个方向跑，或者挤成一堆，才知道刮起风来了。"

"说实话，有一个长时期我很怕风，就像一个经常患感冒的人害怕冷风那样。风不仅把我吹得晕头转向，有时还使我发高烧，躺在床上起不来。"

"我从未想过要把过去写的那些'前言'、'后记'编成集子。去年我还在怀疑写这些东西'是不是徒劳'。今年年初有一位长住北京的朋友来信动员我编辑这样一本《序跋集》，连书名他也想好了。"

"我不曾拒绝，但我也没有答应。我还想慢慢地考虑。"

"人们说冷风又刮起来了。我起初不肯相信，可是渐渐地我发现有人在我面前显得坐立不安，讲话有些吞吞吐吐，或者缩着脖子，或者直打哆嗦，不久就有朋友写信来劝我注意身体，免受风寒。"

"我还想指出：这本书是我文学生活中各个时期的'思想汇报'，也是我在各个时期中写的'交代'。不论长或短，它们都是我向读者讲的真心话。"

"我把五十几年中间所写的'前言'、'后记'搜集起来，编印出来，只是想把自己的心毫不掩饰地让人们看个明白。我所走过的曲折的道路，我的思想变化的来龙去脉，五十几年的长期探索、碰壁和追求等等等等……"

"从决定编选到序文写成，经过了三个多月，抄写的工作还有一小半未做完。这中间几次刮起冷风，玻璃窗震摇不止。今天坐在窗前停笔深思，我想起了英国王尔德童话中的'巨人的花园'。春天已经来了。"①

文章撰写于1981年5月22日，巴金巧妙地以"风"为喻，讽刺地描绘出外界评论与喧嚣对自己创作心路历程的微妙影响。风，这一自然界中灵动而多变的元素，在他的笔触下被赋予了多变的灵魂，它时而轻柔细腻如绸缎拂面，时而狂野奔腾如潮水汹涌，恰如其所面临的舆论环境，时而洋溢着鼓励与赞美，时而又夹杂着批评与质疑，令人难以捉摸其真实面目。

巴金最初对风抱有一种深深的畏惧，这种畏惧源自他对外界舆论的敏感与内心的不安。他谦逊地自称"头脑迟钝"，无法准确捕捉风

---

① 巴金：《〈序跋集〉序》，《真话集》，人民文学出版社2018年版，第34—37页。

向的变幻，只能借助观察他人的反应来间接感知风的存在。这份对风的恐惧，实则映射出他在文学道路上蹒跚前行时，面对外界纷繁复杂声音时的迷茫与挣扎。然而，巴金并未选择逃避，而是毅然地选择了逆风翱翔。在与风的较量中，他逐渐找到了属于自己的力量——用作品去有力地回应那些质疑与噪声。

文中提到英国作家王尔德的童话《巨人的花园》，巴金寓意深远地暗示，就算花园被高耸的围墙紧紧围住，春天的脚步依然会悄然而至，带来生机与希望。真正的文学价值并非由外界的随意评判所决定，而是植根于作品本身的质量与深度之中。因此，他决心通过整理并出版《序跋集》，让读者能够更加真实、全面地了解他，理解他的创作理念与文学追求。

无论外界的风如何变幻莫测，巴金都坚守着自己的信念，用心血与汗水浇灌着每一部作品。他坚信，只要自己保持初心，矢志不渝地追求文学的真谛，就一定能够让作品绽放出璀璨的光芒。这份光芒是对他个人文学事业最深情的献礼，对他坚韧不拔、勇往直前精神的最好见证。

＊ 67 ＊
怀念丰先生
——一颗纯洁无垢的孩子心

"我近来经常感冒，多动一动就感到疲劳。"

"我发现我和她父亲之间并没有私人的交往。"

"想来想去，惟一的原因大概是我生性孤僻，不爱讲话，不善于交际，不愿意会见生人，什么事都放在心里，藏在心底，心中盛不下，就求助于纸笔。我难得参加当时的文艺活动，也极少在公开的场合露面。早在三十年代我就有这样的想法：作家的名字不能离开自己的作品。今天我还坚持这个主张。作家永远不能离开读者，永远不能离开人民。作为读者，我不会忘记子恺先生。"

"我没有见过他，但我的脑子里有一个'丰先生'的形象：一个与世无争、无所不爱的人，一颗纯洁无垢的孩子的心。"

"我同他不曾有过任何的联系，可是他的脚迹始终未从我的眼前消失。"

"但是我保留着很好的印象，他仍然是那样一个人：善良纯朴的心，简单朴素的生活，他始终愉快地、勤奋地从事他的工作。"

"他一直不知疲倦地在工作。"

"他拥护'百花齐放，百家争鸣'的文艺方针，他反对用大剪刀剪冬青树强求一律的办法，他要求让小花、无名的花也好好开放。"

"一方面我暗中抱怨自己不够沉着，信口讲话，我的脑子也跟着风在转向，另一方面我对所谓'引蛇出洞'的说法想不通，有意见。"

"纵然我不曾写批评文章，也没有公开表态，但是回想起这一段时期自己思想的变化，我不能不因为没有尽到'作家的责任心'而感到内疚：在私下议论时我不曾替《阿咪》讲过一句公道话。其实我也不能苛求自己，我就从未替我那篇发言讲过一句公道话。那个时候好像有一种强大的压力把我仅有的一点独立思考也摧毁了。接着的几年中间我仿佛在海里游泳，岸在远方，我已经感到精力不够了。但是我仍然用力向前游去。"

"我还装出若无其事的样子，其实心里很害怕。"

"我居然以为自己'受之无愧'，而且对丰先生的遭遇也不感到愤慨。"

"望见那些西班牙式洋房，我就想起丰先生，心里很不好过：我都受不了，他那样一个纯朴、善良的人怎么办呢?！"

"看见多一个好人活下来，我很高兴。我以为他可以闯过眼前的这一关了。"

"从那个时候起，我开始懂得人们谈论的社会效果是怎么一回事情。我逐渐明白：像棍子一样厉害的批评常常否定了批评本身。"

"没有在他的灵前献一束鲜花，我始终感到遗憾。优秀的艺术家永远让人怀念。但是我不能不想：与其在死后怀念他，不如在生前爱护他。让我们牢牢地记住这个惨痛的教训吧。"①

撰写于1981年5月31日的这篇文章，巴金以自身每况愈下的身体状况为引，悄然揭开了对丰子恺先生深沉而复杂的怀念序幕。此时，巴金已初显写字困难的征兆，而距离他被正式诊断出患帕金森综合征尚有一年多的光景。在这篇情感饱满的文字中，我们可见巴金对丰子恺先生那份跨越时空的深情与缅怀，同时也感受到他身体疲惫背后所隐喻的时代变迁中个人心境的疲惫与无奈，为后文那令人心酸的叙事铺垫了一层淡淡的哀愁色彩。

巴金与丰子恺虽未有过直接的私人交往，但他们的精神世界在无

---

① 巴金：《怀念丰先生》，《真话集》，人民文学出版社2018年版，第38—46页。

形中产生了深刻的共鸣。巴金心中，丰子恺先生始终保持着"与世无争、无所不爱"的高尚情操，拥有一颗"纯洁无垢的孩子的心"。这份形象如同烙印一般，让巴金在回顾往昔时，对丰先生的不幸遭遇充满了深切的同情与无尽的愧疚。

巴金再次勇敢地剖析了自己，将特定历史时期的心态变化展露无遗。他坦诚地道出自己未能挺身而出为丰先生发声的遗憾，内心在挣扎与无奈中苦苦挣扎。在那个动荡不安的时期，由于种种复杂的缘由，自己未能坚守住作为作家的责任心。而丰子恺先生生前所遭受的苦难，则成为巴金心中一道难以愈合的伤痕。他希望通过自己的文字，能够唤起人们对艺术家生前应有的尊重与关爱，唤醒人性中对真善美的永恒追求。

这些文字是对丰子恺先生的深情怀念，也是巴金对自己心路历程的切身体会。从最初的惶恐不安、畏首畏尾，到逐渐觉醒、重拾独立思考的勇气与智慧，这一路走来充满了艰辛与挣扎。正是这些经历让巴金更加坚定了自己的信念："不能靠谎言过日子。"因此，在文章的结尾处，巴金满怀深情地寄上了对后世的一份殷切嘱托，提醒我们要珍惜眼前人、勇于发声、坚守真理与正义，不让历史的悲剧重演。

＊ 68 ＊
《序跋集》再序
——接受读者的审查

"说老实话，我过去写'前言'、'后记'有两种想法：是向读者宣传甚至灌输我的思想，怕读者看不出我的用意，不惜一再提醒，反复说明；二是把读者当作朋友和熟人，在书上加一篇'序'或'跋'

就像打开门招呼客人，让他们看见我家里究竟准备了些什么，他们可以考虑要不要进来坐坐。所以头几年我常常在'序'、'跋'上面花费功夫。"

"我因为自己读书不喜欢看'前言'、'后记'，便开始怀疑别人是不是会讨厌我的唠叨。"

"我越写越短，尽可能少说废话，少跑野马。"

"翻看几十年中间自己写的那些长长短短的序跋，我觉得我基本上还是说了真话的。我把能找到的过去写的那些东西集在一起出版，并不认为那些'真话'都很正确。完全不是。所谓'真话'，只是说我当时真是这样想的，真是这样见闻、这样感受的。我的见闻、我的感受、我的想法很可能有错。"

"在我，自信和宣传的时期已经过去，如今是总结的时候了。"

"我近两年常常说要认真地解剖自己，谈何容易！我真有这样的勇气？"

"有一位朋友劝我道：'你的心是好的，可是你已经不行了，还是躺下来过个平静的晚年吧。'"

"又有一位朋友对我说：'永远正确的人不是有吗？你怎么视而不见？听我劝，不要出什么集子，不要留下任何印在纸上的文字，那么你也就不会错了。'"

"我有我的想法。我今天还是这样想的。第一，人活着，总得为祖国、为人民做一点事情；第二，即使我一个字都不写，但说过的话也总是赖不掉的。"

"我还是拿出勇气来接受读者的审查吧。"

"我这样回答。'我相信不会再出现那样的空白。'"①

文章撰写于1981年6月11日。巴金在整理《序跋集》的过程中，怀揣着对文学与读者关系这一命题的深刻洞察与思索。他的目的远不止于编纂一部单纯的作品集，而是期望通过这些精心挑选并结集成册的文字，与广大读者展开一场跨越时空的心灵对话。他毫不掩饰地袒露了自己撰写"前言""后记"的初衷——旨在向读者传递深邃的思想，同时引导建立起一种双向理解与沟通的桥梁。巴金就如同敞开大门热情地招呼客人，让他们能够一览无余地看见家里究竟准备了些什么珍馐佳肴，这生动而形象地诠释了巴金对于文学与读者之间关系的独到见解——文学宛如一座开放的家园，而读者则是那些自由穿梭、探访其中的客人，他们拥有选择的权利，决定是否要深入探索这座家园的每一个角落，而作者的首要职责，便是真诚地展示与热情地邀请。

在巴金的创作理念中，说真话被视为至高无上的核心原则。他深情地回顾并反思自己过往所写的序跋，尽管其中不乏冗长与重复的部分，但那份真诚与坦率却如同一条坚韧的纽带，始终贯穿其中，熠熠生辉。这份对真实情感的执着坚守，使得巴金的文字充满了蓬勃的生命力。他深知，真话或许并不总是正确的，但它能够真实地反映出作者那一刻的深刻思考与内心独白，这是对读者最基本的尊重与珍视。

巴金以一种开放且谦逊的姿态，将自己的作品毫无保留地呈现在读者面前，任由他们去评判与品味。他深知，无论作品如何精心雕琢

---

① 巴金：《〈序跋集〉再序》，《真话集》，人民文学出版社2018年版，第47—50页。

与打磨，其最终的价值与意义都需要在读者的阅读体验与反馈中得到真正的验证与升华。面对朋友劝他安享晚年的善意建议，他选择了拒绝，坚持即使面临误解与批评的狂风骤雨，也要勇敢地发出自己的声音，因为"说过的话是赖不掉的"。而那句"我相信不会再出现那样的空白"，是对过往历史一次次反思后对未来的期许与憧憬。在巴金的语境中，"空白"或许象征着对历史事件的漠视、对真相的刻意掩盖以及对正义的回避与逃避。他殷切地希望未来的文学创作者以及社会各界的同人能够勇敢地面对历史，不回避、不掩盖、不遗忘任何一段重要的篇章，用真实、深刻、全面的笔触去描绘与解读历史的长河，让后人能够从中吸取宝贵的经验与教训，获得前行的力量与勇气。

＊ 69 ＊

十年一梦
——我回到我自己身上了

"书中有一句话，我一直忘记不了：'奴在身者，其人可怜；奴在心者，其人可鄙。'"

"在悔恨难堪的时候，我常常想起那一句名言，我用它来跟我当时的处境对照，我看自己比任何时候更清楚。"

"从前我对'奴在身者'和'奴在心者'这两个词组的理解始终停留在字面上。例如我写《家》的时候，写老黄妈对觉慧谈话，祷告死去的太太保佑这位少爷，我心想这大概就是'奴在心者'，又如我写鸣凤跟觉慧谈话，觉慧说要同她结婚，鸣凤说不行，太太不会答应，她愿做丫头伺候他一辈子。我想这也就是'奴在心者'吧。"

"我再也没有自己的思想。倘使追问下去，我只能回答说：只求给我一条生路。"

"这个发现使我十分难过！我的心在挣扎，我感觉到奴隶哲学像铁链似地紧紧捆住我全身，我不是我自己。"

"我常常暗暗地问自己：'这是真的吗？'"

"从此我断了念，来一个急转弯，死心塌地做起"奴隶"来。……我把自己心灵上过去积累起来的东西丢得一干二净。……我自己后来分析说，我入了迷，中了催眠术。其实我还挖得不深。"

"只有在拿她比较的时候，我才知道我欠了她一笔多么深切的爱。她不是奴隶，更不是'奴在心者'。"

"他们的一言一行，我都看在眼里，听在耳里，记在心上。我的思想在变化，尽管变化很慢，但是在变化，内心在变化。这以后我也不再是'奴在心者'了，我开始感觉到做一个'奴在心者'是多么可鄙的事情。"

"我吃惊，我痛苦，我不相信，我感到幻灭。"

"我渐渐地脱离了'奴在心者'的精神境界，又回到'奴在身者'了。换句话说，我不是服从'道理'，我只是屈服于权势，在武力之下低头，靠说假话过日子。"

"以'野蛮'征服'文明'、用'无知'战胜'知识'的时代也跟着他们永远地去了。"

"没有向导，一个人在摸索，我咬紧牙关忍受一切折磨，不再是为了赎罪，却是想弄清是非。"

"我不一定看清别人，但是我看清了自己。虽然我十分衰老，可是我还能用自己的思想思考。我还能说自己的话，写自己的文章。我不再是'奴在心者'，也不再是'奴在身者'。我是我自己。我回到我自己身上了。"①

撰写于1981年6月中旬的《十年一梦》，是巴金首次于"随想"中使用大致的时间去标记的作品，不知这是否说明，他用了比往日的篇章更为深沉的思考与更多的时长书写。此篇是巴金对时代沧桑巨变的反思，同样也是他作为生命个体心路历程的一次刻骨剖析，一次觉醒。从"所见"到"所感"，从"所感"再带入"所见"，他在旋涡中挣扎，在旋涡中重生。

最初的"见"与"感"，是巴金在年轻时对"奴在身者"与"奴在心者"的理解，仅停留于字面的表层。在经历了社会动荡的洗礼之后，他的认知发生了翻天覆地的变化，这一转变绝非偶然，而是时代风云变幻与个人命运紧密相连的必然结果。在那个特殊的历史时期，个体的命运，时常被宏大的社会叙事所裹挟，个人的声音在集体的洪流中变得微不足道，几近湮灭。作为一位有良知与责任感的知识分子，巴金的内心经历了前所未有的冲突与挣扎，他试图通过"自我改造"来融入这个全新的世界，但很快发现，这种所谓的"适应"不过是对自我价值的无条件牺牲，及对独立思考能力的彻底

---

① 巴金：《十年一梦》，《真话集》，人民文学出版社2018年版，第51—59页。

放弃。

在这一旋涡中，巴金所经历的远不止个人身份的转变，更多的是对自我价值认知的反思与觉醒。他逐渐意识到，真正的"奴在心者"绝非仅仅指那些表面上顺从的人，还有那些内心深处已经丧失了批判性思考能力，盲目接受外界强加的价值观念，甚至不惜牺牲自我真实感受以迎合这些观念的人。这种"奴在心"的状态，如同行尸走肉，它主动地放弃了个体作为"人"的最核心特质——独立思考与自由意志。

巴金的这种觉醒，是在旋涡中通过内心斗争与磨砺而产生的。他通过将自己与小说中的人物进行对照，领悟到真正的勇气并非盲目地跟从与顺从，而是敢于直面自己的内心，勇于质疑和反抗那些不公与不合理的规则与价值观。这是他对个人命运的勇敢抗争，对时代精神的省察与超越。在这一过程中，巴金的文字成了他自我救赎的锐利武器，它们如同一把锋利的手术刀，精准地剖开了时代的伪装面具，让读者看到人性最真实、最本质的一面。他用刮骨疗伤般的亲身经历告诉我们，无论时代如何变迁、风云如何变幻，保持独立思考、坚守自我价值才是人之所以为人的根本与核心。

＊ 70 ＊

致《十月》
——文学艺术是每一个文艺工作者的责任

"我想谈谈关于编辑的一些事情。可是近大半年我的身体一直不好，感情激动起来，连写字也困难，看来文章是写不成的了，那就随便谈点感想吧。"

"刊物是为读者服务的。用什么来服务呢？当然是用作品。"

"作品是刊物的生命。编辑是作家与读者之间的桥梁。"

"文学艺术是集体的事业，这个事业的发展和繁荣，与每一个文艺工作者都有关系，大家都有责任。大家都在从事一种共同的有益的工作，不能说谁比谁高。"

"一瞬眼二十年过去了，今天我仍然听见作家们在抱怨、编辑们在发牢骚。我觉得两方面都有道理，又都没有道理。对每一方面我同样劝告：对自己要求高一点，对别人要求低一点。"

"拿我自己来说，我的作品在《小说月报》上发表过好些篇，可是《小说月报》编辑部的大门我一次也不曾进去过。正因为我不管这些，才有时间多写作品。我从来不管谁来约稿谁不约稿，经常考虑的倒是在什么刊物上发表作品比较好。"

"我也只是写稿、投稿。作家嘛，时间应当花在写作上。"

"倘使叶圣老不曾发现我的作品，我可能不会走上文学的道路，做不了作家，也很有可能我早已在贫困中死亡。作为编辑，他发表了不少新作者的处女作，鼓励新人怀着勇气和信心进入文坛。编辑的成绩不在于发表名人的作品，而在于发现新的作家，推荐新的创作。我感激叶圣老，因为他给我指出了一条宽广的路，他始终是一位不声不响的向导。"

"我从来没有把写作当做成名成家的道路。作家不过是一种职业，一个工作岗位。作家不是一种资格，不是一种地位，不是一种官衔。"

"我绝不相信作家可以脱离作品而单独存在。"

"他不是白白地把我送进了'文坛',他以身作则,给我指出为文为人的道路。"

"'这是我的责任编辑啊!'我充满了自豪的感觉。我甚至觉得他不单是我的第一本小说的责任编辑,他是我一生的责任编辑。"

"我的经验是:有权不必滥用,修改别人文章不论大删小改,总得征求作者同意。"①

在这篇撰写于1981年7月25日的文章中,巴金深情地描绘了文学世界里一个不可或缺的角色——编辑,他们如同隐形的桥梁,默默地在作家与读者之间架起沟通的纽带,为文化的传承与发展铺设出一条坚实的道路。他揭示了编辑在文化传播中所扮演的核心角色,他们承担着筛选、加工作品的细致工作,使作品更加贴合读者的阅读期待,更肩负着引导读者审美取向、提升整体文化品位的崇高使命。巴金以富有诗意的语言阐述道,作品是刊物的灵魂所在,而编辑则是这一灵魂的精心雕琢者与深情传递者,他们通过巧妙的策划与编排,让一部部优秀的文学作品如璀璨星辰般闪耀,与广大读者相遇相知,激发出思想的火花与情感的涟漪。

巴金满怀感激地回忆起了自己的伯乐——叶圣陶先生。正是叶圣陶发表了巴金的处女作,为他打开了文学殿堂的大门,以身作则,为他树立了为文为人的光辉典范。叶圣陶是一位才华横溢的编辑,一位能够洞悉人心、引领方向的智者。他的每一次慧眼识珠、每一次温暖鼓励,都如同春风化雨般滋润着巴金的心田,也滋养了无数文学新苗的茁壮成长。这份知遇之恩,让巴金深切地感受到编辑在新锐作家成

---

① 巴金:《致〈十月〉》,《真话集》,人民文学出版社2018年版,第60—65页。

长道路上的重要性与不可替代性。叶圣陶是巴金文学道路上的引路人，同样是他精神上的坚强后盾，叶老的鼓励与引导如同夜空中最亮的灯塔，照亮了巴金前行的文学之路。

巴金还特别强调了作家应专注于创作本身的核心理念。他以自己为例，坦言正是因为将大部分的时间和精力都倾注于笔端，才能够在文学的道路上稳步前行，不断创作出触动人心的佳作。对创作的执着与热爱，是他个人成功的秘诀和对后来者的殷切寄语。

在巴金看来，作家与编辑共同构成了文学大厦的两根坚实支柱，它们相辅相成、缺一不可。编辑以其敏锐的洞察力和专业的判断力为作家提供宝贵的反馈与建议，助力作品日臻完善；而作家则需坚守创作的初心与梦想，以梦为马、不负韶华，不断探索文学的无限可能与深邃内涵。这种分工合作、相互成就的关系，构建了文学世界最为动人的风景线，推动了文学事业的繁荣发展与薪火相传。

＊ 71 ＊

《序跋集》跋
——清理包袱和辫子

"我保留着一个印象：自己编选集子是一件愉快的事。可是这一回编选《序跋集》，我感到了厌倦，说句老实话，我几乎无法完成这工作。为什么呢？……我不能把责任全推给'衰老'。固然我现在拿笔写字手就发抖；我越是着急，手和笔尖都停在原地越难移动，但我也挣扎着抄写了一些较短的'前言'、'后记'。"

"我怕极了，真的朝夕盼望来一场天火把我过去写的文章烧光。我的这种想法，我的这种精神状态也许是接连不断的多次运动的后果。倘使我迟生几十年，就不会背上那么沉重的包袱。"

"我明白了。一大堆包袱和辫子放在我面前，我要把它们一一地清理。这绝不是愉快的工作。我多么想把它们一笔勾销，一口否定。然而我无权无势，既毁不了，又赖不掉，只好老老实实把包袱和辫子完全摊开展览出来，碰碰运气。"

"我尊敬卢骚，称他为'老师'：一、我学习他写《忏悔录》讲真话；二、我相信他的说法：人生来是平等的。五十四年过去了，可是今天还有人告诉我：人是应该分为等级的。"

"我回过头重走了五十四年的路。我兴奋，我思索，我回忆，我痛苦。"

"《序跋集》是我的真实历史。它又是我心里的话。不隐瞒，不掩饰，不化妆，不赖账，把心赤裸裸地掏了出来。不怕幼稚，不怕矛盾，也不怕自己反对自己。事实不断改变，思想也跟着变化，当时怎么想怎么说，就让它们照原样留在纸上。替自己解释、辩护，已经成为多余。"[1]

文章撰写于1981年8月10日。《序跋集》的编纂，是巴金晚年生活中的一项重要工作，也是他心灵深处一次虐心的回望与自我剖析。在跋文中，巴金以略带颤抖却饱含深情的笔触，坦诚地揭示了编纂此书过程中的复杂心境，以及这部作品对他个人思想变迁所承载的非凡价值。

开篇之际，巴金以一个老者自白的口吻，描述了自己日益衰退的

---

[1]　巴金：《〈序跋集〉跋》，《真话集》，人民文学出版社2018年版，第67—70页。

健康状况，这是岁月无情地在他身上留下的痕迹，也是即将被确诊的帕金森病初期那不易察觉的预兆。他感到力不从心，甚至一度怀疑"自己是否还能完成这项工作"。手的颤抖、握笔的僵持，这些细微的身体反应，成了他内心深处无奈与挣扎的外在表现。然而，在这重重困难面前，巴金凭借着对文学的无比热爱与坚定信念，坚持着，用颤抖的手一字一句地书写着"前言"与"后记"，他对文学的执着与坚守，实在令人动容。

《序跋集》的整理对巴金而言，是一项任务，也是一次对自己思想包袱的彻底清理。在那个特殊的历史背景下，他曾背负着沉重的精神枷锁，他的作品、他的思想，都曾遭受过不同程度的批判与质疑。他甚至曾有过将自己的作品全部焚毁的极端想法，这种激进的情绪背后，实则是对自己过往言论可能带来的后果所感到的深深忧虑与恐惧。"随想"中，巴金选择了勇敢地面对曾经的自己，他将过去的言论、思想毫无保留地展现出来，既是对自己的深刻审视，也是对那个时代的深刻省思与铭记。

《序跋集》是巴金五十四年来思想变迁的忠实记录，他从一个青涩的青年作家成长为一位思想深邃、见解独到的文学巨匠的生动写照。在这部作品中，我们可以清晰地看到巴金如何回顾自己的过去，如何在兴奋、思索、回忆与痛苦中挣扎、成长，这些复杂的情感交织在一起，共同编织成了一部鲜活的心灵史诗。巴金通过作品向世人传达了一个永恒的信息：无论时代如何变迁，每个人都有追求真理、追求平等的权利，这一信念永远值得我们坚守与传承。

＊ 72 ＊

怀念鲁迅先生
——我们都是他的学生

"我不知对自己说了多少次，'我绝不忘记先生。'可是四十五年中间我究竟记住一些什么事情?！"

"在暮色苍茫中我看见覆盖着'民族魂'旗子的棺木下沉到墓穴里。……"

"他并没有改变，还是那样一个和蔼可亲的小小老头子，一个没有派头、没有架子、没有官气的普通人。"

"不论是看一份校样，包封一本书刊，校阅一部文稿，编印一本画册，事无大小，不管是自己的事或者别人的事，先生一律认真对待，真正做到一丝不苟。他印书送人，自己设计封面，自己包封投邮，每一个过程都有他的心血。我暗中向他学习，越学越是觉得难学。"

"我仰慕高尔基的英雄'勇士丹柯'，他掏出燃烧的心，给人们带路，我把这幅图画作为写作的最高境界，这也是从先生那里得到启发的。"

"先生爱护青年，但是从不迁就青年。先生始终爱憎分明，接触到原则性的问题，他绝不妥协。"

"我才想起先生也曾将自己比作'牛'。但先生'吃的是草，挤出来的是奶和血'。"

"正因为我又记起先生，我才有勇气活下去。正因为我过去忘记了先生，我才遭遇了那些年的种种的不幸。我会牢牢记住这个教训。"

"每个人都希望先生成为他心目中的那样。但是先生始终是先生。"

"为了真理，敢爱，敢恨，敢说，敢做，敢追求……"[①]

文章撰写于1981年7月末，与往常不同，这个日期略显"泛泛"，让人回想起上一次如此标注时间的作品，是《十年一梦》。

在人生的浩瀚星河中，总有些身影如同璀璨的星辰，永恒地闪耀在记忆的天际，令人敬仰不已，鲁迅先生便是那颗最为耀眼的星辰。对于巴金而言，鲁迅先生是文学与思想领域的先驱，更是他精神世界的灯塔，引领着他穿越了一段又一段的艰难与困苦。文章中巴金以朴素而深情的笔触，表达了对鲁迅先生无尽的敬仰与深切的怀念，同时细腻地披露出自己是如何在鲁迅先生的影响下，逐步蜕变为一位独具风格与风骨的知识分子。

鲁迅先生对待工作的严谨与认真，给巴金留下了难以磨灭的印记。从校对文稿的细致入微，到设计封面的独具匠心，再到包封投邮的亲自操持，鲁迅先生无不亲力亲为，力求完美。不过，先生最令人敬畏的是他的人格魅力，他直言不讳，勇于尖锐地披露社会的弊病与人性的丑恶，不懈地探索真理，从未在社会的压力与批评面前有过丝毫迟疑与退缩。鲁迅先生的一生，是一部不断解剖社会、完善自我的壮丽史诗，他勇于承认错误并积极改正，这种坦荡与真诚，让巴金深刻领悟到文学与人生的高度契合，以及作家的人格与作品品质之间不

---

① 巴金:《怀念鲁迅先生》,《真话集》,人民文学出版社2018年版,第72—77页。

可分割的紧密联系。

在巴金遭遇人生低谷的艰难时刻，鲁迅先生的精神力量成为他最坚实的支撑。鲁迅先生那句"吃的是草，挤出来的是奶和血"的生动比喻，生动地描绘出他无私奉献的崇高精神，深深触动了巴金的心灵深处。巴金时常会想，如果先生还活着，他会怎样说、怎样做？以先生的风骨，一定会毫无忌惮地站在浪潮之前。他告诫自己，在这个充满变数与挑战的时代洪流中，唯有像鲁迅先生那样，坚守内心的信仰与追求，才能在风雨飘摇中屹立不倒，继续勇往直前。鲁迅先生是一位文学巨匠，一位精神楷模，他的每一次抉择、每一次发声，都饱含着对正义的坚定守护和对人性的深刻剖析。

＊ 73 ＊
"鹰的歌"
——胸口受伤，羽毛带血

"我见过鲁迅先生，脑子里还保留着鲜明的印象。回想四十五六年前的情景，仿佛自己就站在先生的面前，先生是怎样的一个人，我有我的看法。"

"连我自己也快到'化作灰烬'的年纪了。写这篇短文的时候，我是受到怀念的折磨的。"

"读完被删削后的自己的文章，我半天讲不出话，我疑心在做梦，又好像让人迎头打了一拳。我的第一部小说同读者见面已经是五十几年前的事了。难道今天我还是一个不能为自己文章负责的小学生？"

"删削当然不会使我沉默。鲁迅先生不是给我们树立了很好的榜样？”

"我的《随想录》好比一只飞鸟。鸟生双翼，就是为了展翅高飞。我还记得高尔基早期小说中的'鹰'，它'胸口受伤，羽毛带血'，不能再上天空，就走到悬崖边缘，'展开翅膀'，滚下海去。高尔基称赞这种飞鸟说：'在勇敢、坚强的人的歌声中你永远是一个活的榜样。'"①

文章撰写于1981年深秋的11月下旬，与上一篇的盛夏7月底相隔了整整四个月，再次未署具体日期，这时，时间的河流在巴金的笔下具备了双重的隐喻，它悄然流淌，留下一串串深邃的涟漪。在前文的深情叙述中，我们已深刻感受到，鲁迅先生对于巴金而言，是一段镌刻在心的永恒记忆，是他精神世界里那盏永不熄灭的灯塔，照亮了他前行的道路，赋予了他无尽的力量与勇气。

而此篇力作，笔触聚焦于巴金面对自己作品被编辑擅自删削时的强烈控诉。在"随想"系列的第七十篇中，巴金曾鲜明地阐述了编辑应尊重作者的原则，强调任何对作品的改动都须经过作者的同意。然而，仅仅相隔两篇，他的文章便遭遇了被肆意删削的厄运。文学本身，是一片承载思想、传递情感的净土，在巴金心中占据着至高无上的地位，"随想"更是他灵魂深处最真挚声音的直接流露。面对这份对作品完整性的无情践踏，巴金内心涌动着前所未有的愤慨与震惊，仿佛置身于一场离奇的梦境，又如同在毫无防备之时遭受了一记重击。这是巴金对作品完整性的坚决捍卫，对文学自由与真理无畏追求的崇高宣言。

---

① 巴金：《"鹰的歌"》，《真话集》，人民文学出版社2018年版，第78—79页。

　　巴金没有让这份愤慨仅成为一时的情绪发泄，而是将其凝聚成更加坚定、更加鲜明的文学立场。他坚决地表示，面对此类删削，他绝不会选择沉默与妥协，反而这将更加坚定了他继续发声、坚守真理的决心。在此，巴金巧妙地借用了高尔基小说中"鹰"的意象，将其视为力量与勇气的象征。即便身负重伤，鹰也依然会振翅高飞，甚至不惜以生命为代价，只为翱翔于天际。巴金将自己的《随想录》比作这只不屈不挠的鹰，寓意着自己的文学创作之路虽然充满艰辛与挑战，但他将如鹰一般，哪怕"胸口受伤，羽毛带血"，也要勇敢地迎接每一个挑战，直至生命的最后一刻，"滚下海去"。在当时的语境下，巴金对文学的执着与对真理的坚守，令人肃然起敬，让我们对巴金在文学天空中即将绽放的每一道璀璨光芒充满了无尽的期待与憧憬。

＊ 74 ＊
《怀念集》序
——"自己的东西"

　　"我把过去写的怀旧的文章集在一起，编成这本怀念的书，从头到尾重读一遍，仿佛在自己一生的收支簿上作了一个小结。不用说账上还有遗漏，但是我也看得出来：我负债太多。这么一大笔友情的债，像一个沉重的包袱压住我的肩头。"

　　"我所谓的'自己的东西'，就是我在这本怀念的书中记录下来的——我的经历、我的回忆、我的感激、我的自责、我的爱憎、我的复杂的思想感情以及我的曲折的人生道路。"

　　"他们死了，而我活下来，我活着并不是为了忘掉他们，而是为了让更多的人记住他们，为了让他们活下去。……我愿意把我这剩余的心血和精力，把我晚年的全部爱和恨献给我的社会主义祖国和勤劳、善良的人民。"

"我不讲假话，我不讲空话。这本书是为那许多位我所敬爱的人和对我十分亲近的死者而写的。"

"对一个七十八岁的老人来说，我知道我的前面就立着'死亡'，可是我绝不悲观，也绝不害怕。"①

　　文章撰写于1982年1月13日，该年度"随想"系列的首篇。巴金编纂的《怀念集》，其初衷深沉而纯粹，旨在对自己一生的情感体验进行一次细腻入微的梳理与总结，同时向那些在其生命旅程中留下不可磨灭印记的人们，表达最深切的敬意与无尽的思念。在这部作品中，巴金仿佛化身为一位一丝不苟的记账者，精心核算着生命中每一份"情感的收支"，那些已逝的亲人、朋友与同事，成为他心中永远无法勾销的"情谊之债"。这份沉甸甸的情感负担，让他深感责任重大，激励他以文字为媒介，进行永恒的纪念。

　　《怀念集》犹如一部情感与哲思交织的回忆录，字里行间流露出巴金对往昔时光的温柔回顾，对逝者的深切缅怀，以及对自我人生轨迹的深刻省思。编纂此书，更是巴金为了那些他深深敬仰、对其影响至深却已远行的人，寻求一种超越生死、永恒铭记的方式。在他看来，虽然死亡是生命的必然归宿，但记忆与情感却能穿越时空的界限，持续地照耀并温暖着生者的心灵。因此，他不吝将晚年的心血与精力，倾注于这部《怀念集》之中，以此作为对逝者最为深情的

----

① 巴金：《〈怀念集〉序》，《真话集》，人民文学出版社2018年版，第81—83页。

献礼。

　　篇末巴金再次提及"死亡"，却无丝毫悲观或畏惧之情。因为他深知，那些他所敬爱之人，以及他用文字镌刻的情感与经历，都将以一种超越物质形态的方式，继续在这个世界上发光发热，影响并启迪着后来者。这份信念，让《怀念集》对过去缅怀的同时，也给了未来一份希望与传承。

* 75 *

小端端
——你一定要比我们幸福

　　"她生活在成人中间，又缺少小朋友，因此讲话常带'大人腔'。她说她是我们家最忙、最辛苦的人。"

　　"为什么不使用'启发'和'诱导'，多给孩子一点思索的时间，鼓励他们多用脑筋？"

　　"可是学生功课负担之重，成绩要求之严格，却超过从前。"

　　"我到了中年才明白强记是没有用的。"

　　"大家都愿意看见孩子'活泼些'。大家认为需要改革，都希望改革，也没有人反对改革。可是始终不见改革。几年过去了。还要等待什么呢？从上到下，我们整个国家、整个社会都把孩子们当作花朵，都把希望寄托在孩子们的身上，那么为什么这样一个重要问题都不能得到解决，必须一天天地拖下去呢？"

　　"'拖'是目前我们这个社会的一个大毛病。我不知道我是不是可以这样说，不过我的确是这样想的。"

"但是我就能够理解吗？我笑过后却感到一阵空虚，有一种想哭的感觉。"

"空话、大话终归是空话、大话，即使普及到七八岁孩子的嘴上，也解决不了问题。难道我们还没有吃够讲空话、大话的苦头，一定要让孩子们重演我们的悲剧？"

"我惟一的希望是：孩子们一定要比我们这一代幸福。"[①]

文章撰写于1981年1月20日，一直以来小端端这一角色，以其独特的率真形象深深烙印在众多读者的心田。巴金笔下的小端端，也是当时教育环境下一个孩子的缩影，如同一面镜子，映照出教育方式与体制亟待改革的迫切需求，以及对社会风气的深远反思。小端端置身于成人的世界，缺乏与同龄伙伴的互动，言语间不自觉地流露出"大人腔"，这一现象令巴金深感忧虑。他强烈呼吁应给予孩子们更多独立思考的空间，通过启发与引导的方式，激发他们的思维活力，而非仅仅依赖于"填鸭式"的知识灌输。

巴金对当时教育体制的批判可谓一针见血。他注意到孩子们背负着沉重的课业负担，成绩要求严苛至极，远远超出了他们稚嫩的肩膀所能承受的范围。这种过度的压力，剥夺了孩子们本应享有的快乐童年，更严重阻碍了他们的创造力与想象力的蓬勃发展。巴金深谙这种教育模式的弊端，他对于教育体制的改革充满了迫切的期待。这份期待，是他对下一代个体成长的深切关怀，也体现出他对整个教育体系

---

① 巴金：《小端端》，《真话集》，人民文学出版社2018年版，第84—88页。

乃至未来社会发展的深远忧虑。

针对社会中普遍存在的改革拖延现象，巴金表达了强烈的不满。他尖锐地指出，尽管人们普遍认识到教育体制存在的问题，并渴望看到改变，但改革政策的落地却迟迟未能实现。这种拖延让孩子们继续承受着重负，整个社会对未来的希望变得越发渺茫。巴金痛心疾首地感叹，空洞的承诺无法解决问题，不能让孩子们重蹈覆辙，重演上一代的悲剧。他满怀深情地期望，孩子们能够在一个更加幸福、更加公正的教育环境中茁壮成长，享受到应有的发展空间与自由。

* 76 *

怀念马宗融大哥
——他像个大孩子，又像是一团火

“为了平静我的感情的波涛，我对自己说：‘写吧，写下你心里的话，你会觉得好受些。’”

“我分明听见好些熟人讲话的声音，久别了的亡友在我的眼前一一重现。为什么？为什么？……难道我真的走到了生命的尽头、就要参加他们的行列？难道我真的不能再做任何事情必须撒手而去？不，不！我想起来了。在我不少悼念的文章里都有类似这样的话：我不单是埋葬死者，我也是在埋葬我自己的一部分。我不会在亡友的墓前说假话，我背后已经筑起了一座高坟，为了准备给自己这一生作总结，我在挖这座坟，挖出自己的过去，也挖出了亲友们的遗物。”

“我们一直坐到客人走光、咖啡店准备‘打烊’的时候，他似乎还没有把话说尽。我们真可以说是一见如故，关于我他就只读过我翻译的一本《面包略取》(克鲁泡特金原著)和刚刚在《小说月报》上连载的《灭亡》。"

"海阔天空,东南西北,宇宙苍蝇,无所不谈,但是讲的全是心里的话,真可以说大家都掏出了自己的心……我和马大哥一家之间的友谊就是这样一种友谊。"

"我想起分别前罗淑有一次讲过的话:'这个时候我一定要赶到老马身边,帮助他。他像个大孩子,又像是一团火。'他们结婚后就只有这短时期的分离。她在兵荒马乱中冒着敌机轰炸的危险赶到他面前,没有想到等待她的是死亡,他们重聚的时间竟然这么短。我失去了一位敬爱的朋友,但是我不能不想到罗淑的病逝对马大哥是多么大的一个打击。"

"不久我离开上海去广州,在轰炸中过日子,也在轰炸中跑了不少地方。"

"马大哥不是知名学者,著作很少,平时讲话坦率,爱发表议论,得罪过人,因此路越走越窄,生活也不宽裕。"

"他真像一团火,他的到来就仿佛添了一股热流,冷静的气氛也变成了热烈。"

"他朋友多,对人真诚,在他的身上我看出了交友之道。"

"在这之前另一位同他相熟的教授到他家串门,谈起被解聘的朋友,教授讲了不少坏话。他越听越不耐烦,终于发了脾气骂起来:'你诬蔑我的朋友就是诬蔑我!我不要听!你出去出去!'他把教授赶走了。他为了朋友不怕得罪任何人。"

"他伸出大手来抓我的手，声音不高地说：'我看到你了。你不怪我吧，没有听你的话就回来了。'"

"我好不容易忍住了眼泪，没有想到他会病成这样。火在逐渐熄灭，躺在我面前的不是一个'大孩子'，是一位和善的老人。"

"他身边毫无积蓄，从台北只带回几箱图书。"

"我知道他的缺点很多，但是他有一个长处，这长处可以掩盖一切的缺点。他说过：为了维护真理顾不得个人的安危。他自己是这样做到了的。我看见中国知识分子的正气在他的身上闪闪发光，可是我不曾学到他的长处，也没有认真地学过。"

"那一团火并没有熄灭，火还在燃烧，而且要永远燃烧。"①

此篇文章，完成于1982年1月29日，这篇篇幅可观的"随想"又耗费了巴金数日的心血与时光。在巴金的心中，马宗融大哥一直是一位难能可贵的挚友——一个生命力旺盛、勇于直言、对真理怀有无尽渴望的灵魂。自马宗融离世以来，每当巴金回想起与他共度的点点滴滴，心中便如潮水般涌动起无尽的思绪。仿佛有一种无形的力量，驱使着他将这些深情厚谊转化为文字，以此抚平自己内心的波澜与哀伤。巴金与马宗融之间的友情，是灵魂层面的深度共鸣与完美契合。他们的相遇看似偶然，实则仿佛冥冥之中自有天意。从文学的探讨到人生的哲理，从理想的憧憬到现实的磨砺，他们无话不谈，彼此的心灵在深入的交流中得以交融、碰撞与升华。巴金被马宗融的坦率与真诚深深打动，而马宗融也对巴金的才华与热情给予了极高的赞誉。这

---

① 巴金：《怀念马宗融大哥》，《真话集》，人民文学出版社2018年版，第89—101页。

份友情，早已超越了简单的相识与相知，它犹如一条坚韧无形的纽带，将两颗炽热的心紧紧相连，永不分离。

巴金撰写怀人之作，既是为了缅怀那些已经远去、却永远留在心中的朋友，更是为了寄托自己那份深沉而无尽的哀思与怀念。当马宗融离世的消息传来时，巴金感受到了前所未有的悲痛与失落。他觉得自己仿佛失去了一个最重要的知己与战友，那种突如其来的空虚与孤独感几乎让他窒息。而这份深厚无比的友情，让巴金在悲痛中找到了继续前行的力量与勇气。他毅然选择用文字来偿还这份无法言喻的"情感之债"，将那些珍贵的记忆与情感永远镌刻在纸张之上，让它们的光芒得以永恒闪耀。

马宗融的一生，虽然充满了曲折与艰辛，但他从未放弃过对真理的执着追求与对正义的坚定坚守。他的身上，流淌着中国知识分子特有的热血与傲骨，他的精神如同璀璨的星辰，永远照亮着前行的道路。而马宗融心中那团熊熊燃烧的火焰，也同样在巴金的心中熊熊燃烧着。它是巴金对友情、对真理的无限向往与追求，是他对生命永恒意义的深刻探索与渴望。

* 77 *

《随想录》日译本序
——挖掘自己的灵魂

"我说过我要写五本《随想录》，我有自己的想法：我意外地'闯进'文坛，探索了五十多年，在结束文学生活之前，我应当记下我对艺术和人生的一些看法，我个人的独特的看法。通过了几十年的创作实践，经历了多少次的大小失败，我总算懂得一点创作的甘苦吧，我也有权向读者谈谈它们。"

"我又说，古今中外的作家中，谁有过这种可怕而又可笑、古怪而又惨痛的经历呢？我们没有一个人逃掉，大家死里逃生、受尽磨炼，我们有权利、也有责任写下我们的经验，不仅是为我们自己，也是为了别人，为了下一代，……我对日本作家说我们历尽艰辛，也可以引以为骄傲。"

"他的声音还在我的耳边。我要求的并不是'尊敬'。我希望的是心的平静。只有把想说的话全说出来，只有把堆积在心上的污泥完全挖掉，只有把那十几年走的道路看得清清楚楚、讲得明明白白，我才会得到心的平静。"

"我的心灵中多了一样东西。它是什么，连我自己也说不明白。但是它在发光，它在沸腾，它在成长。我也要挖出它来，才能结束我的《随想录》。"

"必须挖得更深，才能理解更多，看得更加清楚。但是越往深挖，就越痛，也越困难。写下去并不是容易的事。"

"前些时候有人批评《随想录》'忽略了文学技巧'。我不想替我的小书辩护，不过我要声明：我也不是空手'闯进'文坛，对一个作家来说，更重要的是艺术的良心。《随想录》便可以给我的话作证。"①

文章撰写于1982年2月20日。起初，巴金以身体状况不佳、书写困难为由，婉言谢绝了为日译本撰写序言的邀请。然而，当得知

---

① 巴金：《〈随想录〉日译本序》，《真话集》，人民文学出版社2018年版，第102—104页。

《随想录》在日本引发的热烈反响与深度讨论后，他毅然决定"坦露心迹"，与广大读者展开一场更为深刻的心灵对话。《随想录》是巴金对自己五十年人生历程的深刻省思与总结，是他个人独特艺术观念与见解的璀璨绽放。目前的七十七篇文章中，我们见证了巴金以非凡的勇气，揭露了那段特殊历史时期给知识分子带来的精神重压与心灵磨难。那些"既可怕又可笑，既古怪又惨痛"的经历，如同烙印一般，深深镌刻在他们那一代人的心中，无法抹去。他记录这些经历，既是为了"偿还债务"，抚平内心的创伤，也是为了警醒后世，让历史成为一盏明灯，照亮前行的道路。

在创作《随想录》的漫长过程中，巴金所追求的并非世俗的赞誉与名声，而是内心的宁静与解脱。他唯有将内心深处积压的淤泥彻底清除，将过往的历程审视得清晰明了，方能获得真正的安宁。这种对内心真实情感的深入挖掘与坦诚表达，构成了他创作《随想录》的初衷与不竭动力。他坦言，随着对过往记忆的挖掘越发深入，痛苦与困难也随之倍增。然而，巴金对真相的执着追求不容许他浅尝辄止，而是要求他直面那些血肉模糊的记忆，勇于刮骨疗伤。唯有如此，他的心灵方能得到真正的释放与慰藉，而《随想录》也因此成为一部触及灵魂深处、引发深刻思考的文学经典。

面对外界对《随想录》"缺乏文学技巧"的质疑，巴金表现得十分淡然。他早已明确指出，文学的最高境界是"无技巧"的。对于一位作家而言，艺术的良心远比技巧更为宝贵。技巧可以学习、模仿与训练，但内心的真诚与对生活的深刻感悟却是无法复制的。《随想录》没有华丽的辞藻、精巧的结构或细腻的语言，但它以一颗赤裸裸的真心，向世人展现了作家对人性、历史与艺术最为真挚的表达与感悟。

＊ 78 ＊

《小街》
——比青春更美好的东西

"影片不是十全十美，它甚至使我感到十分难受。"

"我打一个比方：我的思路给堵住了，想前进，却动不了，仿佛面前有一道锁住的门，现在找到了开门的钥匙。"

"我有这样一种感觉：'啊，我抓住了！'我在探索中所追求的正是这个。"

"一九七九年我的内伤还在出血。"

"我忘不了含恨死去的亲人，我忘不了一起受苦的朋友，我忘不了遭受摧残的才华和生命，我忘不了在侮辱和迫害中卑屈生活的人们，我忘不了那些惨痛的经历，那些可怕的见闻。……但是这一切的回忆都只能使我感到我和同胞们的血肉相连的关系。"

"我的记忆里保留着多少发亮的东西，是泪珠，是火花，还是使心灵颤动的情景？"

"它应该是爱、是火、是希望，是一切积极的东西吧。"

"揭露伤痕，应当是为了治好它。讳言伤痛，让伤疤在暗中溃烂，只是害了自己。"

"他始终不放弃他的寻问，他的探索，他的追求。这决心，这希望从什么地方来？他自己告诉了我们：要'把自己微薄的心愿赠给自己的同类'。"

"我也有这样一个微薄的心愿。"①

文章撰写于1982年3月2日。巴金借由影片《小街》这把钥匙，轻轻推开了尘封的记忆之门，揭开了那些深藏于心底，既沉痛又温暖的篇章，让我们得以窥见爱与希望是如何在伤痛的土壤中顽强绽放，散发光芒的。《小街》作为一部烙印着时代印记的电影，以其真实细腻的情感刻画，生动展现了六七十年代一对男女主角在命运的洪流中相遇、相知，却又无奈离别的动人故事。影片剖析了那个荒诞不经的年代对人性造成的压抑与摧残，以强烈的情感冲击力，表达了对美好青春的无限向往与追求，同时对那个丑恶的社会现实进行了无情的鞭挞与批判。这种对历史的真实再现，如同一面镜子，映照出巴金内心深处的记忆，让他仿佛穿越时空，重新回到了那个充满伤痛与苦难的岁月。

在观影的过程中，巴金被影片中的某些情节或台词深深触动，这些细节仿佛一把把钥匙，逐一打开了他心中那扇紧闭已久的门扉。他的思绪飘回过去，想起了那些曾经与他并肩作战的亲人、共患难的朋友，以及那些在苦难中依然坚守善良与真理的勇士们。尽管那段历史充满了无尽的伤痛与苦难，但它也铸就了人们坚韧不拔、不屈不挠的精神品质。巴金深信，唯有勇敢地正视伤口，积极地寻求治愈之道，才能真正地从过去的阴影中走出来，迎接生命中那抹真正的光明。

在探索与追求的漫长征途中，巴金从未有过片刻的停歇。他将自己对同胞的深厚情谊、对善良的坚定信仰，化作一股不竭的动力，驱使着他不断前行。每个人的力量虽然微小，但当这些力量汇聚在一起时，便能成为一股推动社会进步、改变世界面貌的强大力量。正因如

---

① 巴金：《小街》，《真话集》，人民文学出版社2018年版，第105—110页。

此，他始终坚守着"把心愿赠给同类"的崇高信念，用自己的实际行动诠释着爱与希望的无尽力量，激励着一代又一代人勇往直前。

＊ 79 ＊

三论讲真话

——"愿听逆耳之言，不作违心之论"

"笑过之后，我又感到不好受，好像撞在什么木头上，伤了自己。"

"但有一点是可以确定的：表态，说空话，说假话。起初听别人说，后来自己跟着别人说，再后是自己同别人一起说。"

"但是一个会接一个会地开下去，我终于感觉到必须甩掉'独立思考'这个包袱，才能'轻装前进'，因为我已经在不知不觉中给改造过来了。于是叫我表态就表态。"

"开了几十年的会，到今天我还是怕开会，我有一种感觉，有一种想法，从来不曾对人讲过，在会议的中间，在会场里，我总觉得时光带着叹息在门外跑过，我拉不住时光，却只听见那些没完没了的空话、假话，我心里多烦。"

"我明明觉得罩在我四周的网越收越小、越紧，一个星期比一个星期厉害。一方面想到即将来临的灾难，一方面又存着幸免的心思，外表装得十分平静，好像自己没有问题，实际上内心空虚，甚至惶恐。背着人时我坐立不安，后悔不该写出那么多的作品，惟恐连累家里的人。"

"我实在憋不住了，在'随想'中我大喊：

'人只有讲真话，才能够认真地活下去。'

我喊过了，我写过了两篇论'说真话'的文章。"

"任何事情都有始有终。混也好，拖也好，挨也好，总有结束的时候；说空话也好，说假话也好，也总有收场的一天。那么就由自己做起吧。折磨就折磨嘛，对自己要求严格点，总不会有害处。"

"但是我思考的不是作品，不是文学，而是生活。我在想我们的过去、现在和未来。我想来想去，总离不开上面那两句座右铭。"①

文章撰写于1982年3月12日，透过巴金那深沉而饱含真挚情感的笔触，我们得以目睹一位知识分子在时代汹涌波涛中的奋力挣扎与深刻觉醒。在巴金的心中，讲真话绝非一件轻而易举之事，它往往伴随着刺耳的批评之声与铺天盖地的误解舆论。然而，这些"逆耳之言"，从不曾让巴金退缩，反而促使他在思辨中茁壮成长，在被质疑中不断进步。他始终保持着开放的心态，愿意倾听那些截然不同的声音，就算它们尖锐如刀、刺耳难耐、难以入耳，因为他深知，唯有如此，方能让自己保持一颗清醒的头脑，不至于迷失在时代那迷雾重重的浪潮中。这一理念，与吴天湘所秉持的座右铭"愿听逆耳之言，不作违心之论"不谋而合，共同彰显了知识分子对于真理的不懈追求与对于真诚的坚定坚守。

巴金回首个人历程，感觉自己仿佛被一张无形的巨网紧紧束缚，无法真实地表达自己内心的声音，那张网越勒越紧，几乎让他窒息。在那段艰难的日子里，他深刻领悟到，唯有讲真话，方能真实地反映

---

① 巴金：《三论讲真话》，《真话集》，人民文学出版社2018年版，第111—117页。

生活的本质与真谛；唯有讲真话，才能让自己的生命焕发出应有的意义与价值。

于是，巴金发出了震耳欲聋的呐喊："人只有讲真话，才能够认真地活下去！"这是他内心深处的真挚呼唤，是他对自己不断鞭策与激励的誓言。他反复强调，无论时代如何风云变幻，社会怎样蓬勃发展，讲真话都是做人最基本的底线与不可动摇的道德准则。唯有讲真话，我们才能更加真实地认识自己、认知这个世界；也唯有讲真话，我们的社会才能更加和谐稳定、不断进步与发展。

＊ 80 ＊
《靳以选集》序
——一个人道主义的艺术家

"我不想写序，只是因为我不曾具备写序的条件。"

"时间跑得意外地快。我的健康也以同样的速度坏下去。"

"沉默使我痛苦，即使我手里只有一管毫无技巧的笔，即使我写字相当困难，我也要一字一字地写下我此时此地的思想感情。"

"靳以和我坐在一张大写字台的两面，我们看校样、看稿件，也写信、写文章。他的写作态度十分认真。他不像我拿起笔就写，他总是想好了以后才动笔，他有时也对我讲述小说的故事情节，讲得非常动人。"

"我不知道我的印象对不对，我认为他是一个人道主义的艺术家，有一颗富于同情的心。"

"当然，我们之间也有过分歧，但是难得发生争执。"

"他走上文学道路是付出了高昂代价的。"

"最后在医院病室里他还在审阅《收获》的稿件。"

"在五十年代他就否定了自己过去的作品。"

"作家有权否定自己的作品，读者也有权肯定作家自己否定的作品，因为作品发表以后就不再属于作家个人。"①

文章撰写于1982年3月22日，聚焦于中国现代文学史上一位璀璨夺目的作家及编者——靳以。他以严谨的治学态度、对文学艺术的不懈追求，以及直至生命终章仍笔耕不辍的坚韧执着，生动诠释了何为真正的文人风骨与精神。巴金在深情回忆与靳以共度的悠悠岁月时，以其细腻的笔触，栩栩如生地刻画出靳以那严谨认真、全神贯注的写作身影。尽管两人性格迥异，但靳以那深思熟虑、字斟句酌的创作风格，给巴金留下了深刻的印象。他笔下的每一个字、每一句话，都蕴含着对生活的独到见解和对人性的深刻剖析。

靳以的文学之路并非坦途，他付出了难以想象的艰辛与努力，才在文坛上赢得了属于自己的一片天地。这份成就的背后，是他在坚定不移地执着追求文学梦想时对个人生活的忍让牺牲。哪怕在生命即将油尽灯枯之际，靳以也未曾放下手中那支承载着他全部热情与梦想的笔。在医院那洁白的病室里，他依然坚持审阅着《收获》的稿件，这份对文学事业的深沉热爱与无私奉献，令人不禁肃然起敬，心中涌起无尽的敬意与感动。

---

① 巴金：《〈靳以选集〉序》，《真话集》，人民文学出版社2018年版，第118—122页。

＊ 81 ＊
怀念满涛同志
——我感到惭愧

"走进弄堂不久看见了满涛，他也发现了我，很高兴，就到我身边来，表示欢迎，边走边谈，有说有笑，而且学着讲四川话，对我很亲切。这样的遇见或谈话我们之间有过几次。我初到××室，很少熟人，满涛的笑语的确给我带来一些温暖。"

"我不声不响，又似怪非怪。我当时正在翻译亚·赫尔岑的《回忆录》，书中就有与这类似的记载，……但是包括我在内没有一个人敢出来发表不同的意见，讲一讲道理，好像大家都丧失了理智。"

"但是我仍然一声不响，埋着头装出若无其事的样子，实际上暗暗地用全力按捺住心中的不平，惟恐暴露了自己，引火烧身。我只是小心地保护自己，一点也未尽到作为一个作家、作为一个普通人所应尽的职责。"

"用'积极性'这样的字眼并不能恰当地说明他的心愿和心情。人多么愿意多做自己想做而又能做的事情！"

"我想人都是要死的，人的最大不幸就是活着不能多做自己想做的工作。满涛同志遭遇不幸的时候，我没有支持他，没有出来说一句公道话，只是冷眼旁观，对他的不幸我不能说个人毫无责任。"①

文章撰写于 1982 年 3 月 25 日，这是一篇饱含深情、对故人满涛同

---

① 巴金：《怀念满涛同志》，《真话集》，人民文学出版社 2018 年版，第 124—128 页。

志深切缅怀的篇章。字里行间，流淌着友情的温暖与责任的重担，以及对时代洪流中个体命运无奈与悲凉的深刻省思。满涛，这位曾给予巴金无尽温暖与欢笑的朋友，却在时代的风暴中遭受了不公的待遇。在巴金初抵陌生环境、倍感孤独与迷茫的日子里，满涛的善意如同冬日里的一缕暖阳，穿透寒冷，照亮了巴金的心房。那熟悉的四川话，如同家乡的呼唤，让巴金在特殊的境遇中感受到了难得的温暖与慰藉。然而，这份珍贵的友谊在历史岁月的动荡中，被无情的现实撕得支离破碎。

面对满涛的不幸，巴金选择了沉默。在那个动荡不安的年代，每一个微小的声音都可能成为引火烧身的火种。巴金，这位敏感的作家与知识分子，尽管内心波涛汹涌，却不得不小心翼翼地保护自己，以免被卷入更深的旋涡。他未能为朋友挺身而出说一句公道话，这份沉默对他来说，是一种难以言喻的煎熬。

巴金的内心充满了自责与痛苦。作为作家、有良知的知识分子，他认为自己有责任为正义发声，为朋友辩护。然而，现实的无奈与恐惧让他选择了沉默，这份自责如同一块巨石，沉甸甸地压在他的心头。对他而言，这是在对人性与良知的严峻考验下，对友谊的背叛。巴金以残酷的现实，勇敢地剖析自己的内心，揭露了自己的软弱与无奈。他的经历，向我们展示了一个知识分子在时代洪流中的挣扎与觉醒。这篇文章如同一面镜子，提醒着后人：无论身处何种年代，我们都应坚守良知与勇气，勇于发声，勇于担当。唯有如此，我们才能在人生的旅途中，无愧于心，不负韶华。

＊ 82 ＊

说真话之四

——信任是最好的教育

"说真话不应当是艰难的事情。我所谓真话不是指真理，也不是指正确的话。自己想什么就讲什么；自己怎么想就怎么说——这就是说真话。你有什么想法，有什么意见，讲出来让大家了解你。倘使意见相同，那就在一起作进一步的研究；倘使意见不同，就进行认真讨论，探求一个是非。这样做有什么不好！"

"几十年来我经常想起它，这是对我最好的教育，比板子、鞭子强得多：不能辜负别人的信任。"

"我不曾见父亲审过大案，因此他用刑不多。父亲就只做过两年县官，但这两年的经验使我终生厌恶体刑，不仅对体刑，对任何形式的压迫，都感到厌恶。古语说，屈打成招，酷刑之下有冤屈，那么压迫下面哪里会有真话？"

"奇怪的是有些人总喜欢相信压力，甚至迷信压力会产生真言，甚至不断地用压力去寻求真话。的确有这样的人，而且为数不少。"

"在那样的日子里我早已把真话丢到脑后，我想的只是自己要活下去，更要让家里的人活下去，于是下了决心，厚起脸皮大讲假话。有时我狠狠地在心里说：你们吞下去吧，你们要多少假话我就给你们多少。有时我受到了良心的责备，为自己的言行感到羞耻。有时我又因为避免了家破人亡的惨剧而原谅自己。"

"但丁的诗给了我很大的勇气。"

　　"爱听假话和爱说假话的人都受到了惩罚，我也没有逃掉。"①

　　撰写于1982年4月2日的"随想"系列，第四篇"论说真话"开启了一场深刻的探讨。巴金于文首即阐明了一个朴素而深刻的道理："说真话不应当是艰难的事情。"然而，在现实的泥淖之中，讲真话却往往化作了稀缺之品，成为对勇气与责任感的严峻考验。

　　本真而言，说真话是人性最直接的流露，是灵魂深处未经雕琢的声音，它无须华丽的辞藻，更无须遮掩粉饰，仅需一颗赤诚之心，坦诚地分享自己所思所感。但为何在纷繁复杂的世界里，这份纯真变得如此难以维系？巴金以其亲身经历，为我们剖析了这一现象的根源。在那个动荡不安的时代背景下，为了生存，为了家庭的安危，他曾被迫将真话深埋心底，违心地随波逐流，吐出违心之言。这种违背本心的行为，虽暂时换得了表面的平静，却让他内心长期承受着无尽的煎熬。巴金回溯童年，在父母膝下所受的教诲，尤其是母亲那毫无保留的信任，成为他在逆境中坚守信念、不负所托的精神支柱。他深信，信任是维系人际关系的最强纽带，也是真话得以生存的土壤。

　　对于任何形式的强制与压制，巴金始终抱持着深切的反感。他忆起父亲担任县官时所见的种种冤屈，那些在严刑拷打下的不实之词，让他对一切企图通过压力榨取真相的行为深感不齿。他认为，在压迫的阴影下，真话犹如脆弱的幼苗，难以茁壮成长，更遑论广泛传播。因此，对于那些盲目相信压力能催生真诚的人，他表达了不解与批判。真话，是心灵的自由翱翔，是思想的火花四溅，是推动社会进步不可或缺的基石。

　　在经历了压制与信任的激烈碰撞后，巴金毅然决然地选择了说真

---

　　① 巴金：《说真话之四》，《真话集》，人民文学出版社2018年版，第129—133页。

话的道路。他深知，这一选择伴随着风险与挑战，但他更加明白，沉默与谎言只会让局势更加恶化。他从但丁的诗行中汲取灵感与勇气，坚定了自己的信念，义无反顾地踏上了这条不归之路，不再退缩，不再回望，只为守护那份珍贵的真实与自由。

∗ 83 ∗
未来（说真话之五）
——向上、向前的努力

"客人告辞，我回到寝室，一进门便看见壁炉架上萧珊的照片，她的骨灰盒在床前五斗柜上面。"

"萧珊逝世整整十年了。"

"陆游不但有伤痕，而且他的伤痕一直在流血，他有一些好诗就是用这血写成的。"

"我默念这些诗，诗人的痛苦和悲伤打动我的心，我难过，我同情，我思索，但是我从未感到绝望或失望。"

"从伤痕里滴下来的血一直是给我点燃希望的火种。"

"产生希望的是努力，是向上、向前的努力，而不是豪言壮语。"

"我在《随想录》中不断地提出问题，发表意见，正因为我有恐惧。"

"保护下一代，人人有责任。保护自己呢，我经不起更大的折腾了。过去我常想保护自己，却不理解'保护'的意义。保护自己并非所谓明哲保身，见风转舵。保护自己应当是严格要求自己，面对现实，认真思考。不要把真话隐藏起来，随风向变来变去，变得连自己的面目也认不清楚，我这个惨痛的教训是够大的了。"

"纵然是年近八旬的老人，我也还有未来，而且我还有雄心壮志塑造自己的未来。望梅止渴、画饼充饥的年代早已过去，人们要听的是真话。我是一个什么样的人？是不是想说真话？是不是敢说真话？无论如何，我不能躲避读者们的炯炯目光。"①

文章撰写于1982年4月14日，"说真话"系列的终结篇章，承载着巴金对逝去爱妻萧珊无尽的哀思。十年光阴流转，萧珊的离去犹如一道刻骨铭心、永不愈合的伤痕，深深镌刻在巴金的心田。在这份深沉的悲痛中，巴金却意外寻获了一股重生的力量。他借陆游之诗句，抒发了内心的痛楚与坚韧："不但有伤痕，而且他的伤痕一直在流血。"正是这些由伤痕渗出的血滴，一点一滴，汇聚成了点燃希望之光的火种。巴金在绝望的深渊中涅槃重生，重新唤醒了对生活深刻的反思与对未来的不懈探索。

他深刻领悟到，真正的保护绝非逃避现实的苟且，亦非明哲保身的自私，而是一种勇于直面现实、敢于承担责任的壮志豪情。回顾往昔，巴金对自己曾经的"保护"行为进行了深刻的反思，认为那不过是自我欺骗的逃避之举。真正的保护，应当是守护自己的灵魂净土，坚守生命的价值与尊严。这要求我们在面对生活与社会的重重挑战时，能够坚守原则，不随波逐流，勇于发声，即便那真话可能遭遇冷落，甚至招致麻烦。巴金以坦诚之心面对读者，用个人的经历与感悟

---

① 巴金：《未来（说真话之五）》，《真话集》，人民文学出版社2018年版，第134—138页。

触动人心，唤醒人们内心深处的真诚与勇气。这种保护，是一种精神的引领与传承，它赋予人们在纷繁复杂的社会环境中保持清醒、坚定信念的力量，使人不被虚伪与谎言所蒙蔽。

巴金的"保护观"，体现他个人的品格之余，更为我们提供了一个重新审视"保护"内涵的独特视角。在当今社会，我们更应珍视真话的力量，勇于发声，以实际行动去守护那些值得守护的人与事。无论是守护自己的灵魂不被世俗侵蚀，还是保护下一代免受虚假信息的荼毒，抑或是捍卫这个世界免受谎言与欺骗的摧残，我们都需要挺身而出，以真话为灯，照亮前行的道路。

＊ 84 ＊

解剖自己
——不会再走过去的老路

"我就老实地告诉他：用不着为这种事抱歉。我还说，我当时虽然非常狼狈，讲话吞吞吐吐，但是我并没有流过眼泪。"

"我站在那里，心想这两三个小时的确很难过去，但我下定决心要重新做人，按照批判我的论点改造自己。"

"两次杂技场的大会在我的心上打下了深的烙印。"

"要不是为了萧珊，为了孩子们，这一次我恐怕不容易支持下去。"

"使我感到可怕的是那个时候自己的精神状态和思想情况，没有掉进深渊，确实是万幸，清夜扪心自问，还有点毛骨悚然。"

"了解了自己就容易了解别人。要求别人不应当比要求自己更严。"

"但幸运的是我找回了失去多年的'独立思考'。有了它我不会再走过去走的老路，也不会再忍受那些年忍受过的一切。"

"'该忘记的就忘掉吧，不要拿那些小事折磨自己了，我们的未来还是在自己的手里。'我紧握客人的手，把他送到门外。"①

此篇文章撰写于1982年4月24日，巴金再次以"杭州"与"病中"落款。文中流露出深刻的自我剖析与反思，以及对人际关系处理、个人修为与独立思考的独到见解。当友人因过往对巴金的不当行为而深感歉疚时，巴金展现出一种超凡脱俗的豁达："用不着为这种事抱歉。"他坦言，尽管当时身处逆境，却未曾落泪，如今对那段经历已淡然无忆。这是巴金对人生历程的深刻理解，更是他坚韧不拔、从容自若人生态度的体现：重要的是从过往的错误中汲取智慧，勇往直前，对于过往的尘埃，无须过分纠缠。

巴金着重强调，人应首先严于律己，而后方能要求他人。面对曾经的过失与伤痛，唯有独立思考方能拨开迷雾，为诸多谜团找到答案。这是他对人性深刻洞察的体现，也是他对过往的一种温情释怀。巴金重拾了"独立思考"这一宝贵财富，他时刻警醒后人，以免重蹈历史覆辙。他对友人说道："我们的未来紧握在自己手中。"这句话凸显了个人责任与自我决定的重要。未来，不再受任何外界力量的左右，而是由我们自主抉择与奋斗。这意味着，巴金对未来的憧憬建立在自我要求的基础之上，他坚信每个人都应为自己的未来、人类的未来肩负起责任，通过实际行动去塑造与改变它。

---

① 巴金：《解剖自己》，《真话集》，人民文学出版社2018年版，第140—143页。

＊ 85 ＊
西湖
——我偏爱此地

"我的身体好比一只弓，弓弦一直拉得太紧，为了不让弦断，就得让它松一下。我已经没有精力'游山玩水'了，我只好关上房门看山看水，让疲劳的身心得到休息。"

"苏堤曾经给我留下深的印象，五十年前我度过一个难忘的月夜，后来发表了一篇关于苏堤的小说。"

"全国也有不少令人难忘的名胜古迹，我却偏爱西湖。"

"人物、历史、风景和我的感情融合在一起，活起来了，活在我的心里，而且一直活下去。我偏爱西湖，原因就在这里。岳飞、牛皋、于谦、张煌言、秋瑾……我看到的不是坟，不是鬼。他们是不灭的存在，是崇高理想和献身精神的化身。西湖是和这样的人、这样的精神结合在一起的，它不仅美丽，而且光辉。"①

撰写于1982年4月28日的这篇，细腻地勾勒出巴金对西湖独有的情谊，字里行间满溢着他对这片景致的特殊依恋。他将自己比作一张紧绷的弓弦，而西湖则是那片温柔乡，让他的心灵得以松弛，为疲惫的身躯提供了一方宁静的避风港。苏堤上那轮皎洁的明月，成为镌刻在他心间永恒的记忆，五十年前的那个月夜，深深烙印于他的脑海，对理想的坚持，对未来的向往，蹿动于内心的灵感火花，点燃了他的

---

① 巴金：《西湖》，《真话集》，人民文学出版社2018年版，第144—146页。

创作激情，化作一部部流传至今的小说佳作。

那么，究竟还有何种缘由促使巴金晚年仍对"西湖之梦"情有独钟，笔下屡屡描绘烟霞洞中那位令人敬仰的友人呢？学者陈思和在《巴金晚年的理想主义》一文中给出了详细的解读："巴金之所以在晚年仍执着于书写西湖，是因为他心中那份未竟的理想依然炽热。尽管曾经的政治抱负已随风而逝，但他仍坚持在伦理的田野上播种理想的种子。"①

西湖，对于巴金而言，是梦想启航之地，是青春热血与崇高理想交织的回忆之所，更是他与挚友相聚、缅怀心中英雄的圣地。这里，每一处风景都承载着他个人的情感与思绪，成为他精神世界中一抹不可替代的色彩。巴金对西湖的爱，实则是对人性美好不灭的信念，他坚信人与人之间互助互爱的本能，是构筑人生坚韧基石、赋予生命以爱之底色的力量源泉。这份爱，热烈而深沉，如同西湖之水，绵绵不绝，滋养着他笔下每一个字符，也温暖着每一个读者的心房。

＊ 86 ＊
思路
——要动脑筋思考

"人到了行路、写字都感到困难的年龄才懂得'老'的意义。我现在也说不清楚什么时候开始感觉到身上的一切都在老化。"

"忽然发觉自己手脚不灵便、动作迟缓，而且越来越困难，平时

---

① 陈思和：《巴金晚年的理想主义》，《名作欣赏》2016年第7期。

不注意，临时想不通，就认为'老化'是突然发生的。"

"我见过一种人：他们每天换一个立场，每天发一样言论，好像很奇怪，其实我注意观察、认真分析，就发现他们的种种变化也有一条道路。变化快的原因在于有外来的推动力量，例如风，风一吹风车就不能不动。"

"我不能不承认这个令人感到不愉快的事实：自己在衰老的路上奔跑。"

"肉体的衰老常常伴随着思想的衰老、精神的衰老。动作迟钝、思想僵化，这样密切配合，可以帮助人顺利地甚至愉快地度过晚年。我发现自己的思想和精神状态同衰老的身体不能适应，更谈不上'密切配合'，因此产生了矛盾。"

"我明知这斗争会逼使自己提前接近死亡，但是我没有别的路可走。"

"后来我甘心做了风车，随着风转动，甚至不敢拿起自己的笔。"

"这些文章的读者和评论者不会想到它们都是一个老人每天两三百字地用发僵的手拼凑起来的。我称它们为真话，说它们是'善言'，并非自我吹嘘，虚名对我已经没有用处。"

"然而我一动脑筋思考，思想顺着思路缓缓前进，自己也无法使它们中途停下。"

"人是要动脑筋思考的，思想的活动是顺着思路前进的。你可以引导别人的思想进入另外的一条路，但是你不能把别人的思想改变成见风转动的风车。"

"用自己的脑子思考，越过种种的障碍，顺着自己的思路前进，很自然地得到了应有的结论。"①

　　文章撰写于1982年5月6日。这一年对巴金而言，是身体健康显著下滑的一年。相较前些年，他那尚未被确诊的帕金森综合征正悄然加剧，使他频繁体会到力有未逮的无奈。行走的蹒跚、书写的艰难，一点一滴中，他深刻感受到了"老之将至"的沉重。这份对衰老的认知，并非一朝一夕之事，从《随想录》的首卷至第三卷，我们不难发现，巴金在生活的细枝末节中屡屡提及自己的体力衰退、反应迟缓……

　　面对如此境遇，巴金并未选择安逸地步入晚年，任由思想与意志随身体一同衰退凝固。相反，他以敏锐的洞察力，审视着社会上那些随风摇摆、立场多变的群体，一针见血地指出，这些看似纷繁复杂的变化背后，实则隐藏着清晰可辨的外界操纵力。这种对外在影响的盲目追随，与巴金内心深处坚守的独立思考精神形成了强烈反差。真正的思考，不应如同风车般被外界风力所左右，而应像河流那样，尽管路径曲折，却能始终保持自己的方向，时而奔腾不息，时而静谧流淌。

　　巴金将自己比作在衰老之路上奔跑的旅人，深切体会到肉体与精神之间的日益疏离。这份矛盾，更加坚定了他独立思考的立场，这意味着他要与时间的流逝进行一场更加艰难的竞赛。在巴金眼中，真正的衰老不在于肉体的衰败，而在于心灵的封闭，是对世界好奇心与探索欲的丧失。因此，他毅然地继续执笔，手指僵硬，也坚持每日记录"随想"，用文字铭记生命，捍卫独立思考的宝贵价值。

---

　　① 巴金：《思路》，《真话集》，人民文学出版社2018年版，第149—154页。

这位颤抖中的老人，在人生的黄昏时分依旧光芒四射，用他的故事警示我们：无论身处何种环境，都应保持思想的独立与鲜活，以个人的视角探索世界，勇敢地发出自己的声音。

* 87 *

"人言可畏"

——"做一个女人，真难！"

"评论一篇小说，各人有各人的尺度。我说一篇作品写得好，因为它真实地反映了我们时代的生活，因为它打动了我的心，使我更深切地感觉到我和同胞们的血肉相连的关系，使我更加热爱我们这个多灾多难的国家和善良、勤劳的人民。"

"我读了好的作品，总觉得身上多了一股暖流和一种力量，渴望为别人多做一点事情。好的作品用作者的纯真的心，把人们引向崇高的理想。所以我谈起那些作品和作者，总是流露出感激之情。"

"于是我的眼前出现了沉静的、布满哀愁的女性的面颜。我记起来了，一位作家两次找我谈话，我约定了时间，可是我的房里坐满了不速之客，她什么话也没有讲。我后来才知道她处在困境中，想从我这里得到一点鼓励和支持，我却用几句空话把她打发走了。"

"我太天真了，我以为像她这样一个有才华、有见识、有成就的作家一定会得到社会的爱护。"

"建设社会主义的精神文明必须跟一切带封建性的东西划清界限。"

　　"有人说：'我们的社会竟然是这样的吗？'可是我们生活于其中的复杂的社会里的确有很多封建性的东西，我可以举出许多事实来说明小说结尾的一句话：

　　'做一个女人，真难！'"

　　"但是这种情况绝不会长期存在下去。《方舟》作者所期待的真正的男女平等一定会成为现实。"①

　　文章撰写于1982年5月16日。在巴金的心中，优秀的文学作品是时代风貌的真实镜像，是触动灵魂、引发情感共鸣的桥梁。每当沉浸于佳作之中，他总能感受到一股暖流涌上心头，这份情感体验温暖了他自己，也激发了他为他人奉献的热忱。优秀的作品，凭借其纯真的情感内核，引领读者向更高的理想境界迈进，这种精神上的滋养，让巴金对作品及其创作者充满了深深的敬意与感激。

　　然而，巴金内心深处却藏有一份自责。当一位才华横溢却身陷舆论旋涡的女作家向他伸出求助之手时，由于种种缘由，他未能给予及时而充分的支持与帮助。这一经历，让他深刻意识到，哪怕在文学界这片相对自由的天地里，女性作家依然面临着诸多不公与忽视，她们的才华与努力往往被社会的偏见所掩盖。

　　更进一步地，巴金直指女性在社会中所遭受的不公正待遇，将其视为封建残余思想对女性身心的束缚与压迫。在他的早期作品中，塑造了一系列令人难忘的先锋女性形象，如《家》中温婉贤淑又不失新时代女性独立精神的琴，她勇敢追求个人梦想；《新生》中深谙工人疾苦、毅然投身革命的李静淑和张文珠，她们以实际行动诠释了女性

---

　　① 巴金：《"人言可畏"》，《真话集》，人民文学出版社2018年版，第155—158页。

力量的觉醒；还有《寒夜》中敢于打破封建枷锁、追求自我价值与社会尊严的曾树生，她们都是巴金笔下新女性的典范。

巴金还提到，尽管部分女性作家已在文学领域取得了显著成就，但她们依然难以完全摆脱社会的偏见与歧视。这既是对当时社会性别不平等现状的深刻反映，也体现了巴金为女性创作争取更加公平、自由发展空间的不懈努力。尽管如此，巴金对未来仍抱有坚定的信念。他坚信，随着时代的进步与社会的发展，真正的男女平等终将到来。届时，女性将能够挣脱一切束缚，与男性并肩而立，平等地享有各项权利与机会。

＊ 88 ＊
上海文艺出版社三十年
——生命的意义在于付出

"但实际上我却做了十几年编辑和校对的工作，所以朋友一提到这件事，我就明白他的意思：这里面也有你十几年的甘苦和心血，你总得讲两句。"

"他的话像锄头一样打中了我的要害，我本来决定不写什么，但是想到了自己过去的工作就有点坐立不安，不能沉默下去了。那么想到什么就写点什么吧。"

"我没有计划，更没有所谓雄心壮志。"

"我在文化生活出版社工作了十四年，写稿、看稿、编辑、校对，甚至补书，不是为了报酬，是因为人活着需要多做工作，需要发散、消耗自己的精力。我一生始终保持着这样一个信念：生命的意义在于付出、在于给予，而不是在于接受，也不是在于争取。所以做补书的工作我也感到乐趣，能够拿几本新出的书送给朋友，献给读者，我认为是莫大的快乐。"

"我见过不少鲁迅、茅盾的手稿，它们都是优美的艺术品。"

"我过去搞出版工作、编丛书，就依靠两种人：作者和读者。得罪了作家我拿不到稿子；读者不买我编的书，我就无法编下去。我并不怕失业，因为这是义务劳动。不过能不能把一项工作做好，有关一个人的信用。"

"尽管在学识上，在能力上我都有缺点，但是我有一种不错的想法：编者和作者站在平等的地位；编辑同作家应当成为密切合作的朋友。"

"我们工作，只是为了替我们国家、我们民族作一点文化积累的事情。"

"那么即使终生默默无闻，坚守着编辑的岗位认真地工作，有一天也会看到个人生命的开花结果。"

"没有过去的文化积累，没有新的文化积累，没有出色的学术著作，没有优秀的文艺作品，所谓精神文明只是一句空话。"①

文章于1982年5月27日完稿，巴金第三次在"随想"中郑重署下"写完"二字。巴金与上海文艺出版社的前身——文化生活出版社（简

---

① 巴金：《上海文艺出版社三十年》，《真话集》，人民文学出版社2018年版，第159—164页。

称"文生社"）之间，有长达十四载、情深义重的缘分，其间他无私奉献，身兼多职。1935年，应吴朗西之邀，巴金加入了由吴朗西、丽尼等人共同筹办的文生社，并担纲总编辑之职。在此期间，他亲自甄选稿件，还涉足书籍的封面设计、装帧艺术及宣传推广，一手策划推出了"文学丛刊""译文丛书"等多套具有深远影响的丛书系列。

深入探讨巴金在文生社的编辑生涯，我们不得不被其卓越的编辑理念与深邃的社会责任感打动。那十四年的光阴，对巴金而言，是生命中最为璀璨的篇章。他全身心投入看稿、创作、编辑、校对，甚至亲手修补书籍，以生命之火，点燃文化的灯塔。巴金视编辑工作为对社会的回馈、对文化的传承，是精神层面的自我超越与实现。

在巴金的编辑哲学中，编辑是连接作者与读者的桥梁，是文化的传播者与守护者。他秉持平等、尊重的原则，深入作者的内心世界，理解并传达他们的创作初衷，从而编纂出更加贴近读者心灵、充满生命力的作品。同时，巴金深知读者的力量，他以真诚之心对待每一位读者，这种对作者与读者的双重关怀与沟通，使他在编辑岗位上始终保持着高度的责任心与神圣的使命感。

巴金将编辑工作视为一种文化的积淀与传承，他在编辑过程中始终坚守着为国家、为民族积累文化瑰宝的信念。他所编辑的丛书、校对的稿件，着眼于当下的文字呈现，更预见到未来的文化价值。这种宏大的文化视野与深厚的历史责任感，正是巴金一生所秉持的人生信条：生命的意义，在于无私地奉献，在于不断地给予。

＊ 89 ＊
三访巴黎
——坦率、善良、真诚

"年轻人都讲着我熟习的语言，虽然他们来自世界各地，有着不同的遭遇。我一下子就想起了二十年代的自己，我的心和他们的心贴近了，我轻快地写着自己的名字，仿佛他们是我的亲友。"

"朋友们催我走，我的心却愿意留在读者们的中间。"

"看到他的笑脸，我抑制不住奔放的感情，很自然地扑了过去。我们紧紧地抱在一起。他无恙，我也活着，书店比两年前更兴旺，书也似乎多了些。"

"我写字吃力，却并不感到疲劳。"

"我很想知道法国知识界的情况，主人谈了她的一些看法。正直，善良，真诚，坦率，喜欢独立思考……二十年代我见到的知识分子就是这样。"

"他的坦率并不使我生气。朋友间只有讲真话才能加深相互了解，加深友情。有些人过分重视礼貌，在朋友面前有话不讲，只高兴听别人的好话，看别人的笑脸，这样交不上好朋友。别人不了解我并不等于反对我，事情终于会解释明白，有理可以走遍天下。他要是不能说服我，我绝不会认错。"

"对国际笔会我个人有特殊的看法：它应当成为世界作家的讲坛，它应当成为保卫世界和平、发展国际文化的一种强大的精神力量。这是理想，这是目标，我以为它的前途是十分光明的。"

"从国外回来我常常想到我们一句俗话：'在家千日好。'在我们这里'个人奋斗'经常受到批判，吃大锅饭混日子倒很容易，我也习惯了'混'的生活，我不愿意、也不可能从早到晚地拼命干下去了。然而我能说那样拼命干下去的人就是'精神空虚'吗？"

"'我们这个时代就是这样，大家都像在高速公路上行车，你得往前奔，不能停啊。别人不让你停啊！'"

"'精神空虚'呢，'精神空虚'的人是没有精力和勇气往前飞奔的！……"[①]

文章撰写于1982年5月31日，巴金对读者的深情厚谊与炽热情感，构成了他文学创作中最为动人的灵魂。每当与读者相遇，他的心便如沐春风，数十年来，他始终将读者视为挚友亲朋，耐心倾听他们的故事，用文字细腻地回应着每一份心声。到了1982年，当写字已成为一种挑战，巴金仍乐此不疲地在每一本书上为读者郑重签下自己的名字，这份真诚，是对读者深情厚爱的最好诠释。

巴黎凤凰书店的那场大火后，巴金对贝热隆先生的牵挂从未间断。当两人再次重逢，即便是内敛的巴金，都抑制不住内心的激动，大步向前，与贝热隆先生紧紧拥抱。这不仅是一个拥抱，更是对过往岁月的深情回望，对友情的珍视与不舍。在巴金的心中，友情如同生命中最璀璨的星辰，穿越时空的阻隔，将两颗心紧紧相连。巴金在文中还鲜明地表达了对学者治学态度的期许。他特别强调了学者应具备

---

① 巴金：《三访巴黎》，《真话集》，人民文学出版社2018年版，第166—172页。

的几大品质：正直、善良、真诚、坦率以及独立思考。这些品质是他对法国知识界的高度赞誉与他一生所追求的学者风范。巴金认为，学者作为社会的智者，其言行举止对社会风气与方向有着深远的影响。正直是学者的立身之本，它意味着坚守道德底线，不随波逐流，勇于承担社会责任，敢于直言不讳。善良则是学者情感的基石，它让学者在追求知识的同时，不忘关怀他人，关注社会弱势群体的福祉，以宽容和理解的心态面对不同的声音。

真诚与坦率，在巴金看来是学者之间交流的基石。只有建立在真诚与信任的基础上，学术才能繁荣与进步。坦率也意味着勇于承认自己的错误与不足，敢于接受他人的批评与建议，这是学者成长的必经之路。独立思考，更是巴金在"随想"中反复强调的原则。学者应具备独立思考的能力，不盲从权威，不轻易接受现成的结论，而是敢于质疑、敢于探索未知，用理性的思维去剖析问题、解决问题。

最后，巴金对那种养尊处优、懒散度日的状态进行了深刻的批判。作为五四新文化运动影响下的知识分子，他深知奋斗是生命的原动力，是治愈"精神空虚"的良药。他深刻洞察到，"精神空虚"是现代社会中普遍存在的问题，当人们沉迷于物质的享受和表面的安逸时，往往会忽视内心的追求和精神的成长。长此以往，空虚感将逐渐侵蚀人的意志和信念。因此，巴金竭力呼吁人们要摒弃这种"混沌"的态度，以奋斗为基石，不断挑战自我、超越自我，方能真正活出生命的精彩与意义。

＊ 90 ＊
知识分子
——经受得住血和火的考验

"我不能不想到自己过去常说的一句话：'我写文章如同在生活。'"

"汪文宣的身上有我的影子，我写汪文宣的时候也放进了一些自己的东西。"

"在战时的重庆和其他所谓'大后方'，知识分子的生活都是十分艰苦的。小说里的描写并没有一点夸张。我要写真实，而且也只能写真实。我心中充满悲愤，我不想为自己增添荣誉，我要为受难人鸣冤叫屈。我说，我要控诉。"

"那些年我不止一次地替知识分子讲话。"

"那几年在抗战的大后方，我见到的、感受到的就是这样：知识分子受苦，知识受到轻视。人越善良，越是受欺负，生活也越苦。人有见识，有是非观念，不肯随波逐流，会处处受歧视。爱说真话常常被认为喜欢发牢骚，更容易受排挤，遭冷落。"

"我写《寒夜》，也是在进行斗争，我为着自己的生存在挣扎。我并没有把握取得胜利，但是我知道要是松一口气放弃了斗争，我就会落进黑暗的深渊。说句心里话，写了这本小说，我首先挽救了自己。轻视文化、轻视知识的旧社会终于结束了，我却活到现在，见到了光明。"

"在文章里我说，我'所攻击的是一种倾向、一种风气：这风气，这倾向正是把我们民族推到深渊里去的努力之一'。"

　　"这'沉落'的路当然不会是中国知识分子的道路！经过了八年的抗战，我们可以说中国知识分子是经受得住这血和火的考验的。即使是可怜的小人物汪文宣吧，他受尽了那么难熬的痛苦，也不曾出卖灵魂。"

　　"中国人民永远忘记不了闻一多教授。"①

　　文章编纂于1982年6月5日，它是"随想"《真话集》的最终篇章。巴金再次将个人经历与文学创作的紧密联系呈现于读者面前。巴金的一生，如同中国近现代史的一部活生生编年史，经历了抗日战争、解放战争等诸多重大历史时期。在那个战火纷飞、动荡不安的年代，知识分子的角色尤为复杂而微妙：他们既是社会进步的先锋，肩负着文化传承与智慧启迪的重担；同时，在战争的阴霾下，资源稀缺与社会动荡又常常使他们的生活陷入困窘，得不到尊重，遭受误解乃至被轻视。

　　巴金在文中生动描绘了战时重庆及其他"大后方"知识分子的艰辛生活，他们的付出与贡献往往被忽视，甚至面临不公待遇。这种社会地位的不平等，激发了巴金等知识分子以文载道的决心，他们通过文学作品为苦难者代言，揭露社会的种种不公，为真理与正义挺身而出。

　　《寒夜》便是巴金笔下战乱年代知识分子的群像典型，通过主人公汪文宣这一角色，他刻画了小知识分子在动荡年代的生存挣扎与精神煎熬。巴金坦言，汪文宣身上有着他自己的影子，他将亲身经历与深切感受融入作品中，借汪文宣之口，传递出就算在最暗淡无光的时

---

　　① 巴金：《知识分子》，《真话集》，人民文学出版社2018年版，第173—179页。

刻，知识分子的执着追求也绝不会"沉沦"的坚定信念。他们历经血与火的洗礼，在逆境中展现出坚韧不拔的精神风貌，坚守着内心的良知与信念。

巴金始终坚信，知识分子是社会的良心所在，他们不应也不会因外界的压力而妥协放弃对真理的追寻。在抗战时期，他屡次发声，批判那些贬低知识分子、压制思想自由的不良风气。他满怀信心地展望，随着旧社会的终结，一个尊重知识、崇尚真理的新时代必将到来。这是巴金对知识分子群体命运的深刻记录与反思，也是他对未来社会的美好憧憬与殷切期望。

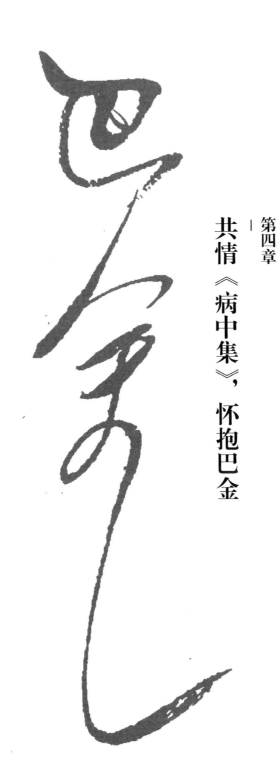

第四章
共情《病中集》，怀抱巴金

谈病说痛的象征之网

《病中集》堪称"随想"系列中最为揪心的一卷。在这一卷里，巴金以第一人称的亲切笔触，身临其境地诉说着自己与病痛的切身搏斗，细述病中点滴；同时，他又仿佛一位超然的旁观者，从疾病的表象中抽离出来，以其独特的疾病体验为棱镜，折射出社会深层的症结与时代的痼疾。这卷书不仅是他个人与病魔抗争的真实写照，更是一幅精心勾勒的社会、历史与人际关系交织的象征之网。巴金的病痛是那般真实可触，而他在书写过程中的深刻省思，则赋予了这些疾病及其带来的感受以双重乃至多重的深邃意蕴，使其成为映照时代风貌与社会现状的鲜明隐喻。

开篇的《"干扰"》一文，生动展现了巴金坚韧不拔的文学之魂。在病痛的重重困扰下，他依然坚守着写作的阵地，面对帕金森综合征带来的身体日渐衰退，写作之路变得异常崎岖。即便如此，巴金仍坚持每天写下两三百字，用文字作为出口，倾诉着内心的痛楚，释放着积压的苦闷。他深知，写作不仅是他与外界沟通的桥梁，更是他展现自我、传递深邃思想的最佳载体。病痛虽烈，却阻挡不了他对文字的执着与热爱，文字是巴金生命的延续与精神的坚实依托。巴金以自己的实际行动，深刻诠释了何为真正的文学之魂：不畏艰难险阻，不惧病痛折磨，只为心中那份对文学的挚爱与坚定信念。这种精神，激励着巴金本人在病痛的泥淖中奋勇前行，更为每一个热爱文学、热爱生活的人树立了光辉的榜样。

这种信念在《再说现代文学馆》一文中得到了更为清晰的延续。巴金再次重申了他对建立现代文学馆的执着追求与坚定不移的信念。他强调文学是民族宝贵的精神财富，是文化传承不可或缺的重要纽带。这位病榻上的耄耋老人，满怀希冀地希望通过文学馆的建立，能够系统性地回顾、梳理并珍藏中国现代文学的辉煌篇章，让后世之人能够清晰地见证并理解这一历史时期内文学所取得的成就与贡献。这份对文化传承的执着与坚守，体现了巴金作为文学巨匠的深厚担当与高远情怀，更为每一个心系文化传承、致力于文化繁荣的人提供了宝贵的启示与无尽的鼓舞。在此，巴金的病痛已超越了个人的生命体验范畴，成为他深入思考社会与文化的独特切入之穴。

在"病中"系列文章里，巴金细腻地描绘了他因帕金森综合征及诸多老年疾病（包括骨折的折磨、眼疾的困扰、耳鸣的轰鸣，以及时不时的发烧感冒等）所承受的种种苦痛。这些疾病，像一道道枷锁，将他束缚在医院的"牵引架"上，让他在背后疮疡未愈的煎熬中，深思封建思想的顽固"毒瘤"；在压缩性骨折的漫长休养期里，痛叹历史的沧桑过往。在这些饱含深情的文字中，疾病已超越了其生理层面的症状，化作了一种值得深入剖析的生命状态。

巴金在病痛的侵袭下，真切地感受到了生命的脆弱与消逝，但他那颗不屈的心却决不轻言放弃。因为他深知自己还有太多未竟的事业等待完成，太多肺腑之言亟待倾诉。年轻时，巴金以《灭亡》等作品，控诉社会的不公，他的文字如烈火般炽热；病榻之上，他笔下的一篇篇"随想"，通过病痛的棱镜忧思历史与现实，他的情感依旧滚烫如初。无论时代如何更迭变迁，他的文字始终跳动着一颗诚挚而炽热的心，照亮着前行的道路，温暖着每一个读者的心灵。

在描绘病痛的笔触间，巴金巧妙地融入了对于友情与人生真谛的思索。在《怀念均正兄》等篇章中，他满怀深情地回溯了与挚友们的点点滴滴，字里行间流露出对往昔时光的深切怀念与对友人的无限感激。这些朋友，犹如他生命旅途中的盏盏明灯，不仅照亮了他前行的道路，更赋予了他源源不断的力量与温暖。在巴金的心目中，友情是人生旅途中最为珍贵的瑰宝之一，它使人在孤寂与逆境中寻得依托与安慰，也让他在病痛的折磨中依然能感受到人性的温情与坚韧。巴金对友情的深刻体悟，与他对生命的无限热爱紧密相连，共同织就了《病中集》细腻而深情的情感底色。然而，此卷的笔触并未仅仅停留于个人情感的抒发与经历的记录，而是进一步升华，触及对社会现实的敏锐洞察与批判。在这一卷册中，巴金延续了"随想"系列的另一核心主题：为那些身处弱势的群体发声，勇敢揭露社会的不公与种种弊病。即便身卧病榻，巴金依然保持着对社会的高度关注，以犀利的笔触批判那些漠视生命价值、忽视人性光辉的现象。他的文字，是对社会责任感的强烈呼唤，是对时代弊病的深刻反思。从早年手持"一根秃笔"为正义呐喊，到晚年在病痛缠身中仍坚持发声，巴金始终将文字作为自己有力的武器，为人民代言，这份使命感如同一条坚韧的纽带，贯穿了他波澜壮阔的一生。

《病中集》的尾声，巴金以一篇深情而沉重的《再忆萧珊》，将"病中"的情境推向了情感与思想的巅峰。他巧妙地将个人的深切悲痛与时代的累累伤痕融为一体，既展开了对历史无情的批判，又流露出对爱妻萧珊早逝的无尽愧疚之情。这篇文章，是巴金对亡妻深切的缅怀，也是一曲痛彻骨髓的控诉与反思。文中，巴金一遍遍地回溯着萧珊患病的点滴：她的病情因医疗资源的匮乏而急剧恶化，最终无奈地离开了这个世界。这是萧珊个人的悲剧，更是那个时代千千万万家庭共同承受的苦难缩影。萧珊的病逝，如同一把锋利的刀，始终插在巴金的心头不能拔出，也成了巴金痛斥历史对生命冷漠无情的有力证据。

当人与人之间的信任被无情地撕裂，亲情与友情在风雨中飘摇，爱与善良被压抑得扭曲变形，文中巴金的自责与反思，是对个人命运的悲叹，更是对知识分子在历史浩劫面前所扮演角色的深刻拷问和自省。《病中集》以巴金的病痛为线索，巧妙地串联起个人与社会、历史与现实等多重主题。巴金如一位声嘶力竭的勇者，用他的文字呐喊出他对生命意义的深刻领悟、对社会现状的犀利批判以及对历史进程的沉痛献礼。

∗ 91 ∗

"干扰"

——我只想做一个普通作家

"我本来预定每年编印一集，字数不过八九万，似乎并不费力。可是一九八一年我只发表了十二则'随想'，到今年六月才完成第九十则，放下笔已经筋疲力尽了。可以说今年发表的那些'随想'都是在病中写成的，都是我一笔一划地慢慢写出来的。"

"半年来我写字越来越困难，有人劝我索性搁笔休息，我又怕久不拿笔就再也不会写字，所以坚持着每天写两三百字，虽然十分吃力，但要是能把心里的火吐出来，哪怕只是一些火星，我也会感到一阵轻松，这就是所谓'一吐为快'吧。"

"我想用全力保持心境的平静，但没有办法。工作、计划、人民、国家……都不能帮助我镇压心的烦躁和思想混乱。"

"在这短短的三四个钟头里，什么理想、什么志愿全消失了。我只有烦躁，只有恐惧。我忽然怀疑自己会不会发狂。我在挣扎，我不甘心跳进深渊去。那几个小时过去了，我很痛苦，也很疲劳，终于闭上眼睛昏睡了。"

"特别是《人言可畏》，字数少，却在我的脑子里存放了好几个月。"

"开始写它，我好像在写最后一篇文章，不仅偿还我对几位作家的欠债，也在偿还我对后代读者的欠债。"

"细心的选者也可以看出《三访巴黎》和《知识分子》两篇并不是一口气写成的。两篇"随想"都是在去年年底和今年一月动笔，我写了不到三分之一就因别的事情干扰把它们搁在一边，差一点连原稿也不知去向……"

"我的工作室在二楼，有时我刚刚在书桌前坐下，摊开稿纸，就听见门铃在响，接着给人叫了下去。几次受到干扰，未完的手稿也不知被我放到哪里去了。"

"所以听见门铃声，我常常胆战心惊，仿佛看见过去被浪费掉的时间在眼前飞奔而去。我只能责备自己。一个作家有权利为他自己的写作计划奋斗，因此也有权同'干扰'作斗争。"

"在重视等级的社会里，人们喜欢到处划分级别。有级别，就有'干扰'。级别越高，待遇越好，'干扰'也越多。于是'干扰'也成了一种荣誉，人们为争取'干扰'而奋斗。看来萨特一口否认的'可能性'是毕竟存在的了。不是吗？"①

文章撰写于1982年7月14日，回溯《真话集》中各篇章的创作历程，时间跨度自1981年延伸至1982年。巴金先生的健康状况每况愈下，握笔书写越发成为艰巨挑战。原本就常被噩梦纠缠，背部囊肿的出现更是让他的睡眠雪上加霜。身体的苦痛拖慢了他的写作步伐，也使他的心境陷入焦躁与不安。写作，这项需要心灵沉静的艺术，在巴

---

① 巴金：《"干扰"》，《病中集》，人民文学出版社2018年版，第1—6页。

金的现实生活中，却常遭狂风骤雨般的侵扰，不得安宁。尽管身体欠安，外界的纷扰却未曾有丝毫减退。作为一位具有政治影响力的著名作家，巴金的生活远非外界所见的那样平和。他的居所频繁成为不速之客的目标，门铃声此起彼伏，严重干扰了他的创作进程。四面八方的需求与邀请接踵而来，这些接连不断的打扰让他心生畏惧，他本欲与时间赛跑，与死神竞速，却不得不将大量时间耗费在应对这些无休止的外界干扰上，巴金对此深表痛苦与无奈，同时也自责于自己无法有效抵挡这些侵扰。

在精神的重重压力下，巴金援引了萨特的观点——"不应将作家划分等级"。他坚信文学的价值应由作品本身来说话，所有创作者在文学的天平上都是平等的。巴金高度评价萨特对文学体制的批判，认为将作家分级束缚了创作的自由，还助长了社会上的浮躁之风。在他看来，所谓"高级别"与"优厚待遇"，这些看似光鲜的"荣誉"，实则成了阻碍作家沉浸创作、追求艺术真谛的"干扰源"。巴金的心声简单而纯粹——"我只愿做一名平凡的作家"，在文学的天地里，执笔为剑，默默耕耘。

＊ 92 ＊
再说现代文学馆
——从无到有，从小到大，量力而行，逐步发展

"每次见面，我都向他谈文学馆的事，快两年了，他以为这个馆总该挂起招牌来了。"

"我们并没有雄心壮志，也不想在平地上建造现代化的高楼。我们只打算慢慢地来，从无到有，从小到大，量力而行，逐步发展。"

"我们要求过,我们呼吁过。"

"我说过:'有了文学馆,可以给我国现代文学六十多年来的发展作一个总结,让大家看看我们这些搞文学工作的人究竟干了些什么事情。'"

"抗日战争初期大批青年不怕艰难困苦,甘冒生命危险,带着献身精神,奔赴革命圣地,他们不是也受到现代文学的影响吗?"

"我们的现代文学好像是一所预备学校,把无数战士输送到革命战场,难道对新中国的诞生就没有丝毫的功劳?"

"倘使先生今天还健在,他会为文学馆的房子呼吁,他会帮助我们把文学馆早日建立起来。"①

文章撰写于1982年8月17日,巴金先生对于中国现代文学馆的创立怀揣着满腔热忱与无限憧憬。他在多个公开场合及私下交流中,屡次强烈呼吁推进这一壮举。在巴金的心中,现代文学馆的建立超越了实体建筑其本身,它是对中国现代文学发展历程的一次深刻梳理与崇高致敬。他渴望通过这座文学殿堂的落成,能够系统性地回顾并整理中国现代文学的璀璨篇章,使后世子孙能够清晰地见证并理解这一历史时期的文学成就与卓越贡献。

然而,文学馆的建设之路并非坦途,面对层出不穷的困难与挑战,巴金先生展现出了非凡的耐心与坚韧不拔的毅力。他坚守着一代知识分子的初心与使命,秉持着"从无到有,从小到大,量力而行,逐步发展"的务实态度,甘愿从一点一滴做起,不奢求一蹴而就的辉煌。这种脚踏实地、深思熟虑的建设理念,充分展现出巴金对于文学

---

① 巴金:《再说现代文学馆》,《病中集》,人民文学出版社2018年版,第7—10页。

馆长远发展的深思熟虑与精心规划。同时，他也不避讳地表达了对项目进展缓慢的失望与忧虑，面对重重阻碍与挑战，他的无奈之中透露出深深的焦虑。

巴金对文学馆的建立如此执着，源于他对中国现代文学精神传承与发扬的深刻认识。现代文学作品在战争年代曾激励无数青年投身革命，为新中国的诞生奠定了坚实的文化基石。他以鲁迅先生为例，坚信若鲁迅仍在人世，也定会鼎力支持文学馆的创建。这份将个人理想与时代革命紧密相连的情怀，正是巴金对文学事业深沉责任感与崇高使命感的体现，也是他对文化传承与创新的坚定担当。

* 93 *

修改教科书的事件
——后人的眼睛是雪亮的

“近来大家都在议论日本文部省修改教科书的事件。中国人有意见，日本人也有意见，东南亚国家的人都有意见。”

“不过我们中国人也有自己的看法：后人的眼睛是雪亮的，而且这种事也不会拖到后代等后人来解决。”

“中年以上的中国人都不曾忘记日本军人的残酷暴行。”

“四五十年来我经常在考虑　个问题：中日人民之间有两千年的友谊，人民友谊既深且广，有如汪洋大海，同它相比，军国主义的逆流和破坏友谊的阻力又算得什么！但是怎么会让这逆流、这阻力占优势，终于引起一场灾难深重的战争，为什么呢？为什么呢？！”

"我对日本报纸（1935年）天天谩骂中国人的做法很有反感，便举出一些报导文章，证明它们全是无中生有。"

"我知道他们受骗上当，却无法同他们接近，擦亮他们的眼睛。"

"当时日本军国主义者就是用这些荒谬的神话来教育儿童、教育青年的，无数的年轻人就这样给骗上战场充当了炮灰。"

"三十年代'不敢做声'的人在六十年代却站出来讲话了。六十年代我三次访问日本寻求友谊，都是满载而归。"

"中日邦交正常化十年了，人民的声音应当更加响亮，人民的团结应当更加紧密，让那些妄想再度'进入'中国的野心家死了心吧，军国主义的路是走不通的。"

"我在《随想录》中几次提出警告，可是无人注意。"①

文章撰写于1982年9月6日，巴金先生针对日本文部省修改教科书事件，发出了对中日历史、文化及双边关系深邃而有力的反思之声。首先，他明确而坚决地反对日本对教科书的篡改行为，这一立场代表了中国人民的共同心声，也与国际社会多数国家的正义呼声相呼应。教科书作为传承历史记忆、塑造年青一代价值观的关键载体，其内容的真实性和客观性不容丝毫偏差。日本单方面篡改教科书，企图掩盖侵略历史，是对受害国人民的极大侮辱，对历史真相的公然扭曲。这种行为严重动摇了中日乃至东亚地区的和平稳定基石，引发了国际社会的广泛关切与强烈不满。巴金坚信，历史不会被轻易遗忘，

① 巴金：《修改教科书的事件》，《病中集》，人民文学出版社2018年版，第11—15页。

真相终将如阳光般照亮每一个角落。

其次，巴金以自身亲历的历史为背景，深刻揭露了日本军国主义给中日两国人民带来的深重苦难。他提到，对于那些经历过战争岁月的中国中老年人而言，日本军人的残暴行径至今仍历历在目，这些历史的伤痕如同难以愈合的伤疤，横亘在两国人民之间，成为难以逾越的情感鸿沟。尽管中日两国拥有长达两千年的友好交往史，但在特定的历史时期，军国主义的逆流却冲垮了友谊的桥梁，带来了前所未有的战争浩劫。巴金对此深感痛心，他不断追问：为何在浩瀚的人民友谊面前，渺小的军国主义却能造成如此巨大的伤害？这是对历史的反思追问，也是对一切伤害人类和平行为的严厉警示。

最后，巴金强调，人类绝不能忘记自己的暴行与错误，这既是对日本军国主义罪恶行径的严厉批判，也是对全人类的一次深刻警醒。他回忆起那段历史，目睹了日本军国主义如何利用荒谬的神话煽动青年，将他们推向战争的深渊。因此，他呼吁，无论时代如何变迁，我们都应铭记历史教训，共同守护世界的和平与正义。只有正视历史，珍惜来之不易的和平，才能避免重蹈覆辙，携手构建一个更加和谐、稳定的人类命运共同体。

* 94 *
一篇序文
——要爱护自己的作品

"我知道魏以达同志把我的《家》译成了世界语十分高兴。"

"像高家那样的四世同堂的封建大家庭在中国似乎已经绝迹，但封建社会的流毒还像污泥浊水积在我们的院内墙角，需要我们进行不懈的努力和不屈的斗争，才能把它们扫除干净。"

"要了解今天的人，就不能忘记昨天的事，我们都是从昨天走过来的。"

"惟一的原因是：我有话要讲。"

"在短短的序文里我讲了两件事情：一，我对世界语仍然有感情；二，我不喜欢删节过的英译本《家》。"

"这次我在序文里提到英译本中整章的删节，并且表了态，只是因为编辑同志来信说：'我们发现英文版有较大的删改，据说是你亲自为外文版删改的。'他们'征求'我的意见：世界语版的内容以中文原本为根据，还是按照删改过的英文版。"

"但删改全由我自己动笔，当时我只是根据别人的意见，完全丢开了自己的思考。"

"大段大段地删除，虽然我自己也感到心疼，但是想到我的小说会使人相信在中国不曾有过随地吐痰和女人缠脚的事，收到宣传的效果，我的民族自尊心也似乎得到了满足，而且英译本早日出版，还满足了我的虚荣心。"

"但作为一个作家，不爱护自己的作品，却拿它来猎取名利，这也是一件可耻的事。"①

文章撰写于1982年10月4日，巴金先生对于世界语有着无比深厚

---

① 巴金：《一篇序文》，《病中集》，人民文学出版社2018年版，第16—21页。

的情感。当得知自己的作品被译介为世界语时，他的内心充满了难以言喻的喜悦。他深信，借助世界语这一沟通的桥梁，他的作品将能够跨越重重国界，触及更多遥远读者的心灵深处，促进不同文化间的相互理解和深入交流。这种开放包容的文化姿态，正是巴金作为文学巨擘所展现出的广阔胸襟与深远视野。

　　然而，在谈及英译本《家》的删节问题时，巴金的态度却显得颇为鲜明而尖锐。他直言不讳地表达了对删节版英译本的不满。原来，在英译本出版之际，中文原稿的编辑出于某种顾虑，担心原著中的某些细节可能在国际上引发对中国形象的误解，于是对内容进行了大幅度的删削。当时，巴金虽勉强同意，但事后却为自己那时的狭隘民族自尊心深感愧疚。因为大规模的删节损害了作品的完整性与艺术价值，为了迎合外界而牺牲作品原貌的做法，既是对文学的亵渎，也是对读者的不负责任。作品乃作家心灵的镜像，思想的载体，任何删节都可能扭曲作品的原意与韵味。

　　巴金坚信，作家肩负着通过作品传递真实、深刻思想与情感的使命，不应为了迎合某种预期或偏见而歪曲事实、篡改内容。在深刻检讨英译本删节问题的同时，他也表达了对未来的殷切期望。他期盼通过更加广泛而深入的文化交流，让世界能够更全面、更真实地了解中国，理解中国的历史脉络与现实状况。他坚信，唯有秉持真诚、开放与包容的交流态度，才能有效消除误解与偏见，推动不同文化之间的和谐共生与繁荣发展。

＊ 95 ＊
一封回信
——未来将是美好的

　　"对每件事我都有个人的看法，对有的问题我考虑得多一些，有的考虑得少一些，不过总是在用自己的思想考虑。我常常想，最好等考虑成熟了再开口讲话，但实际上我常常被逼着发表不成熟的意见。我想既然给逼上梁山，那就说吧，横竖是说自己的话，说错了就认错，受到责难，也不算'冤枉'。"

　　"作家们又站了起来，再一次拿起了笔，我便是其中的一个。"

　　"我很高兴，我看到了百花初放的景象。这不过是一个开始，我把希望寄托于未来，我说'前程似锦'（'未来将是美好的'），我是有理由的。……能够用独立思考、愿意忠实地反映生活的作家，一定会写出更多、更好、更深刻的作品。"

　　"当然也会有不少的阻力。但是大多数作家写作，不是为了成名成家，而是想改善周围的生活，使生活变得美好，使自己变得对社会、对人民更有用。"

　　"用不着担心形式的问题。我个人始终认为形式是次要的，它是为内容服务的。"

　　"今天可能有一些作家在探索使用新的形式或新的表现手法，他们有创新的权利。他们或成功或失败，读者是最好的评论员。"[1]

---

　　[1]　巴金：《一封回信》，《病中集》，人民文学出版社2018年版，第23—26页。

文章撰写于 1982 年 10 月 26 日的简短回信中，巴金以其深邃的文学见解，勾勒出他个人的文学立场，也反映出那个时代中国文坛独有的精神气候。尤为突出的是，巴金着重强调，每位作家都应坚守独立思考的阵地，勇于发声，哪怕这些声音尚显稚嫩或非主流。这种前瞻性的姿态，激励着文坛同人在纷繁复杂的社会现实面前，勇于突破传统束缚，积极探索未知领域，敢于发出自己的声音。巴金那句"对每件事我都有个人的看法"，是对个人思想独立性的坚定捍卫，对文学创作多元化生态的深切呼唤。时至今日，中国作家群体正是在这股精神的引领下，以多元化的视角和表达，持续探索时代议题，不断丰盈文学的艺术殿堂。

因此，巴金对于文学的未来抱有无限的乐观。他目睹了作家群体的觉醒与新锐力量的涌现，视之为文化复兴的曙光。他坚信，随着作家们以更加坚定的步伐投身于创作，他们的努力必将为社会带来积极而深远的影响，铺就一条通往美好未来的光明之路。

此外，巴金对于作品内容与形式之间关系的独到见解，为文学创作树立了宝贵的原则性框架。他强调内容为王，鼓励作家深入挖掘作品的思想内涵与人文价值，而非单纯追求形式上的新奇。同时，他也对那些勇于探索新形式的作家表示了高度的尊重与支持，认为这是文学创作不可或缺的探索精神，而最终的评判权则属于广大的读者。正是这种兼容并蓄、鼓励创新的态度，为中国当代文学的多元化发展注入了强大的活力，成就了其百花齐放、生机勃勃的繁荣景象。

＊ 96 ＊
愿化泥土
—— "人要忠心"

"近年来我非常想念家乡，大概是到了叶落归根的时候吧。"

"坐在车上，我却摆脱不了这样一种想法：长期住在国外是不幸的事。一直到今天我还是这样想。我也知道这种想法不一定对，甚至不对。但这是我的真实思想。"

"我经常提到人民，他们是我所熟悉的数不清的平凡而善良的人。我就是在这些人中间成长的。我的正义、公道、平等的观念也是在门房和马房里培养起来的。"

"一盏烟灯，一床破席，讲不完的被损害、受侮辱的生活故事，忘不了的永远不变的结论：'人要忠心。'"

"老周感慨地说过：'我不光是抬轿子。只要对人有好处，就让大家踏着我走过去。'"

"人已经不存在了，房屋也拆干净了。可是过去的发过光的东西，仍然在我心里发光。"

"我终于记起来，那些'老师'教我的正是去掉私心和忘掉自己。被生活薄待的人会那样地热爱生活，跟他们比起来，我算得什么呢？"

"我的思想……但是我的思想会冲破一切阻碍，会闯过一切难关，会到我怀念的一切地方，它们会像一股烈火把我的心烧成灰，使我的私心杂念化成灰烬。"①

撰写于1983年6月29日的《病中（四）》，与上一篇"随想"相隔整整八个月的光景，巴金在此文中有所提及，《愿化泥土》的前三段在他摔伤之前便已起笔。八个月之后，他再度沿着对家乡、祖国及人民的深情脉络，续写了这篇饱含情感与哲思的作品，并首次在文末落款处明确标注了完成的年份。

文章开篇，巴金的爱国情怀便如涓涓细流，流淌在对家乡故土的深切眷恋之中。他表达了对故乡无尽的思念，借此隐喻了对生命终极归宿的深刻思考。回想起早年漂泊海外的漫长时光，那些在梦中反复萦绕的故土情愫，在晚年时分越发变得浓烈而深沉。提及故乡，巴金的思绪不由自主地飘向那些质朴善良的人们。正是这些看似平凡、实则饱经风霜的"被生活薄待的人"，以他们简约而不简单的生活方式，以及正直无欺的价值观，潜移默化地影响着少年巴金，教会了他生活的真谛——摒弃私念，拥抱生活的美好。面对生活中的种种不公与磨难，巴金从"人要忠心，火要空心"的谚语中悟出了坚定的信念，即在困境中仍要保持内心的纯净与正直。

在人民中成长的经历，让巴金深刻体会到，那些平凡而善良的人们，尽管身处逆境，却能坚守正义、公道与平等的原则，这份坚守与他的人生信条及理想主义不谋而合。对他而言，真正的幸福与满足，并非源自个人私欲的满足，而是源于对社会的贡献、对他人的关爱，以及内心的平和与纯净。

文中多次提及的"私心杂念"，曾是我阅读《随想录》时感到困惑之处。这一表述蕴含深意，原指偏离正义、公道、平等原则的个人

---

① 巴金：《愿化泥土》，《病中集》，人民文学出版社2018年版，第28—31页。

欲望与自私想法。然而，巴金在此处所使用的"私心杂念"，并非单纯指涉个人的利己倾向，而是指向他内心深处那份难以言说的疑虑与牵挂。这究竟是何等样的情感与思绪，引人深思。晚年的巴金，身体状况每况愈下，思乡之情却越发强烈。病痛的折磨与孤独的侵袭，或许加剧了他对往昔岁月的怀念。那些"过去的发光的东西"，时过境迁，人事已非，仍在他心中熠熠生辉，成为支撑他精神世界的重要支柱。这些珍贵的记忆与情感，让他在困境中保持了一份超然与坚韧，激励着他以热爱生活的态度，继续前行。

＊ 97 ＊

病中（一）

——我要活下去

"整整七个月我不曾在书桌前坐过片刻。"

"我常常讲梦话，把梦境和现实混淆在一起，有一次我女婿听见我在床上自言自语：'结束了，一个悲剧……'几乎吓坏了他。有时头脑清醒，特别是在不眠的长夜里，我反复要自己回答一个问题：我的结局是不是就在这里？我忍受不了肯定的回答，我欠下那么多的债，绝不能这样撒手而去！"

"我甚至把噩梦也带回了家。晚上睡不好，半夜发出怪叫！或者严肃地讲几句胡话，种种后遗症迫害着我，我的精神得不到平静。白天我的情绪不好。"

"但是我并不灰心，我坚持一个念头：我要活下去。"

"天真活泼的小姑娘在我耳边报告节目，并作一些解释，他们表演得十分认真。看见他们告辞出去，我流了眼泪。"

"友情一直在搅动我的心。过去我说过靠友情生活。"

"'把从前的我找回来，'我忽然讲出了这样一句话。不仅是在除夕，在整个病中我想得最多的也就是这一句。但是连我也明白从前的我是再也找不回来的了。我的精力已经耗尽了。"

"我又想起自己的梦话。即使我的结局已经到来，这也不是'一个悲剧'。即使忘掉了过去的朋友，我想我也会得到原谅，只要我没有浪费自己最后的一点精力。"

"多少话都吞在肚里，我多么希望他活下去。没有想到我出院不到五十天就接到他的讣告。"①

文章撰写于1983年7月5日，是"病中"系列的第一篇。在这一篇章的起始，巴金向读者坦露了他停笔近八个月的缘由：1982年11月7日晚，不幸在家中摔断了左腿。病痛折磨着他的肉体，更侵扰着他的精神世界。在病榻之上，甚至日常的很长一段时间巴金都被连绵不绝的噩梦所纠缠，这些梦境是他内心焦虑的外化，也是他对生命无常的敏锐洞察。他常在梦呓中混淆现实与梦境，这一现象，我在拙作《病的表征：巴金的疾病书写及其隐喻》中进行了剖析，指出这既是其生活经历的"后遗"反映，也是帕金森综合征前期的症状之一，更是巴金内心深处对生命终点那份难以言喻的恐惧与不安的折射。

同住一院的病友离世，对巴金而言又是一记重锤，让他深切体会

①　巴金：《病中（一）》，《病中集》，人民文学出版社2018年版，第33—38页。

到生命的脆弱与无常。他明白在未来的日子里，将不得不面对更多挚友的离去，面对这一无法逆转的生命轨迹，暮年的巴金只能无奈接受，心中却充满了沉甸甸的哀伤。病魔缠身，在"牵引架"的束缚下度过了漫长的数月，巴金对生命的热爱与追求却从未熄灭。

在病痛中，如何让"生命开花"依然是巴金的关键思想，他通过回忆往昔的友情与美好时光，寻找着心灵的慰藉与力量。这些珍贵的记忆如同灯塔，点亮他的希望，成为他坚持不懈的重要源泉。"友情一直在搅动我的心"，巴金以友情为引，深思如何在生命这有限的篇章里，绽放出最耀眼的光芒。巴金深知历经无数磨难与苦痛的自己，已不复当年那份冲动与天真，但他依然怀揣着一份炽热而坚定的渴望，希望在生命的最后旅程中，能够留下思辨的印迹，为后人所铭记。

＊ 98 ＊

汉字改革
——慢慢地、慎重地搞

"关于文字改革，我说'稍微搞一点汉字简化是必要的，不过得慢慢地、慎重地搞'。"

"我认为汉字是废不掉的，我单单举出一个理由：我们有那么多优秀的文化遗产，谁也无权把它们抛在垃圾箱里。我年轻时候思想偏激，曾经主张烧毁所有的线装书。今天回想起来实在可笑。一个历史悠久的文明古国要是丢掉它过去长期积累起来的光辉灿烂的文化珍宝，靠简单化、拼音化来创造新的文明是不会有什么成果的。"

"有人以为废除汉字，改用拼音，只要大家花几天功夫学会字母就能看书写信，可以解决一切。其实他不过同祖宗划清了界限，成为一个没有文化的文盲而已。"

"我还有一个理由。我们是个多民族、多方言、十亿人口的大国，把我们大家紧密团结起来的就是汉字。"

"深印在脑子里、为人们喜爱的东西是任何命令所废不掉的。"

"我倒想起三年前自己讲过的话：语言文字只要是属于活的民族，它总是要不断发展，变为复杂，变丰富，目的是为了更准确、更优美地表达人们的复杂思想，绝不会越来越简化，只是为了使它变为简单易学。"①

文章撰写于1983年7月9日，是巴金在"随想"系列中关于汉字简化改革的第二次深入探讨。巴金对于汉字简化的立场坚定而明确，他屡次重申，这一改革应当稳步而审慎地推进，并深入剖析了汉字在中华文化与历史长河中的不可替代性，以及其在维系国家统一与民族团结方面所扮演的核心角色。

首先，巴金先生秉持着一种审慎而理性的态度，认为汉字简化"需慢慢地、慎重地搞"。他承认简化汉字在提高书写效率、加速信息传播方面具有一定的积极作用，但同时也警示，过度简化可能导致文化信息的流失，因此，他主张改革应分阶段、有步骤地进行，力求在适应现代社会需求的同时，妥善保留汉字的文化底蕴。

其次，巴金将汉字视为中华民族历史悠久的文化瑰宝，其存续与

---

① 巴金：《汉字改革》，《病中集》，人民文学出版社2018年版，第39—41页。

传承对于维护国家文化根基具有举足轻重的意义。他回顾了自己年轻时的某些激进想法，今日对比之下，深刻认识到保护这些文化遗产的迫切性。巴金强调，汉字承载着丰富的文化遗产，是中华民族的宝贵精神遗产，任何轻率削减文化元素的做法，都是对历史的不敬与背叛。

汉字作为多民族、多方言国家的共通文字，是联结各族人民的重要桥梁。巴金指出，汉字超越了地域和语言的界限，将全国各族人民紧密地凝聚在一起。若轻易废弃汉字，切断了与历史的深厚联系，也将削弱民族间的文化认同感和凝聚力。最后，巴金还深刻指出，语言文字的发展应旨在更准确、更优美地传达人类的复杂思想。这意味着汉字的改革不应局限于简化易学，更应注重保持并提升其表达能力。随着社会的不断进步，人们的思想日益丰富多元，汉字作为思想的载体，也需不断进化与完善，以更好地适应时代的发展需求。巴金对语言文字发展目标的这些深刻见解，为后世提供了宝贵的思考维度和启示。

＊ 99 ＊

病中（二）

——"黄金般的心啊！"

"在病房里我最怕夜晚，我一怕噩梦，二怕失眠。"

"怪梦起不了作用，我规规矩矩地在'牵引架'上给拴了整整两个月。"

"不知怎样，看见她们离开，我总感到依依不舍。大概因为我害怕的黑夜又来了。"

"不过偶尔也会产生一点疑惑；这样出院，怎样生活、怎样活动呢？"

"只有一件事使我苦恼：不论是躺在床上或者坐在藤椅上，我都无法看书，看不进去，连报纸上的字也看不清楚，眼前经常有一盏天花板上的大电灯。我甚至把这个习惯带回家中。"

"在我困难的时候，朋友们默默地送来帮助。在病房中重见维音，我带眼泪结结巴巴地讲她父亲'雪中送炭'的友情，十分激动。"

"首先我对维音感到抱歉，没有让她讲完她心里的话。关于健吾，我想到的事太多了，他是对我毫无私心，真正把我当作忠实朋友看待的。现在我仰卧在床上，写字吃力，看报困难，关于他，我能够写些什么呢？"

"汝龙接着感叹地说：'黄金般的心啊！''人能做到这一步不是容易的啊！'"

"在病房里想有关健吾的往事，想了几天，始终忘不了汝龙的这两句话。对健吾，它们应该是最适当的悼词了。"

"黄金般的心是不会从人间消失的。"①

文章撰写于1983年7月18日，是"病中"系列的第二篇。巴金在此深情回顾了病房中那段被无尽长夜与恐惧紧紧包围的时光。他的噩梦与失眠，远非单纯生理痛楚所能概括，而是其人生历程、精神挑战与身体状况交织而成的复杂情感产物。夜晚，这个本应宁静休憩的

---

① 巴金：《病中（二）》，《病中集》，人民文学出版社2018年版，第43—48页。

时段，对他来说却变成了充满未知与恐惧的深渊，这种恐惧直接而深刻，如同旋涡一般，越是忧虑便越是难以自拔。

面对身体的枷锁与行动自由的丧失，巴金内心充满了难以言喻的苦闷。在"牵引架"上度过的那两个月，尽管他理智上明白这是康复之路的必经之路，但内心的挣扎与煎熬却如同潮水般难以平息。这份对身体的无力感，促使他开始再度省思生活的真谛与价值。显然，那种被引号框定的"幸福"与"美好"的晚年生活，并非巴金心中所向往的暮年。他的心中仍有许多未竟之业、未言之语、未了之事，这些未竟的使命越发沉重，压在心头，他的内心时刻充满焦虑。

我们都知道，友情在巴金的生命中始终扮演着温暖而坚定的角色。文中他深情回忆起李健吾在困境中给予的无私帮助，那份温暖至今仍让他铭记于心。因此，当巴金得知李健吾离世的噩耗时，内心的悲痛如同潮水般汹涌而至，难以用言语表达。他借汝龙之口，为李健吾送上最真挚的悼念——"那黄金般的心"，岁月流转，生命终结，也永远闪耀着不灭的光芒。正是对友情的坚定信念，让巴金在悲痛中找到了心灵的慰藉与前行的力量。

∗ 100 ∗

"掏一把出来"
——有责任、有意思地活下去

"汝龙是少见的真挚的人……我也忘记不了许多事情，许多嘴脸，许多人的变化。像健吾那样的形象，我却很少看见。读了汝龙的信，我很激动。"

"一方面自卑，另一方面怕事，我不会像健吾那样在那种时候不顾自己去帮助人。"

"结果一切都为保护自己，今天说东，明天说西，这算是什么作家呢？当然写不出东西来。想起健吾，想起汝龙信中描绘的形象，我觉得有一根鞭子在我的背上抽着，一下！一下！"

"他认为一个好人死了，自己活下去也没有意思了。我却认为一个好人死了，我们更有责任、更有意思'再活下去'，因为可以做的事、应该做的事更多了。"

"想到健吾，我更明白：人活着不是为了'捞一把进去'，而是为了'掏一把出来'。"①

文章撰写于1983年7月23日，巴金通过引述汝龙信中关于李健吾的描述，展开了对作家形象、人生意义及存在价值的深刻反省与探讨。巴金说道，汝龙是一位"少见的真挚的人"，其笔下所刻画的李健吾形象，令人敬仰的真实，恰如其分地体现了巴金心目中知识分子应具备的特质，闪耀着人性的璀璨光芒。

巴金进一步地将审视的目光转向自身，坦诚自己过往的自卑与怯懦，与李健吾那种无私无畏、乐于助人的精神风貌形成了鲜明对比。他强调，真正的知识分子应当勇于站出，正如李健吾那般，在关键时刻挺身而出，默默奉献，以实际行动践行文学与生活的深刻内涵。李健吾与汝龙的那份纯真与坚韧，犹如一条无形的鞭子，激励每一个拥有良知的灵魂，促人深省，引领人们追求更高层次的精神境界。

《病中集》中，巴金对生与死的关系进行了最为深刻的剖析。他坚信，一位善者的离世，非但不应成为生者放弃生活意义的借口，反

---

① 巴金：《"掏一把出来"》，《病中集》，人民文学出版社2018年版，第50—51页。

而应成为鼓舞他们更加热爱生活、积极向前的力量源泉。"我们更有责任、更有意思'再活下去'",因为这个世界仍有许多未竟之事等待我们去完成。这一观点是巴金一贯的生命哲学体现,也说明他对生命的尊重与珍惜。

文章末尾,巴金以"掏一把出来"这一简练而深远的表述作为全文的收束与升华,这与其早年秉持的理想主义信念不谋而合。在巴金看来,人生的价值不在于从世界中攫取多少,而在于能为这个世界贡献何物。他倡导的"奉献而非索取",既是对李健吾崇高人格的深刻认同,也是对所有在世之人的深切召唤。"掏一把出来",是行动上的给予和心灵上的飞跃,它呼吁人们在生活的风雨与挑战面前,坚守信念,勇于承担社会责任与使命。唯有如此,我们方能实现自我价值的最大化,让生命之树绽放出最为璀璨的光芒。

＊ 101 ＊
病中（三）
——只要有信心,我还能活下去

"例如生与死的问题,我就想得最多,我非常想知道留给我的还有多少时间,我应当怎样安排它们。而仰卧在病床上动弹不得,眼看时光飞逝,我连一分一秒都抓不住。我越想越着急。于是索性把心一横,想道:只要心不死,我总会留下一些什么。又想:只要有信心,我还能活下去。"

"我抓住这个问题,想穷根究底,一连想了好几个晚上,结果招来了一次接一次的人与猛兽斗争的噩梦。我没有发高烧,却说着胡话,甚至对眼前的人讲梦中的景象(当时也怀疑自己是在做梦,却又

无法突破梦境），让孩子们替我担心。他们笑我，劝我，想说服我不
要胡思乱想。他们说从来梦境荒唐，不值得花费脑筋。他们不会说服
我，倒是我说服了自己……"

"后来《巴山夜雨》得奖，我为这位重见光明的老导演感到高兴，
我盼望他拍出更好的电影。"

"听说在病房外方桌上放着纸笔供探病者签名，我让女婿代我去
写上一个名字，对永刚同志表示最后的敬意。"

"我让病房门开着，仰卧在床上我看见一群人过去。然后走廊又
空了。"

"这就是我在病中第一次接触到的死亡。永刚同志去了，但是
《巴山夜雨》中的几个人物活在我的心里，甚至在病床上他们还常在
我的眼前出现。为了那些人我也要活下去。"①

　　文章撰写于1983年8月3日，尽管身处"病中"，巴金对生命的
深切热爱与珍视却跃然纸上，触动人心。卧于病榻之上，他时常沉思
生命之真谛与时间之宝贵，哀叹自己无法挽留分秒的流逝。对生命的
依恋与不舍，驱使着巴金在病痛缠身之际，仍坚持笔耕不辍，思索不
止，渴望在有限的光阴里留下更为丰富的精神遗产。
　　巴金回首往昔，那段特殊历史时期给他带来的，是如梦魇般的创
伤，那些伤痛如今在病中化为屡屡重现的噩梦。在那个风雨飘摇的时
代，他历经无数磨难与坎坷，甚至一度沉沦于深深的恐惧与绝望的深
渊。他描述自己在病痛中反复被噩梦纠缠，梦中与猛兽殊死搏斗，这

---

　　① 巴金：《病中（三）》，《病中集》，人民文学出版社2018年版，第52—55页。

份精神上的煎熬令他苦不堪言。

　　电影《巴山夜雨》的导演吴永刚的离世，对巴金而言，绝非一位友人的离去那么简单，而是他在病榻之上，最近距离地直面了死亡的威严。这一事件，如同利刃般深刻地在他的心田刻下了对死亡的恐惧与敬畏，同时也点燃了他更为坚毅的生存之火。在吴永刚辞世之前，巴金虽也屡闻友人离世之讯，但那些消息多是从旁人口中传来，宛如天边遥不可及的一声轻叹。而此次，巴金选择让病房的门扉大开，自己仰卧于床，静静地凝视着外界人来人往。对生命的直接凝视，让他更加珍视眼前的每一分每一秒，深刻体悟到生命的无价之宝，值得我们用心去珍惜，用爱去守护。

　　他脑海中浮现出与吴永刚共话艺术、探讨生活的点点滴滴，回忆起那些曾陪伴他、感动他的人与事，为了这些宝贵的记忆，为了那些曾赋予他力量与勇气的人和事，巴金决心要继续坚强地活下去，继续笔墨为剑，记录这个时代的风云变幻，传递希望与力量的光芒。

＊ 102 ＊
我的哥哥李尧林
——烛油流尽烛光灭

　　"我哥哥去世三十七年了，可是今天他们谈论他，还仿佛他活在他们的中间，那些简单、朴素的语言给我唤起许多忘却了的往事。"

　　"我不知道自己还可以工作多少时候，但是我的漫长的生活道路总会有一个尽头，我也该回过头去看看背后自己的脚印了。"

　　"我终于扭转我的开始僵化的颈项向后望去。"

"我忽然问他：'你不觉得寂寞吗？'他摇摇头带着微笑答道："我习惯了。'我看得出他的笑容里有一种苦味。他改变了。他是头一次过着这样冷冷清清的生活。"

"我了解他的心情，我觉察出他有一种坚忍的力量，我想他一定比我有成就，他可以满足大哥的期望吧。"

"大哥正在进行绝望的挣扎，他把希望寄托在我们两个兄弟的'学成归来'。在我这方面，大哥的希望破灭了。担子落在三哥一个人的肩头，多么沉重！我同情他，也敬佩他，但又可怜他，总摆脱不掉他那孤寂瘦弱的身形。"

"你自来性子很执拗，但是你的朋友多了，应当好好的处，不要得罪人使人难堪，因此弄得自己吃苦。"（三哥致巴金信）

"我回国后才知道三哥的生活情况比我想象的差得多。他不单是一个'苦学生'，除了念书，他还做别的工作，或者住在同学家中当同学弟弟的家庭教师，领一点薪金来缴纳学费和维持生活。他从来没有向人诉苦，也不悲观，他的学习成绩很好，他把希望放在未来上面。"

"大哥因破产自杀，留下一个破碎的家。我和三哥都收到从成都发来的电报。他主动地表示既然大哥留下的担子需要人来挑，就让他来挑吧。他答应按月寄款回家，从来不曾失过信，一直到抗战爆发的时候。"

"同他接触较多，了解也较深，我才知道我过去所想象的实在很浅。他不单是承担了大的牺牲，应当说，他放弃了自己的一切。他背着一个沉重的（对他说来是相当沉重的）包袱，往前走多么困难！"

"他年轻时候的勇气和锐气完全消失了。他是那么善良，那么纯真。他不愿意伤害任何人……"

"我还记得中秋节那天下午听见他在窗下唤我，我伸出头去，看见一张黑瘦的面孔，我几乎不相信会是他。"

"我同他一块儿在上海过了十个月，仿佛回到了几十年前在南京的日子，我还没有结婚，萧珊在昆明念书，他仍是孤零零一个人。一个星期里我们总要一起去三四次电影院，也从不放过工部局乐队星期日的演奏会。我们也喜欢同逛旧书店。我同他谈得很多，可是很少接触到他的内心深处。"

"他似乎把一切都看得很淡，很少大声言笑，但是对孩子们、对年轻的学生还是十分友好，对翻译工作还是非常认真。"

"当时我并没有想到，现在回想往事，我不能不责备自己关心他实在不够。他究竟有什么心事，连他有些什么朋友，我完全不知道。"

"我意外地收到三哥一封信，信很短，只是报告平安，但从字里行间也看得出日军铁蹄下文化人的生活。"

"我搭一张帆布床睡在他旁边。据说他病不重，只是体力差，需要休养。"

"七天中间他似乎没有痛苦，对探病的朋友们他总是说'蛮好'。但谁也看得出他的体力在逐渐衰竭。"

"他忽然张开眼睛叹口气说：'没有时间了，讲不完了。'我问他讲什么。他说'我有很多话'。又说：'你听我说，我只对你说。'我知道他在讲胡话，有点害怕，便安慰他，劝他好好睡觉，有话明天说。他又叹口气说了一句：'来不及了。'好像不认识我似的，看了我两眼，于是闭上了眼睛。"

"是我封了他的嘴，让他把一切带进了永恒。我抱怨自己怎么想不到他像一支残烛，烛油流尽烛光灭，我没有安排一个机会同他讲话，而他确实等待着这样的机会。"

"它使我永远忘不了他那些年勤苦、清贫的生活，它使我今天还接触到那颗发热、发光的善良的心。"

"墓上用大理石刻了一本摊开的书，书中有字：'别了，永远别了。我的心在这里找到了真正的家。'……我相信，他这个只想别人、不想自己的四十二岁的穷教师在这里总可以得到永久的安息了。"

"我要去给三哥扫墓，才发现连虹桥公墓也不存在了。那么我到哪里去找他的'真正的家'？我到哪里去找这个从未伤害过任何人的好教师的遗骨呢？得不到回答，我将不停地追问自己。"[1]

这篇文章篇幅很长，巴金分两次倾心完成：首次执笔于1982年11月7日，即他入院前夕；余下部分，则于1983年8月10日完成。全文细腻地描绘了巴金与三哥李尧林，自青春年少携手离家，直至三哥溘然长逝的生活记忆。在巴金深情款款的笔触下，三哥李尧林的形象跃然纸上。晚年巴金，每当回望往昔，想起三哥，对他的怀念与无尽愧疚便会骤然涌上心头，这是他心头难以抚平的痛楚。

李尧林，巴金性格内敛而深邃的三哥，虽不善言辞，却总以实际行动默默诠释着善良与责任。在巴金的眼中，他那藏着苦涩的笑容背

---

[1]　巴金：《我的哥哥李尧林》，《病中集》，人民文学出版社2018年版，第56—69页。

后，是不为人知的坚韧与乐观。三哥的内敛，绝非冷漠的代名词，而是一种深沉的力量，使他在逆境中依然能够保持难能可贵的积极与坚持。三哥的善良，如同温暖的阳光，照亮了家人的心房，温暖着周遭每一个人的灵魂。三哥是克己的，他从未有过伤害他人的念头，就算在最艰难的日子里，他也始终坚守着一份纯真与善良，造福他人。

大哥的骤然离世，如同晴天霹雳，给巴金的家庭带来了前所未有的打击。面对支离破碎的家庭现状和大哥未竟的遗愿，三哥李尧林没有选择逃避，决然地扛起了家庭的重担。他牺牲了个人的梦想与追求，成就了弟弟巴金，他选择了一条更为崎岖的道路，用他那并不宽阔的肩膀，为千疮百孔的家庭撑起了一片天。岁月流转，生活的重担逐渐消磨了李尧林年轻时的锐气与激情，但他的善良与纯真却始终如一。三哥变得更加沉默寡言，但对生活的热爱与对未来的憧憬却从未熄灭。他勤勉工作，刻苦学习，在逆境中依然保持着向上的姿态。命运似乎总爱捉弄人，让生活中充满了无法弥补的遗憾。当三哥病入膏肓，生命之火即将熄灭之时，巴金却未能给予他最需要的倾听与慰藉。那些未曾说出口的话语，如同被冬日寒风冻结在唇边，再也无法流淌。巴金的心，被深深的愧疚与自责紧紧束缚，难以释怀。他懊悔自己未能早些察觉三哥的虚弱，未能给他更多倾诉的机会。这份遗憾，在记忆深处如同时隐时现的针刺，密密麻麻地扎在他的心上，每当忆起，便是一场锥心之痛。

更令巴金痛心疾首的是，当他想要为三哥扫墓以寄哀思时，却发现三哥那"真正的家"已荡然无存。这份失落与绝望，难以用言语形容。他反复追问自己，该去哪里寻找三哥的骸骨，那个"从未伤害过任何人的好教师"的安息之地又到了何处？这份遗憾与失落，如同沉重的枷锁束缚着巴金的心灵。

＊ 103 ＊
怀念一位教育家
——有理想、有干劲、为国为民

"《南国的梦》里加了这样的一段话：

对于这个我所敬爱的人的死，我不知道应该用什么话来表示我的悲痛。他的最后是很可怕的。他在医生的绝望的宣告下面，躺在医院里等死，竟然过了一个月以上的时间，许多人的眼泪都不能够挽救他。"

"连谈话的机会也没有，他似乎在昏睡，病已沉重，说是肠癌。动过手术，效果不好。"

"我最初只知道他是五四运动中'火烧赵家楼'的英雄，后来才了解他是一位把毕生精力贡献给青年教育的好教师，一位有理想、有干劲、为国为民的教育家。"

"我作为客人住了五天，始终忘记不了在这里见到的献身的精神、真诚的友情，坚定的信仰和乐观的态度。"

"我想到在上海医院里等待死亡的匡互生先生，忽然兴奋起来：'只要思想活着，开花结果，生命就不会结束。'"

"我和几个朋友都不赞成他这种做法，但是我们佩服他的改造人们灵魂的决心和信心。他从不讲空话，总是以身作则开导别人。"

"立达学园不是他一个人创办的，可是他一个人守着岗位坚持到底。"

"我这次到江湾是来找寻侵略战争的遗迹；互生先生却是来准备

落实重建学园的计划。"

"他是这样的一个人，不愿在自己身上多花一文钱。"

"我把他当作照亮我前进道路的一盏灯。灯灭了，我感到损失，我感到悲痛。"①

文章撰写于1983年8月22日，距匡互生先生辞世已整整半个世纪。

匡互生，这位在五四运动中以"火烧赵家楼"而闻名的英雄，其生命历程远非单一英雄事迹所能概括。他将一腔热血无私地奉献给了教育事业，化身为一位胸怀理想、干劲十足、心系国家与民族的教育家。他的一生，是对"教育救国"理念的生动实践，以实际行动证明了知识拥有改变命运的力量，教育能够照亮未来的道路。

巴金在文中深情地回忆道，匡互生是他个人精神上的璀璨灯塔，也是无数青年心灵深处的引路人。匡先生以身作则，用自身的言行举止影响和激励着一代又一代的年轻人，他那种无私奉献的精神，令巴金深感敬佩，并将其视为毕生学习的榜样。

当匡互生因肠癌晚期住进医院，静静等待生命终章的降临，巴金内心的悲痛如同潮水般汹涌，难以用言语来尽述。那段漫长而煎熬的等待时光，对匡互生而言是无尽的折磨，而对巴金以及所有关心他的人来说，则是无力挽回的绝望深渊。匡互生的离世，意味着一个伟大生命的消逝，是教育界乃至整个社会不可估量的损失。

巴金与匡互生之间，存在着一种无须言语便能深刻理解的默契与共鸣。他们共同秉持着付出与互助的人生信仰，坚信通过个人的无私奉献、教育的力量以及文学的滋养，能够唤醒沉睡的民众，推动社会

---

① 巴金：《怀念一位教育家》，《病中集》，人民文学出版社2018年版，第70—74页。

的进步与发展。在匡互生生命即将走到尽头的时刻，病痛已经将他折磨得疲惫不堪，但他依然坚守着重建学园的梦想，这份坚韧不拔的意志和对教育事业的无限热爱，深深地触动了巴金的心灵。

巴金在文中流露出难以抑制的悲痛之情，他失去了一个志同道合的精神战友，那盏曾经照亮他前行道路的明灯已经熄灭，留下的是无尽的遗憾与空虚。然而，巴金也通过文字传达出一种坚定的信念：虽然肉体终将消逝，但只要思想依然存在，它就一定会绽放出绚烂的花朵，结出丰硕的果实。生命的意义，也因此而得到永恒的延续。

* 104 *

"保持自己的本来面目"
——不再把命运交给别人

"我不把他看作一个记者，在我眼前他是一位朋友。读他的文章，我感到亲切。"

"从此只要我有空便拿出《处女地》躲在楼上小屋里工作。"

"我躺在藤椅上休息了一下，我在思考，我也回忆了过去几年间的事情。"

"过去那些年的自己的形象又回到我的眼前。我怎么会是那样的人？！我放弃了人的尊严和做人的权利，低头哈腰甘心受侮辱，把接连不断的抄家当作自己应得的惩罚。想通过苦行改造自己，也只是为了讨别人的欢心。……我越想越后悔，越想越瞧不起自己。我下了决心：不再把自己的命运完全交给别人。"

"我便向他说明我身体虚弱不能工作，只参加学习，一个星期来两个半天。"

"学习时间里气氛不太紧张，发言也比较随便，但是我已经明白这样耗费时间是多么可悲的事情。"

"别人害怕同我接触，我也怕见别人。"

"过去的事是改变不了的。良心的责备比什么都痛苦。想忘记却永远忘不了。只有把心上的伤疤露出来，我才看可能得到一点安慰。所以我应当承认，我提倡讲真话还是为了自己。"

"我喜欢剧中的一句台词：'人——要保持自己的本来面目。'说真话，也就是'保持自己的本来面目'吧。"

"我们谈得融洽，并无顾忌，不必掩饰自己的本来面目。"①

文章撰写于1983年9月7日，巴金与陈仲贤的邂逅，是那段特殊历史时期中一抹温暖而珍贵的亮色。他们在那风雨交加、动荡不安的岁月里，因相似的境遇而结缘，彼此间那份真诚的理解与深刻的共鸣，在那个纷繁复杂、变幻莫测的社会环境中，显得尤为难能可贵，如同荒漠中的一泓甘泉。

在那段特殊的岁月里，巴金曾无奈地被迫舍弃了个人的尊严与权利，选择了低头与隐忍。他的内心充满了无尽的痛苦与深深的自责，每当回想起那段往事，他都无法原谅自己曾经的妥协与退让。这种自我审视与反思，是对过往错误的勇敢剖析，也是对人性尊严的执着追

---

① 巴金：《"保持自己的本来面目"》，《病中集》，人民文学出版社2018年版，第75—79页。

寻与重新确立。巴金毅然决定，不再将自己的命运交由他人摆布，要勇敢地站出来，成为自己命运的主宰者。

在编译室工作的那段日子里，巴金虽然表面上从事着翻译工作，但内心深处充满了对时间流逝的惋惜与对精神压抑的无奈。他对时间被无谓浪费的痛心，是对自我价值未能得到充分实现的深深遗憾。在巴金的人生观中，真正的生命不应被无尽的等待与无奈的妥协所消磨殆尽，而应在追求真理与自由的道路上，勇往直前，永不停歇。

因此，"说真话"成了巴金重新找回自我、坚守初心的重要途径。他想让下一代人同样能意识到，掩盖与逃避只会让内心的创伤越发深重，唯有勇敢地面对，才能真正释怀。巴金所倡导的"说真话"，是他个人内心世界的真挚表达，也是对社会现实的无畏揭露。他用行动践行着这一信念，同时也殷切地期望着下一代人能够秉持这份真诚与勇气。在人与人之间的交往中，他倡导秉持真心相待、无拘无束、毫无掩饰的态度，因为这才是最纯粹、最真实的情感交流，也是人与人之间最宝贵的连接。

＊ 105 ＊
谈版权
——对待自己的作品应当严格

"人对待自己的作品应当严格，当时我自愧不如他，我比较随便。"

"我最初不好意思拿稿费，我是这样想：我说自己的话，不要别人付钱。所以我把第一本小说的'版税'送了给一个朋友。"

"不管有没有出版法，我认为作家应当享有作品的'版权'，既然他对自己的作品负有责任。"

"作者的'版权'必须得到保障，但'版权'并不是私有财产。"

"几十年来我一直在为自己作品的'版权'奋斗，我的书橱里至今还有一大堆随意拼凑、删改的盗版图书。作品的面目给歪曲了，我不能不心痛。"

"我要把它们转赠给新成立的中国现代文学馆。作品既然不属于作者个人，我也无权将'版权'视为私有财产给儿女亲属继承。"

"在《随想录》中谈文学馆，这是第三次了。我愿意把我最后的精力贡献给中国现代文学馆。"

"在这里我只想说，我已经看到了文学馆的明天。这明天，作者和读者人人有份。我的心灵仿佛一滴水，在这汪洋的大海中找到了归宿。"①

　　文章定稿于1983年9月15日。巴金在文学创作的广阔天地里留下了不可磨灭的辉煌篇章，在版权保护与文学传承的领域中，展现出他深邃的人文关怀与崇高的道德情操。他对待文学作品的严谨态度，对版权的坚定捍卫，以及对文学馆的慷慨奉献，共同描绘出了一位伟大作家的精神肖像，熠熠生辉。

　　首先，巴金深知作家对作品应持有的那份严谨与责任。在他看来，作品是作家心灵的镜像，每一个字、每一句话都凝聚着作者的情感与思索。巴金对待自己的作品总是精益求精，反复雕琢，力求达到完美的境界。在文学圈内，巴金以爱修改作品而闻名，他强调，

---

① 巴金：《谈版权》，《病中集》，人民文学出版社2018年版，第80—83页。

作品绝非如学生的考卷一般，一旦提交便无法更改，而是需要作家不断地打磨与锤炼，使其更加犀利，更加深刻地映照出时代与社会的风貌。

其次，巴金在版权维护方面展现出了强烈的责任感与使命感。在那个盗版横行、随意编选成风的年代，巴金并未选择沉默或妥协，而是亲自编印选集，以实际行动坚决捍卫自己的著作权。他深知，版权是作家的经济权益，捍卫版权就是对其精神劳动成果的尊重与捍卫。巴金对版权的坚定维护，是他对个人话语权的珍视，以及他对文学创作这一神圣事业的敬畏之心。

最后，巴金将版权视为非私有财产，并慷慨赠予中国现代文学馆的行为，体现出他对文学传承与发展的深远思考。在他看来，作品并非作者个人的私有物，而是属于整个文学界与社会的宝贵财富。这种超越个人利益的豁达与无私，是巴金对文学事业深厚情感的体现和他对后辈作家的殷切期望。他愿意将自己最后的精力与热情倾注于文学馆，希望它能够成为连接过去与未来的桥梁，让文学的光芒永远照亮人们的心灵，照亮前行的道路。

* 106 *

又到西湖
——仿佛在做一个美丽的梦

"我居然又来到西湖，住在去年住过的那所旅馆内，一切如旧，只是我身边多了一根木拐和一把轮椅。"

"这次我和孩子们同住一个大房间，因为我离不开他们。"

"落雨我就不下楼，阴天我喜欢在楼下大厅的沙发上闲坐，默默地观察别人。我至今还保留着这个老习惯。"

"一九三〇年我第一次游西湖，在一个月夜，先到三潭印月，仿佛在做一个美丽的梦。"

"三十年代每年春天我和朋友们游西湖，住湖滨小旅馆，常常披着雨衣登山，过烟霞洞，上烟雨楼，站在窗前望湖上，烟雨迷茫，有一种说不出的美。"

"这次我只到过烟霞洞下面的石屋洞，步履艰难，我再也无法登山。洞壁上不少的佛像全给敲掉了，……石像毁了，影子还在。"①

文章撰写于1983年10月19日，字里行间弥漫着一抹不易察觉的哀愁。巴金在重访西湖之际，其文字仿佛轻轻揭开了一层纱，流露出对往昔岁月的深切缅怀，以及对世事沧桑变化的沉痛感慨。他以一句简单却意味深长的话——身边多了一根拐杖和一把轮椅，沉甸甸地勾勒出岁月流转与疾病侵袭在他身躯上留下的痕迹。萧珊，陪伴他多年的挚爱，已离去十一载春秋，此番独自行至旧地，那份孤寂与思念越发浓烈。行动上的不便让他更多地依赖于亲人的陪伴，与孩子们共居一室，对亲情深深的倚重，也是巴金晚年生活中一抹温暖而不易割舍的光亮。

回溯至三十年代，巴金与吴克刚、卫惠林等挚友共游西湖的春日时光，那是一段洋溢着青春热血与梦想的岁月。他们无畏风雨，于湖光山色间畅言理想，那份自由不羁与满腔热忱，成了他心中永恒的青

---

① 巴金：《又到西湖》，《病中集》，人民文学出版社2018年版，第84—86页。

春烙印。月华如练的夜晚，"三潭印月"宛如一幅动人的画卷，映照出往昔的美好，寄托了巴金对那段黄金岁月的无限眷恋。

而当巴金再次踏入石屋洞，眼前佛像遭毁的情景，触动了他内心深处的痛楚与遗憾。然而，"影子还在"，这一句富含深意的表述，既是对文化遗迹遭受破坏的直接反映，也是一种深层次的象征——那些珍贵的记忆、崇高的精神追求，在巴金心中留下了不可磨灭的痕迹，如同不灭的影子，永远镌刻在他灵魂的深处。

﹡ 107 ﹡
为《新文学大系》作序
——新文学就是讲真话的文学

"我走上文学道路正是在这第二个十年的开始。新文学一出现就抓住了我，我入了迷，首先做了一个忠实的读者，然后拿笔写作又成为作家。"

"我没有走上邪路，正是靠了以鲁迅先生的《狂人日记》为首的新文学作品的教育。它们使我懂得爱祖国、爱人民、爱生活、爱文学。"

"我和无数的青年一样，如饥似渴地从新文学作品中汲取养料，一篇接一篇，一本接一本，它们像一盏长明灯照亮了我的心，让我不断地看到理想的光辉。"

"我们的新文学是散播火种的文学，我从它得到温暖，也把火传给别人。"

"我们的新文学是集体的事业。"

"但是运动过去，我冷静地考虑问题，回顾自己由读者成为作家的道路，觉得并没有虚度一生，尽管我并无什么值得提说的成就，但是在集体事业中我也曾献出小块的砖瓦。"

"我和同代的青年一样，并不是生下来就相信：光明必然驱散黑暗，真理一定战胜谎言。"

"可是不少的文学作品让我在死气沉沉的旧社会中呼吸到新鲜空气，在潜移默化中改造了我的灵魂，使我敢于拿起笔攻击旧社会、旧制度。我自己冲出了封建大家庭，我的作品也鼓舞了不少同命运的读者奔向光明，奔向革命。"[①]

文章完稿于1982年10月22日，即巴金再度入院的前夕。在序言部分，巴金深情追溯了自己与新文学之间千丝万缕的联系，字里行间洋溢着新文学对其精神世界深刻而持久的影响。新文学的诞生，犹如一道璀璨的光芒，穿透了时代的阴霾，照亮了巴金的内心世界，引领他坚定地踏上了文学的征途。在那个风起云涌的时代，新文学以其独有的魅力，吸引了包括巴金在内的众多青年，使他们由热忱的读者逐渐蜕变成为用笔耕耘的作家。

巴金坦言，鲁迅先生的著作对他影响至深，教会了他如何去爱——爱这片土地、爱这片土地上的人民、爱生活中的点点滴滴、爱那份能够触动心灵的文学。这些深沉而炽热的情感，成了他文学创作中永不干涸的灵感之源。对于新文学，巴金的情感深厚且纯粹。

---

① 巴金：《为〈新文学大系〉作序》，《病中集》，人民文学出版社2018年版，第88—90页。

他视新文学为个人精神的港湾，亦是全体同人共同奋斗的事业，是传递希望与智慧的火种。作为一代知识分子的杰出代表，巴金从新文学中汲取了无尽的温暖与力量，并以此为媒介，将这份温暖与力量传递给更多同路人，通过笔下的文字激励他们勇敢地向光明与革命迈进。这是一份薪火相传的使命，是知识分子肩上沉甸甸的责任与担当。

尤为重要的是，新文学之所以能够深入人心、触动灵魂，其根本在于它坚守实事求是、勇于讲真话的原则。在那个沉闷压抑的旧社会里，新文学犹如一股清流，注入了鲜活的生命力，让人们在震撼中觉醒，在觉醒中勇敢地拿起笔杆，对旧社会、旧制度发起猛烈的抨击。巴金的创作正是这一精神的生动写照，他敢于直面残酷的现实，无情地揭露社会的阴暗面，为追求真理与光明而矢志不渝地奋斗。这种精神塑造了巴金独特的文学风格，为新文学的发展注入了澎湃的动力与无尽的活力。

* 108 *

我的"仓库"

——那些作品印在我的记忆里

"我的脑子不肯休息，它在回忆我过去读过的一些书，一些作品，好像它想在我的记忆力完全衰退之前，保留下一点美好的东西。"

"即使在病中我没有精力阅读新的作品，过去精神上财富的积累也够我这有限余生的消耗。一直到死，人都需要光和热。"

"他以身作则，教我懂得一个人怎样使自己能生命开花。在我遭遇恶运的时候他给了我支持下去的勇气。"

"许多人物的命运都加强了我那个坚定不移的信仰：生命的意义在于付出，在于贡献；不在于接受，不在于获取。这是许多人所想象不到的，这是许多人所不能理解的。"

"人的脑子里有一个大仓库，里面储存着别人拿不走的东西。只有忠实的读者才懂得文学作品的力量和作用。"①

文章撰写于1983年11月20日，彼时巴金正静卧病榻，思绪却异常活跃。他通过回忆那些深刻烙印于心的文学作品，揭示了它们如何塑造了他的生命价值观，滋养了他的精神世界，并让他对生命的意义有了更为深刻的领悟。在病痛的侵扰下，巴金的身体日渐衰弱，但那些曾经触动灵魂的文字，却如同温暖的阳光，穿透阴霾，给予他无尽的慰藉与坚韧的力量。文学，对他而言，是一座知识的宝库，是支撑他精神世界的不灭灯塔，指引他在人生的低谷中寻得前行的勇气与方向。这些作品，超越了单纯的知识传递，它们是情感与智慧的结晶，深深镌刻在巴金的记忆之中，成为他生命中不可或缺的一部分。

巴金的生命哲学与理想主义，根植于付出与贡献的核心理念。这一信念的形成，很大程度上源于他早年广泛阅读的文学作品中那些无私奉献、勇于担当的人物形象。这些先锋人物的英勇事迹，如同璀璨星辰，照亮了巴金的心灵，使他坚信人生的真正价值并不在于个人的得失，而在于能够为社会、为他人带来积极而深远的影响。这种生命哲学塑造了巴金个人的行为准则，更通过他的笔触，传递给了无数读者，激励着他们追求更高尚、更有意义的生活目标。

---

①　巴金：《我的"仓库"》，《病中集》，人民文学出版社2018年版，第92—94页。

文学作品作为滋养心灵的精神食粮，其力量深远且持久。巴金形象地将人的大脑记忆比作一座"仓库"，其中蕴藏着无法被剥夺的精神财富。这些财富，既来源于文学作品的滋养，也融入了个人思考与经历的沉淀，在关键时刻，它们成为巴金抵御困难、坚守信念的坚实后盾。对广大读者而言，文学作品的力量更在于它们能够激发共鸣、启迪思考，甚至颠覆人生观与价值观。这种跨越时空的力量，搭建起作者与读者、过去与现在、现实与理想之间的桥梁，让文学成为连接人心、传承文明的永恒纽带。

∗ 109 ∗

怀念均正兄
——"淡如水"的友情

"想起许多事情，我说要把它们写下来，这也是我的一部分的生活记录。"

"他说：'那么下次一定来。'我说：'一定来。'"

"没有想到一别就是十二年。我第一次到幸福邨的时候萧珊的笑声仿佛还在耳边，但这次陪伴我上楼的只能是女儿小林了。"

"起初我同他交谈不多，我不善于讲话，他也一样。我只知道他工作努力；又知道他儿女较多，家庭负担较重。他翻译过西方的童话，写过普及科学知识的著作，白天上班，晚上写作，十分勤恳。朋友们谈起来，总是赞他正直、善良。"

"他忙，那时又在给开明书店编写教科书，因家中人多，挤在一起，不方便，只好早睡，等到夜深人静便起来写作。他有什么办法呢？一家人都靠他的笔生活。"

"我没有收入，又没有储蓄，不知道怎样度日。"

"第二天他就给我送来大洋十元，说是借支办法和他们一样。我感谢他，我的困难给解决了。我大概借支了两次'版税'，上海就解放了，我们都有活路了。"

"我每年总要到他家去两三次，见面时无所不谈，却又谈不出什么，只是互相表示关心而已。"

"我担心他们也会遭到恶运。但在失去做人资格的当时，我一直过着低头弯腰、朝不保夕的生活，哪里敢打听朋友们的情况。"

"我多么感谢这位三十年代的老友！"

"久别后重逢，大家都感到格外亲热，似乎想说的话很多，都不知从哪里说起，只谈了一点彼此的情况。他们夫妇的变化好像不大。"

"但交谈起来我们都小心避免碰到彼此的伤痕，他们失去一个女儿，我失去了萧珊。我们平静地相对微笑，关心地互相问好，在幸福邨的小屋里，坐在他们的身旁，我感到安稳和舒适。我第一次体会到'淡如水'的交情的意义。"

"在一个设备简单的底层单人病房里，均正兄侧着身子躺在床上呻吟，国华嫂在旁边照料。我走到床前招呼他。他对我微笑，我却只看到痛苦的表情。"

"然后便是北京来的讣告和小铨的信，告诉我一位勤勤恳恳埋头工作了一生的知识分子的死亡。"

"他没有浪费过他的时间，他做到了有一分热放一分热，有一分光发一分光。他是一个不自私的人。"

"我尊敬他，但是我学习不了他。像他那样默默地忍受痛苦，我做不到。"①

文章撰写于1983年12月13日，巴金与顾均正的交往宛如一幅细腻且深邃的历史长卷，在岁月的长河中徐徐铺展。他们的友情，超越了文人间相互赏识的雅趣，铸就了一段风雨同舟、患难与共的深情厚谊。巴金以质朴而深情的笔触，记录下这段跨越数十载、"淡如水"却刻骨铭心的记忆。那些他决心"要把它们写下来"的往事，是他心灵深处永不褪色的生活烙印。

顾均正，这位正直善良的知识分子，在那个动荡不安的时代，不仅是巴金的朋友，更是他生命中的一束光芒。他以实际行动诠释了何为"发热发光"：白日里勤勉工作，夜晚则笔耕不辍，翻译童话、普及科学知识，用知识的灯塔照亮孩子们纯真的心灵。尽管生活清贫，但他的精神世界却丰盈而富足，他总是坚信未来会更好，总是以笑容温暖人心，如同冬日里的暖阳，给予人无尽的力量与希望。

当巴金陷入困境时，顾均正毫不犹豫地伸出援手，以"借支版税"的方式为他雪中送炭。这份帮助缓解了巴金的经济压力，让他在逆境中体会到友情的温暖与力量。这份情谊超越了世俗的金钱与地位，尤为纯粹与高尚。然而，最令人心碎的时刻，莫过于他们经历长久别离后的那次重逢。巴金失去了挚爱萧珊，顾均正夫妇也痛失爱

---

① 巴金：《怀念均正兄》，《病中集》，人民文学出版社2018年版，第96—105页。

女。在后续的"随想"中，还有巴金与胡风、沈从文的重逢，历经劫难后重逢的他们，虽然以微笑相对，但内心却藏着难以言说的伤痕。那是一种历经沧桑后的淡然与从容，也是对生命深刻理解的体现。他们选择默默承受自己的泪水，不谈过往的苦难，只以最朴素的方式寒暄。

怀念均正兄的同时，巴金也在省察自己的人生。他敬佩顾均正的坚韧与无私，却也坦诚自己无法像他那样默默忍受痛苦。巴金的情感热烈而真挚，如同火山熔岩般汹涌澎湃。他选择以笔为剑，用文字倾诉自己内心的真实感受与深刻思考。

* 110 *
我的名字
——我不是一个形式主义者

"我从来就不是一个形式主义者。我使用笔名，只是为了把真名（也就是把真人）隐藏起来，我不会在名字上花费精力、表现自己。"

"我走上文学道路，是比较顺利的。"

"本来只打算用一次两次的笔名，都被我接二连三地用了下去。"

"一直到一九三三年年底小说《萌芽》被查禁，我的笔名在上海犯了忌讳，我才不得不改用新的笔名，先是'余一'，以后又是'王文慧'和'黄树辉'，还有'欧阳镜蓉'。"

"我自己很感到拘束，仿佛四面八方都有眼睛在注视我的一举一动，用我书中的句子衡量我的言行。说实话，有个时期我真想改换我的名字，让大家都忘记我。"

"十年过去，我还是'巴金'，改不了名字，也搁不了笔。看来我用不着为这个多花费脑筋了。今天我在医院里迎接了我的第八十个年头，来日无多，我应当加倍珍惜。多写一个字就多留下一个字。"①

文章撰写于1983年11月29日，巴金生日之后的第四天。巴金细细盘点了自己曾用过的笔名，从"佩竿"起始，历经巴金，再到"余一""王文慧""黄树辉""欧阳镜蓉"，最终回归巴金。在他的文学殿堂里，笔名绝非简单的符号，而是深邃思考与复杂心路历程的载体。巴金表示，他绝非形式主义之人，对他而言，笔名仅是一种形式，用以隐匿真名、保护个人隐私，而非追逐表面的浮华或彰显个性。早在先前的"随想"中，巴金便已阐述：形式应服务于内容，他更为注重的是作品的思想深度与艺术魅力，而非外在的标签或噱头。巴金在名字上的低调与朴实，既是对文学纯粹性的坚守，也是对作品内在品质的执着追求。

巴金的文学之路虽相对顺畅，但创作之旅并非毫无挑战。笔名，作为他文学生涯的见证者，记录了他不同时期的思索与抉择。起初，笔名仅是权宜之计；然而，随着岁月的流逝，它逐渐融入了巴金的文学身份中。名声的累积，也为笔名赋予了额外的重量，给巴金带来了不小的压力。他曾因唾骂笔名而放弃独立思考而自责，深知坚持与热爱才是驱动文学创作的永恒动力。历经种种风雨之后，巴金毅然决然地决定"多写一个字就多留下一个字"，将更多的心血倾注于创作之中，用文字镌刻时代印记，传递深邃思想，启迪后世之人。

---

① 巴金：《我的名字》，《病中集》，人民文学出版社2018年版，第107—109页。

＊ 111 ＊

我的日记

——想记录下亲身经历的事情

"不少人受屈含冤痛苦死去，不少人身心伤残饮恨终身，更多的人怀着余悸活到现在。"

"经常思考，我经常探索：人怎样会变成了兽？"

"我不怪自己'心有余悸'，我唠唠叨叨，无非想看清人兽转化的道路。"

"当然我在短短的日记里也记录了当天发生的大事，我想几年以后自己重读它们也可以知道改造的道路是何等艰难曲折。"

"总之我当时是用悲观的眼光看待自己，我并没有杨沫同志的那种想法，更谈不到什么勇气。"

"一九六八年我向萧珊要了一本'学习手册'，又开始写起日记来。"

"我不斗争，不反抗。我把一切全咽在肚里，把我的'八月二十三日'也咽在肚里，我深深感到内疚。"①

文章撰写于1984年1月2日，是该年"随想"系列的首篇。巴金在阅读杨沫的"八月二十三日日记"时，思绪被牵引至自己的日记本，那些页面忠实地镌刻着他个人生活的轨迹与思想的演变，成为他对时代脉搏和个人灵魂深度探索的宝贵印记。摘录的字字句句，

---

① 巴金：《我的日记》，《病中集》，人民文学出版社2018年版，第111—114页。

勾勒出巴金个人心灵的跋涉之路，如同一面镜子，映照出在特定历史洪流中，万千生命起伏跌宕的命运轮廓以及人性中的光辉与暗影交织。

巴金始终秉持日记应纯粹记录生活的信念，这既是他对个人记忆与历史真相的尊崇，也是一份不屈不挠的坚持。他认为，日记是情感最直接、最无修饰的流露，是对生活每一刻真实感受的定格，无论是喜悦还是哀伤，都是生命真实存在的不可磨灭证据。然而，在那个特殊的历史时期，这份简单的记录行为却变得异常艰难，甚至需冒巨大风险。巴金一度被迫中断日记书写，这不仅是对他个人表达自由的粗暴剥夺，也是对整个知识分子群体精神世界的沉重打击。

当历史的阴霾逐渐散去，巴金重返书桌，以更加坚定的姿态面对自我与世界。他希望通过笔端流淌的文字，唤醒人们对过往历史的记忆，激发社会的深刻反思与前行动力。巴金开始深入探究"人"与"兽"的界限，提出"人如何异化为兽"的尖锐问题，对制度与人性进行了深邃的剖析与拷问。这一系列思考，映射出一个时代的悲欢离合，更体现出知识分子在逆境中不屈不挠，坚守良知，勇于追求真理的崇高精神风貌。

＊ 112 ＊
《茅盾谈话录》
——不应该有损茅公声誉

"我两次住进医院治病，加起来已经超过十个月。"

"茅公生前做任何工作，都是严肃认真，一丝不苟，澄清事实便是还他一个本来面目。三年前我曾说过：'即使留给我的只有一年、两年的时间，我也要以他为学习的榜样。'今天我还是这样想。我认为我们不应当做任何有损于茅公声誉的事。"

"用记录谈话的形式发表的《谈话录》，记录者在发表它之前应当向读者证明：一，他所记录的全是原话；二，这些原话全是谈话者同意发表的。至少，发表这些《谈话录》的报刊编辑应当看到证据，相信他们发表的是别人的原话，因为他们也要对读者负责。"

"其实把关的办法也很简单：一、取得谈话者本人的同意；二、要是谈话者已经去世，就征求家属的同意。但家属的同意不同于谈话者本人的，至多也只能作为旁证而已。"

"因此我完全同意韦韬、小曼同志的声明：'希望读者注意，凡引用《谈话录》作为研究茅盾的依据而产生的错误，概与茅公无关。'"

"我说了我没有说过的话，我做了我没有做过的事。……有些人在小报上捏造了种种奇怪的我的生平。有些人在《访问记》、《印象记》等等文章里面使我变成他们那样的人，说他们心里的话。"①

文章撰写于1984年2月12日，是针对沈韦韬、陈小曼在引用《茅盾谈话录》中出现不实言论，对茅盾先生名誉造成损害而发出的严正抗议。这虽为简短的几段文字，却深刻体现了巴金先生对于维护茅盾先生声誉的坚定立场，对于言论出版应承担责任的深刻理解，以及对于个人历史可能被曲解所表达的深切忧虑。巴金坚信，捍卫茅盾的真实形象，是对茅盾先生毕生奋斗的最佳纪念，也是对学术界与文化领域纯洁性的一次有力捍卫。

---

① 巴金：《〈茅盾谈话录〉》，《病中集》，人民文学出版社2018年版，第115—118页。

针对谈话录的发表，巴金提出了严格的规范要求。他强调，记者应肩负起确保记录内容准确无误的责任，且在发表前必须征得谈话者的明确同意，这既是对个人隐私权的尊重，也是对公众知情权的负责体现。即便谈话者已离世，也应征得其家属的同意，虽然这种同意仅作为辅助证明，但这一流程本身便体现了对历史的尊重。巴金的这一观点，在信息爆炸的当下媒体环境中，仍具有深远的指导意义，它警示我们，在追求新闻时效的同时，不应忽视对事实真相的核实与对当事人权利的尊重。

最后，巴金以自己在30年代的个人历史被误读的亲身经历，表达了对个人名誉受损的不满。他提及时忧心忡忡，有人无端编造他的生平，甚至在访谈记录、印象随笔等文章中歪曲其形象，这一经历使他认识到言论自由与责任并重的道理。巴金的这番自述是对个人遭遇的申诉，也是对当下及未来社会风气、媒体伦理的一次深刻警醒。他提醒我们，在信息传播日益便捷的时代背景下，更应坚守道德底线，尊重事实，维护每个人的尊严与合法权益，让真相与公正成为信息传播的基石。

＊ 113 ＊

病中（四）
——满怀留恋的感情

"五月中旬我回到家里，已经在医院住了半年零几天了。瘸着腿到了家中，我才发觉伤腿短了三公分。"

"精力不够，在楼下太阳间里来回走三四趟，就疲乏不堪。有时让别人扶着下了台阶绕着前后院走了一圈，勉强可以对付，再走一圈就不行了。"

"只要坐上一个小时，我就会感到跌伤的左腿酸痛，坐上两三个小时心里便烦躁不安，仿佛坐在针毡上面。"

"正是听从他的意见，我才第二次去看神经科门诊，最后又作为'帕金森氏症'的病人住院治疗。我还听他的劝告到医院打过多种氨基酸的针药，打了两个疗程，效果很好。我应当感谢他。关于《病中》的三篇'随想'就是在这个时期写成的。"

"太阳间里光线好，靠窗放有一架缝纫机，我常常想，不要桌子，在这里写字也行。"

"起初圆珠笔或自来水笔真像有千斤的重量，写一个字也很吃力，每天只能勉强写上一百字光景，后来打了多种氨基酸，疗程还未结束，精神特别好，一坐下来往往可以写两三个小时。本来我试图一笔一划地一天写百把字来克服手指的颤抖，作为一种锻炼，自己心安理得，不想有一位老友看了我的字迹很难过，认为比我那小外孙女写的字还差。"

"在病中我想得最多的也还是对家乡、对祖国、对人民的感情。这些感情几十年来究竟有多大的变化，我很想弄个明白。人老了，病久了，容易想到死亡。"

"想到死亡，我并不害怕，我只是满怀着留恋的感情。每个人的生命都有尽头，我需要知道的是我可以工作、可以活动的时间究竟还有多少。我好为我那些感情作适当的安排。"①

---

① 巴金：《病中（四）》，《病中集》，人民文学出版社2018年版，第119—122页。

文章完稿于 1983 年 12 月 20 日。历经半年多的住院治疗，巴金归来时发现，自己的伤腿竟短了整整三公分，这一细微的变化，残酷地揭示出病痛的无情侵袭，也象征着岁月与疾病在他身躯上刻下的深深烙印。帕金森综合征的纠缠，使他的行动能力大打折扣，昔日轻而易举的行走，如今也变得艰难。在狭小的"太阳间"踱上几步，三四趟便已疲惫至极；端坐两三个小时，疼痛难耐。这份持续的痛楚与不适，是对巴金精神与肉体的双重考验与磨砺。

然而，更为艰辛的，莫过于书写这一行为。对他而言，写字已不再是简单的文字记录，而是一场与自我意识顽强斗争、与病魔誓死的抗衡。帕金森综合征让他的双手不由自主地颤抖，肌肉力量日渐衰退，握笔仿佛举起了千斤重担。在药物的辅助下，巴金依然坚韧不拔，每日坚持书写上百字，状态稍好时更能达到两三百字之多。那么，巴金究竟想写什么？又在诉说着何种心声？是对文学矢志不渝的执着与热爱，让他双手震颤也无法熄灭内心的熊熊烈火；还是对故人的深深怀念与不舍，让他在字里行间寻找着过往的温暖与慰藉；抑或是他心中有太多未竟之言，亟待倾诉于世？

通过"随想"中的"病中"篇章，我们不难发现，巴金在面对死亡时展现出了一种超然的态度，同时对于生命又充满了无尽的渴望与依恋。他渴望知晓自己还能工作与奉献的宝贵时光究竟还剩多少，以便将那些未了的情感与话语妥善安放。正是对这个世界深沉的爱恋，对祖国与人民无尽的眷恋，支撑着巴金在病痛中坚持奋斗。他渴望在有限的生命里，继续为文学事业添砖加瓦，让自己的光芒与热量照亮更多的心灵。

＊ 114 ＊

我的噩梦
——我害怕、我挣扎

"这两天天刚亮，在病房中陪伴我的女婿就劝我说：'你半夜又在大叫。'他讲过三次，这就是说三天我都在做噩梦。"

"我害怕他们走开，害怕灯光又灭，害怕在黑暗中又听见虎啸狼嚎。我挣扎，我终于发出了声音。我说'小便'，或者说'翻身'，其实我想说的是'救命'。"

"一连几天我做着各种各样的噩梦，以前发生过的事情又在梦中重现；一些人的悲惨遭遇集中在我一个人身上。"

"然而跟噩梦作斗争我只有失败的经验。"

"我的伤痕就是从这里来的，我的病就是从这里来的。我挣扎，并未得到胜利；我活下来，却留下一身的病。人为什么变为兽？人怎样变为兽？我探索，我还不曾搞清楚。"[①]

　　文章撰写于1984年1月9日，巴金再次探讨噩梦这一主题——它不仅是夜晚沉睡时令人毛骨悚然的亲身体验，更是每个人内心深处恐惧与现实生活阴影的镜像反映。巴金以其细致入微且直击心灵的笔触，引领我们深入他那被疾病与往昔记忆紧紧缠绕的夜晚，让我们真切感受到梦境如何成为他生命中一抹难以磨灭的深刻印记。自60年代起，噩梦便如影随形，悄然潜入他的意识深处，如同暗夜中的魅影，无声地撕扯着他的精神世界，留下一道道难以抚平的心灵创伤。

---

① 巴金：《我的噩梦》，《病中集》，人民文学出版社2018年版，第123—125页。

巴金对于噩梦的描绘，字里行间透露出深深的恐惧与不安。他畏惧黑暗的笼罩，更恐惧梦境中那些若隐若现的声音。在半梦半醒之间，他试图以"小便"或"翻身"的潜意识呼唤，作为无声的求救信号，这种隐秘的"掩饰"，让人深切体会到他在噩梦深渊中的无助与挣扎。噩梦，是睡眠中紧张意识的虚幻产物，也是巴金过往岁月阴影在心灵深处的投射，是他对悲惨往事的重温，对逝去亲人的深切怀念。这些梦境，犹如记忆的碎片，拼凑出一幅幅痛苦的历史画卷，让他在梦乡中再次历经那些刻骨铭心的苦难。梦境与现实的反复交织，加剧了他对人性复杂面貌的多重理解。

面对噩梦的侵扰，巴金坦诚地表达自己的无助与挫败，这是他对个人精神抗争无力感的无奈接受，也是人类共同面对内心恐惧时的普遍精神困境。他进一步发问："人"为何会变为"兽"？这一转变是如何发生的？这些问题，是他对自己噩梦经历的深刻剖析和对人性本质的深度挖掘。巴金试图从自身的痛苦历程中，探寻人性堕落的根源，他的不懈追问与探索，旨在激发后来者对社会历史进行更加深入的思考，让每一个读到这些文字的人，都能在反思中获得启示。

※ 115 ※

"深刻的教育"
——版权所有，文责自负

"我说过：只有作家知道自己创作的甘苦。"

"这一切似乎说明作品属于作家个人：版权所有，文责自负。"

"难道作品真是作家个人的私产，可以由他信口胡说？难道读者不是'各取所需'，谁又能否定他们的聪明才智？"

"今天'深刻地'分析起来，也无非想把自己表现得无耻可笑，争取早日过关而已。"

"给批来批去，批得多了，我也学会了一面用假话骗人、一面用'独立思考'考虑任何问题。"

"我并不喜欢卡夫卡的小说。可是我无法抹煞它们的存在。我想即使卡夫卡活起来，即使他为自己的小说写上十篇认罪书或者检讨文章，他也不能阻止人们阅读《审判》和《城堡》。"①

文章撰写于1984年1月17日，聚焦于《病中集》中对于现实的第二轮深刻反思，他再度强调了独立思考不可或缺。巴金先生首先抛出了一句直击创作本质的话语："只有作家知道自己创作的甘苦。"这句话揭示出作家在创作道路上的孤独与艰辛，他们如同在心灵的荒漠中独自探索的行者，每一次灵感的火花、每一轮构思的磨砺与修订，都是外人难以全然体会的苦乐交织。因此，每一部作品都堪称作家个人精神的结晶，它们承载着创作者的思想情感、人生哲理，记录着其灵魂深处的探索之旅。巴金所倡导的"文责自负"，是对作家原创精神的尊重及其责任感的高度要求。

然而，作品一旦面世，便不再局限于作家个人的私有领域。随着作品的广泛传播，创作自由与责任的边界也随之拓宽。读者，作为作品的接收者与解读者，他们根据自身的生活阅历、道德观念和价值体系，对作品进行个性化的解读与吸收，从而形成各具特色的见解。这一过程，既是读者与作家之间跨越时空的精神交流，也是读者自我成

---

① 巴金：《"深刻的教育"》，《病中集》，人民文学出版社2018年版，第126—128页。

长与提升的宝贵契机。巴金所言的"各取所需"，正是对读者个性化理解与智慧展现的生动描绘，这也恰恰体现了文学作品所具备的多义性与开放性特征。

在此基础之上，巴金再次重申独立思考的重要性。他通过自我剖析，坦诚自己在批评与压力之下也曾有过言不由衷的时刻，但最终认识到，唯有"独立思考"才是面对一切问题时的关键所在。这是他作为作家的自我警醒，也是对广大读者的殷切期望。在阅读的过程中，读者应当保持批判性思维，不盲目追随，不轻易附和，而是应当结合个人经验，深入剖析作品的内涵与价值，从而培养出更加独到且深刻的见解。

最后，巴金以卡夫卡为例，进一步阐释了文学作品的独立生命力与超越性。他指出，哪怕作家本人对自己的作品持否定态度，也无法阻挡读者对其作品的热爱与探索。这一事实充分证明了文学作品所具备的超越作者意图的独立存在价值，它们是人类共同的精神财富。在我们这个时代，读者在阅读《审判》与《城堡》等作品时所感受到的震撼与思考，正是文学作品跨越时空界限、沟通不同文化背景的开放性体现。

* 116 *

关于《复活》
——让作品活下去

"她说，拿给我莫斯科的新版本，书中夹满了写了字的纸条。'审查删掉四百九十处。有几章完全给删除了。那是最重要的，道德最高的地方！'"

　　"《复活》发表前要送审查机关审查，正如席米特所说，删削的地方很多，连英、法、德等国发表的译文也不完全，只有契尔特科夫在伦敦印行的英、俄两种版本保持了原作的本来面目。"

　　"我想引用一段《托尔斯泰评传》作者苏联贝奇科夫的话：'全书一百二十九章中最后未经删节歪曲而发表出来的总共不过二十五章。'"

　　"以上的引文、回忆和叙述只想说明一件事情：像托尔斯泰那样大作家的作品，像《复活》那样的不朽名著，都曾经被审查官删削得不像样子。这在当时是寻常的事情，《复活》还受到各国审查制度的'围剿'。但是任何一位审查官也没有能够改变作品的本来面目。《复活》还是托尔斯泰的《复活》。"①

　　文章撰写于1983年11月20日，巴金在探讨文学作品的真实性与完整性这一核心议题时，巧妙地以托尔斯泰的《复活》一书所遭遇的审查删削事件为切入点，为我们呈现了一个引人深思的实例。他通过引用一位托尔斯泰女信徒的言辞，深刻揭露了当时审查制度对文学作品的无理干涉，以及被删减内容对作品整体价值完整性的破坏。巴金强调，每一部作品中的每一个字句，都凝聚着作者的思想精髓与情感深度，是构成作品完整性与深度不可或缺的基石。

　　巴金进一步阐述道，作品应当保持其原始风貌，这是作者创作意图的直接反映，也是读者得以全面理解作品的基础所在。《复活》在问世前须历经审查机关的严格审查，导致英、法、德等国的译本也未能幸免于难，唯有契尔特科夫在伦敦印行的版本得以保留原作的真实

---

　　① 巴金：《关于〈复活〉》，《病中集》，人民文学出版社2018年版，第130—133页。

全貌。这一事实有力地佐证了版本纯正性的至关重要性，即唯有未经删削的版本，方能确保读者接触到的是作者最真实、最直接的思想与情感表达，从而最大限度地领略到作品的完整艺术魅力。

巴金选择《复活》作为讨论对象，我认为其中还蕴含着更深一层的隐喻意义。他旨在强调，作品的"复活"关乎其物理形态的保存，更在于其精神内涵的传承与共鸣。他援引《托尔斯泰评传》作者的话，"全书一百二十九章中最后未经删节歪曲而发表出来的总共不过二十五章。"这一触目惊心的数据，既是对《复活》所遭受严重删改的震撼揭示，也是对审查制度荒谬性的有力讽刺。同时，它也证明了即便在如此严峻的挑战下，一部真正的经典作品仍能凭借其坚韧不拔的本质与精神，超越审查的桎梏，保持其作为不朽名著的崇高地位，实现真正的"复活"。

在巴金看来，这正是文学作品力量的生动体现——任何外在的删削与篡改都无法真正剥夺其内在的价值与意义。《复活》依然是托尔斯泰笔下的不朽之作，其灵魂永远纯洁无瑕，它是一部"活着"的作品，其深远的影响力将跨越时空的界限，触动每一位读者的心灵深处。

＊ 117 ＊

病中（五）

——"不悲观"与"则安之"

"他听说我又因'帕金森氏症'住院，便说了一句：'有得他住的。'看来我要在这里长住下去了。我并不悲观，'既来之则安之'。我已经在病房里住惯了。"

"我不会忘记：进院的那天我上了床还不能靠自己翻身；在廊上散步还要撑着木拐；坐在病房里小沙发上，要站起来还感到困难；吃饭夹菜使用筷子时手还在发抖。更不用说，穿衣服、脱衣服、扣钮扣、解钮扣了。"

"这里病人不多，长住的病人更少，我已经是最老的病人了。"

"我颇喜欢电视剧，对于像我这样行动不便的老人来说，看电视剧就是接近各种生活的机会。"

"我不耐烦地看到剧的最后，吐了一口气，疲乏地站起来，挂着手杖摇摇晃晃地走回病房，有时还后悔不该耗费了这一个多小时。"

"药有效，病继续转好，但更加缓慢，有时好像停滞不前似的。"

"摔伤前两三年，我经常诉苦：'写字越写越小。'第一次出院后经过一个时期的锻炼，写满一张稿纸可以把百分之七八十的字写在格子里面，现在几乎可以做到字字入格、大小一致。"

"可是一笔一划地写，动作十分迟缓。"

"我又着急起来：难道进展就到此为止吗？好像正是这样。"

"当然我经过思想斗争也一次一次地克服了悲观和烦躁，不然我就难支持到今天。"

"这并不是意外的事，但我仍然吃了一惊，马上想到了'冬天的节气'，也就是想到了自己。"

"但是我想明白了：一个艺术家长期脱离自己的创作实践，再没有比这更可悲的事情了。"①

　　文章撰写于1984年1月20日，"病中"系列的终章。这一年，紧随帕金森综合征的确诊，巴金的健康状况急转直下，成了他生命中尤为艰难的一段时期。他再度入院，连医疗人员也预言他将长期与医院为伴。在文中，巴金以细腻的笔触，详尽记录了入院初期的种种艰辛：翻身无力，行走需依赖木拐支撑，就连穿衣、扣扣子这样日常的小事也变得异常艰难。这些真实而深情的描述，让读者深切感受到他身体机能的逐渐失控，体会到他在面对生活自理能力丧失时的无奈与不屈不挠的坚韧精神。

　　尽管身体状况日益恶化，巴金却从未向命运低头，他以"不悲观，则安之"的豁达态度，坦然面对生活的重重挑战。恰在此时，友人的离世如同寒风中的一记重锤，让巴金不禁联想到"冬天的节气"。在上海最寒冷的季节里，房间的阴冷、手指的僵硬与友人的离去交织在一起，他体会到生命的脆弱与无常。他以"冬天的节气"为喻，表达了对自身健康状况的担忧，流露出对死亡这一生命终章的淡然接受。这是巴金对生命的洞察和他作为智者对生命终极意义的深沉思考。

　　在病痛缠身的日子里，巴金对艺术的热爱与追求始终如一，成为他战胜困难、支撑精神的重要力量。尽管身体状况已不允许他像往昔那样夜以继日地挥毫泼墨，但他依然坚守在创作的阵地上，努力克服手抖、背部僵硬、书写不畅等重重障碍。他说，自己的字迹日益缩小，甚至一度担忧写作能力的衰退。对于巴金而言，艺术家若长期脱离创作实践，将是莫大的悲哀。这是他对自己艺术生涯的警醒与鞭

---

① 巴金：《病中（五）》，《病中集》，人民文学出版社2018年版，第134—138页。

策，更是对后来者的一份无尽启迪与鼓舞，激励着每一位热爱艺术的人在逆境中也要坚持不懈地追求与探索。

＊ 118 ＊

我的老家

——离家六十年

"还有那株'没有一片叶'的枯树。在我的记忆里枯树是不存在的。"

"我离家整整六十年了。"

"但是我多么想摸一下生长那样大树的泥土！我多么想抚摩水上先生抚摩过的粗糙、皱裂的树……"

"在照片上我看到了一口井，那是真实的东西，而且是池田先生拍摄下来的惟一的真实的'旧址'。我记得它，因为我在小说《秋》里写淑贞跳井时就是跳进这一口井。"

"过去的反正早已过去，旧的时代和它的遗物，就让它们全埋葬在遗忘里吧！"

"《激流三部曲》中的高公馆就是照我的老家描绘的，连大门上两位'手执大刀，顶天立地的彩色门神'也是我们家原有的。"

"我们的花园并不大，其余的大部分，也就是从'内门'进去的那一部分，我也写在另一部小说《憩园》里了。"

"我仿佛做了一场大梦。我居然回到了我十几岁时住过的小屋，我还记得深夜我在这里听见大厅上大哥摸索进轿子打碎玻璃，我绝望地拿起笔写一些愤怒的字句，捏紧拳头在桌上擦来擦去，我发誓要向封建制度报仇。好像大哥还在这里向我哭诉什么；好像祖父咳嗽着从右上房穿过堂屋走出来……"

"我匆匆地离开了这个把梦和真、过去和现实混淆在一起的老家，我想，以后我还会再来。"

"找不到旧日的脚迹我并不伤感。枯树必须连根挖掉。可是我对封建制度的控诉，我对封建主义流毒的揭露，绝不会跟着旧时代的被埋葬以及老家的被拆毁而消亡。"①

文章撰写于1984年2月6日，字里行间流露出巴金对故乡深沉而炽热的怀念。六十年离乡背井，却未曾磨灭他对家乡一草一木、一砖一石的清晰记忆。身卧病榻，他的思绪仍能跨越时空的界限，飘回到那个满载童年欢笑与泪水的故土。他渴望再次踏上那片滋养他成长的土地，尤其是那棵在记忆中虽不存在，却象征着他无尽追忆与怀念的"枯树"，对往昔岁月的深切缅怀，以及对时光荏苒、人事已非的淡淡忧伤。

巴金在病榻上对家乡的思念，虽局限于自然景观的重现，却植根于那些与家族历史紧密相连的场景与实物之中。如他笔下提及的那口井，既是现实中的实存，也是小说《秋》中悲剧故事的舞台，这种现实与虚构的巧妙融合，展现了他对家乡细致入微的观察与感受。他以文字为媒介，将家乡的一砖一瓦、一草一木赋予了生命，也让家族往事在字里行间穿梭，跃然纸上。

---

① 巴金：《我的老家》，《病中集》，人民文学出版社2018年版，第140—146页。

在回忆家族旧宅的点点滴滴时，巴金特别提到了深夜中大哥的悲剧性举动，以及自己青春年少时的愤怒与誓言。这些记忆揭示出封建家庭制度对人性的无情压抑与摧残，巴金也表达了他个人对封建束缚的深恶痛疾。他笔下的高公馆，是个人经历的缩影，也是巴金对当时社会普遍存在的封建家庭结构的精神批判。尽管旧时代的阴霾已逐渐散去，但封建制度的残余仍潜伏在社会的某些角落，亟待我们持续揭露与批判，以防其死灰复燃。

家乡的实体建筑或许会随着岁月的流逝而逐渐消逝，但巴金对封建制度的控诉与揭露，却如同永不熄灭的火焰，始终燃烧着。这份精神遗产，其价值远超任何物质存在，它激励着一代又一代人反思历史，勇于追求自由与平等的未来。巴金的声音，将永远在历史的长河中回响，成为我们追求进步与光明的永恒灯塔。

∗ 119 ∗

买卖婚姻
——除了诉苦，还要反抗

"人们都说把女儿当东西卖，太不像话了，但有什么办法呢？……"

"为了反对买卖婚姻，为了反对重男轻女，为了抗议'父母之命、媒妁之言'，我用笔整整战斗了六十年，而我的侄女今天面对着买卖婚姻还是毫无办法。"

"她诉苦，却不反抗。许多人诉苦，只有少数人反抗。"

"但是我不能不发问：五四时期的传统到哪里去了？从二十年代到五十年代反封建的传统到哪里去了？怎么到了今天封建传统还那么

耀武扬威？"①

　　文章撰写于1984年2月9日，巴金以其一贯的坚定立场，强烈谴责买卖婚姻这一陈规陋习，视之为对女性尊严的践踏与人性的莫大侮辱。在封建残余深重的旧社会，女性常被视作待价而沽的商品，其婚姻大事任由父母摆布，甚至沦为金钱交易的筹码，这一切是对人基本尊严与自由权利的严重侵犯。巴金以笔墨为剑，力图揭露并批判这一社会不公现象，对整个社会的价值观体系提出了深刻的质疑与反思。

　　他坚决反对将婚姻视作金钱的等价物或溢价交换，这体现出他对平等、自由婚姻理念的执着追求。在巴金看来，婚姻应当建立在爱情与相互尊重的基础之上，而非冰冷的金钱算计。通过文中侄女面对买卖婚姻无奈抉择的生动描绘，他进一步强化了这一观点，指出在新时代的曙光下，这种落后的婚姻观念依然根深蒂固，令人痛心不已。同时，巴金也敏锐地洞察到，尽管许多人内心对这种不公现状充满愤慨，但真正敢于站出来反抗的却寥寥无几。这种普遍存在的消极态度，说明人们往往只停留于口头的抱怨，而缺乏实际行动的勇气与决心。

　　文章的尾声，巴金再次回望五四新文化传统的光辉，重申对进步思想的坚守与传承。五四运动作为中国近现代史上一次划时代的思想解放运动，高举"科学""民主"的大旗，向封建礼教发起了猛烈的冲击，为中国的社会进步注入了强大的动力。但巴金痛心地发现，随着时间的推移，这些宝贵的传统似乎正逐渐淡出人们的视野。他不禁发出深沉的拷问：那些曾经激励人心的传统都到哪里去了？他渴望人

---

①　巴金：《买卖婚姻》，《病中集》，人民文学出版社2018年版，第147—　页。

们能够铭记历史，不忘初心，继续为争取平等、自由的崇高理想而不懈奋斗，让五四精神在新时代焕发出更加璀璨的光芒。

＊ 120 ＊

再忆萧珊

——我到哪里去找她？！

"她离开我十二年了。"

"上了台阶，我环顾四周，她最后一次离家的情景还历历在目：她穿得整整齐齐，有些急躁，有点伤感，又似乎充满希望，走到门口还回头张望。……"

"十二年了！甚至在梦里我也听不见她那清脆的笑声。我记得的只是孩子们捧着她的骨灰盒回家的情景。这骨灰盒起初给放在楼下我的寝室内床前五斗橱上。"

"我又同骨灰盒一起搬上二楼，她仍然伴着我度过无数的长夜。我摆脱不了那些做不完的梦。"

"好像我有满腹的委屈瞒住她，好像我摔倒在泥淖中不能自拔，好像我又给打翻在地让人踏上一脚。……每夜每夜，我都听见床前骨灰盒里她的小声呼唤，她的低声哭泣。"

"我还有勇气迈步走向我的最终目标——死亡。我的遗物将献给国家，我的骨灰将同她的骨灰搅拌在一起，洒在园中给花树作肥料。"

"他不知道前一夜我做了些什么梦，醒了多少次。"①

　　撰写于1984年1月21日的《再忆萧珊》，是继《怀念萧珊》之后，巴金内心深处又一次情感的聚焦。萧珊离世已十二载春秋，文章虽篇幅不长，却字字含情，句句泣血。对巴金而言，萧珊的离去绝非挚爱之人的生命消逝那般简单，它更像是一把刀仍插在心头，慢慢腐烂的伤口，无法愈合，无人能抚平，随着时间的推移，流脓腐烂，将痛楚推向死亡。"她离开我十二年了"，这句看似平淡的话语，背后却是巴金无尽的哀思与不舍。时间的洪流从未能冲淡他对萧珊的思念，反而让这份情感在岁月的沉淀中越发醇厚，愈演愈烈。

　　每当回忆起萧珊最后一次离家的情景，巴金的记忆便如潮水般汹涌而来，他无法抹去那一刻萧珊的表情，她的眼中充满了复杂的情感——焦急，不舍，伤感。她在门口回望的那一瞥，成了巴金心中永恒的痛，每每触及都痛不欲生。如今，巴金再也无法听到萧珊那清脆的笑声了，陪伴他的只有那个寄托着哀思的骨灰盒。这个骨灰盒陪伴巴金度过了无数个漫长的夜晚，每当夜深人静之时，他都会陷入对萧珊的深深回忆中。巴金的小书桌上摆着萧珊的相片，那些曾经看似平凡的日常，如今却成为他生命中最珍贵的记忆。巴金总提到在寂静的夜晚，他总能听到萧珊的呼唤与哭泣，望见她含泪的眼睛，这种虚幻而又真实的感受，让他反复陷入无尽的思念与自责中，无法自拔，也不愿自拔。

---

① 巴金：《再忆萧珊》，《病中集》，人民文学出版社2018年版，第152—154页。

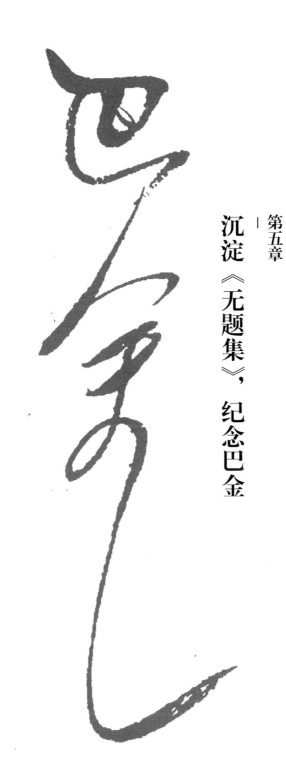

第五章
—
沉淀《无题集》，纪念巴金

坦诚与担当

　　《无题集》作为"随想"的完结之卷，宛如巴金奏响的一曲饱含深情与颤音的思想华章。此卷凝聚了他对人生、文学、社会及自我内心的洞察与思辨，将"随想"系列的精神境界推至新的高峰。巴金以其一贯的坦诚无畏与勇气担当，再次向我们展示了一个知识分子对历史沧桑、现实关切与未来憧憬的真挚情怀。

　　友情，始终是"随想"系列中一条贯穿始终的重要脉络。在这五卷沉甸甸的"随想"里，巴金屡次提及友情之于人生的非凡意义，那些篇章犹如春日里和煦的暖风，轻轻拂过读者的心田，带来无尽的温馨与慰藉。在《访日归来》一文中，巴金记录了访日期间的点滴，特别是日本友人的热情款待与跨越千山万水的深厚友情。这份超越国界的情谊，让他感受到前所未有的温暖与力量，也让每一位读者深刻领悟到：友情，这一世间最纯粹的情感，它不受国界、种族的限制，只要真心之间相互契合，就能编织出牢不可破的情感纽带。

　　与此同时，巴金在《无题集》中对文学与创作的思考得以更加全面地呈现。在《为旧作新版写序》一文中，他详细阐述了自己对作品版权与修订的见解，认为作家应该对自己的作品负起全责，亲自参与修订工作，以确保作品的真实无欺与完整无缺。这种对文学的严谨态度以及对读者高度负责的精神，令人由衷地感到敬佩。此外，巴金还对文学创作的自由提出了强烈的呼吁。他严厉批判了当时一些循规蹈矩、缺乏独立精神的"听命文学"，强调文学的本质应当是自由的、开放的，唯有突破传统的桎梏，勇于开拓与创新，方能创作出既有深度又充满温度的作品。这种对文学自由的坚守，是巴金一贯秉持的创作原则，也是五四新文化运动精神在他身上的生动延续。巴金用行动告诉我们，文学的力量源自真实与自由，而非盲从与迎合。

在"随想"系列中，巴金对封建思想的批判依旧是一个核心议题，贯穿文学至社会的广阔领域。于《可怕的现实主义》一文里，他深入剖析关汉卿与施耐庵作品中的鲜活人物形象，借此揭露封建残余思想如何潜移默化地影响着现代社会。巴金以犀利的笔触，对官僚主义及特权现象进行了猛烈的抨击，直指这些封建遗毒仍在不断侵蚀着社会的肌体。他的社会批评不仅触及制度层面的深层次问题，更延伸至教育、婚姻等关乎民生的方方面面，彰显出他对社会公平与正义的深切关怀与不懈追求。这些文字犹如利刃，尖锐而露骨地刺向社会的痛点，毫不掩饰地揭露现实，同时呼唤着一个更加公正、透明、文明的社会秩序的到来。

巴金先生晚年最为牵挂的话题，便是对历史的铭记。在《二十年前》一作中，他引领读者的思绪穿越回那个风云激荡的历史时期。巴金以沉郁顿挫的笔触，勾勒出那段充满混乱、恐慌与无奈的岁月轮廓，生动描绘了当时社会的深重苦难与人们的竭力挣扎。他坦诚不讳地记录下自己的所见所闻，倾情分享着内心的所思所感，一再强调历史绝不能被轻易遗忘。在巴金看来，历史犹如一面明镜，既能映照出人性的璀璨光辉，也能揭露出人性的阴暗角落，更为未来的发展提供了宝贵的镜鉴。铭记历史的深刻教训，既是对过往的尊崇与敬畏，更是对未来的一份责任与担当。对历史的深刻反思态度，贯穿于巴金的整个创作生涯，而在《无题集》中，他的这一思考得以更加沉痛且深入地表达。

面对生命的衰老与死亡的必然降临，巴金在《无题集》中展现出一种超然的坦然与从容不迫的态度。在《老化》一文中，他巧妙地运用"现象"与"本质"的双重透镜，探讨了衰老这一永恒议题。巴金认为，老化作为生命不可抗拒的自然法则，既无法抵挡也无法逃避；与此同时，他并未因此沉沦或消极，反而选择以一种积极向上的姿态拥抱生活与创作，竭力在有限而宝贵的时光里成就更多，在与"死亡"进行一场无声的赛跑。巴金以自己的实际行动诠释了生命的真谛，告诫我们生命虽短暂却弥足珍贵，应当珍惜眼前的每一分每一秒，用心去感知生活的点点滴滴，体会其中的美好与深意。他的文字是对生命的一曲深情赞歌，更是对死亡的一种勇敢直面与超越，激励着后人以更加豁达的态度面对生命的终章。

在《"从心所欲"》这一篇中，巴金展开了一场深邃而真挚的自我省察与审视。他勇敢地直面自己的过去，尤其是那段特殊历史时期的言行与抉择，流露出深切的懊悔与自责。他并没有因为回顾历史而陷入沉沦，而是以更加坚定的信念继续前行。巴金这种勇于自我反思、敢于直面错误的魄力，彰显了他作为知识分子的责任感与成长轨迹。这份坦诚无欺的态度，始终贯穿于他的"随想"系列中，也使得他的文字饱含力量，充满了触动人心的感染力。

从历史的长河跨越至现实的疆域，再深入个人的内心世界，《无题集》中的沉思最终汇聚为对人性与道德的深刻探讨。这一主题贯穿巴金"随想"系列的始终，也成为他晚年文学创作的核心要义之一。

在《官气》等文章中，巴金以犀利的笔触，对官僚主义所暴露出的人性之劣根性进行了无情的批判；而转至《人道主义》，他则深情地颂扬了人性中最耀眼的光芒——真善美的无穷力量。巴金是善良的，他深信人性与道德乃是社会进步不可或缺的基石，唯有坚守道德的底线，相信人性的善良与美好，方能真正驱动社会前行的车轮。这份对道德与人性的深切呼唤，如涓涓细流，流淌在巴金的字里行间，也凝聚成他晚年对社会的一份殷切期盼。

作为"随想"系列的收官之作，《无题集》是巴金一生思想历程的总结，更是一部饱含深情、献给广大读者与这个时代的思想鸿篇。巴金以他的坦诚无畏、责任担当与敏捷思辨，向我们展现了一位知识分子如何在时代的洪流与个人信念之间寻求和谐共生，如何在历史的沉淀与现实的挑战之间坚守难能可贵的真诚，又如何在生命的有限时光里，追寻无限的精神境界。他的文字，犹如一盏指引方向的明灯，照亮了我们前行的道路；他的精神，如同一股不竭的力量源泉，激励着我们不断自我反思、勇于成长、持续进步。

＊ 121 ＊

访日归来
——债是赖不掉的

"我的确很乐观。"

"朋友中多数不赞成我出国开会，他们害怕我的身体吃不消。我病了两年多，两次住院就花去一年的时间，接触新鲜空气的机会很少，自我感觉就是一个病人。"

"闲谈中我还说：'我认为交朋友就是要交到底。'"

"我常常感到精神振奋，忘了疲劳，忘记自己是一个病人，甚至忘记按时服药。除了行动不便、不得不谢绝宴会、坐在轮椅上出入机场外，我好像是一个健康人。"

"我到了东京，就是战胜了疾病。我为了友情而来，友情吸引了我的全部注意力。"

"在我这个病人身上，精神上的力量可以起大的作用。"

"这已经是六十几年前的事了，但那样的墓碑还鲜明地印在我的心上。"

"我含着泪水对京子夫人说：'多好的人啊，他没有私心，为着人民的友谊拿出自己的一切。'"

"几十分钟的会见，半小时的畅谈，常常把长时间的想念牢牢地连在一起。根据个人的经验我懂得了'世世代代友好下去'的意义。"

"只是听他讲他的一些事情。'我剪掉头发，为了惩罚自己，表示不原谅自己……'他的话使我大吃一惊，我没有想到他讲得这样认真，可以说我毫无思想准备。但是，我不能沉默，我得表态。"

"他一直埋着头，好像什么沉重的东西压在他的背上。"

"下个月我去理发店时还小心嘱咐理发师'剪平头'。"

"但是朋友S的来访好像用一根铁棍搅动水缸缸底，多年的沉渣泛到水面上来了。"

"旧日的沉渣给染上了新的颜色，像无数发亮的针聚在一起，不仅刺我的眼睛，也刺我的心。我觉得头越来越沉重，好像压在朋友S的肩头的那个包袱给搬到我的背上来了。"

"难道我不曾受骗上当，自己又去欺骗别人？！难道我没有拜倒在巫婆脚下烧香念咒、往井里投掷石子？！还有，还有……可是我从来没有想到'惩罚自己'，更不曾打算怎样偿还欠债。"

"事情一过，不论是做过的事，讲过的话，发表过的文章，一概忘得干干净净，什么都不用自己负责。"

"他严肃地、声音嘶哑地反复说：'债是赖不掉的。'就是这一句话！"

"我常常静下来，即使在藤躺椅上，我也有这样的感觉：沉重的包袱压得我抬不起头。"①

　　《无题集》的首篇，完成于1984年9月3日。巴金从访日之旅的欢愉启程，渐渐转入对内心的深刻剖析与自责中。面对帕金森综合征这一顽疾，巴金先生展现出了令人钦佩的乐观态度。在初期药物的有效控制下，他甚至错觉病情正逐步好转，却不知这病症实则无法根治。然而，正是这份乐观，驱使他不顾身体的病痛与亲友的忧虑，毅然决然地踏上了前往日本的旅程，以实际行动诠释了对友情的珍视与感激。这种乐观，并非盲目逃避，而是一种深思熟虑后的选择，正如他放弃安逸晚年，坚持撰写《随想录》一般，明知前路坎坷，却仍选择以积极的心态去迎接与挑战。

　　在日本的土地上，巴金再次感受到了友情的温暖与力量。这份跨越国界的深情厚谊，让他暂时忘却了病痛的折磨，他的精神焕发出了前所未有的光彩。与友人的深入交流，为他的身体带来了"宁静"，他的心灵得到慰藉。这份情谊的深远意义，让他深刻体会到了"世代交好"的真谛，并衷心希望这份力量能够穿越时空，永续传承。

　　然而，友人S的出现，却如同一记警钟，震醒了巴金尘封已久的记忆。S以剪发自惩的行为，触动了巴金内心深处的敏感神经，勾起了他许多不愿回首的往事。这些记忆如同一面明镜，映照出他曾有过的迷茫、随波逐流与独立思考的缺失。这段回忆的浮现，让巴金在审视自己过去的盲目与不负责任时，感到了深深的痛楚。但与此同时，更加坚定了他面对并承担过往的决心。

　　真正的乐观，不仅在于面颊上的微笑，更在于对自我的深刻认知

---

　　① 巴金：《访日归来》，《无题集》，人民文学出版社2018年版，第1—9页。

与责任担当。巴金先生反复告诫自己："债是赖不掉的。"这句话既是对他内心的解脱，也是对他不断的鞭策。每个人都应为自己的言行负责，这份带着痛楚的觉醒，即使让他坐在躺椅上，也感受到了前所未有的沉重压力。这是灵魂深处的洗礼，也是巴金重拾独立思考、坚守信念的过程。他用自己的过往，向后人传递了一个深刻的道理：即便身处逆境，只要心中有光、有信念、有友情，就能战胜一切困难，迎来属于自己的春天。

＊ 122 ＊
幸福
——年轻的"老师"鞭策我前进

"……我多么希望自己能够年轻二十岁，那么我可以多写，写尽我心中积累的感情。"

"其实活到八十是一件可悲的事。我时时痛苦地想到自己'心有余而力不足'。我还应该做那么多的事，却只有这么少的时间！我还想写那么多的文章，一天却只能写一两百个字，有时拿起笔手抖起来，一个字也写不好。"

"我始终忘不了某一位朋友提出的一个问题：'你拿着高的稿费过着优裕的生活，不知你怎样看待你的读者？'"

"我夜间因为翻身困难，睡不好觉，就常常考虑应当怎样解答这个问题。它已经变成我自己的问题了。我并没有拿高的稿酬，用不着解释。但我靠稿费过着比较优裕的生活，这却也是事实。"

"我深深体会到自己带回来一个包袱，不，不是包袱，是一根鞭子。又像在三十年代那样，我觉得一根鞭子在我的背上抽打。一个声音压倒了我的耳鸣：'你写作，不是为了职位，不是为了荣誉……读者需要的是你的艺术的良心。"

"我责备自己，我感觉到鞭子抽打我的背脊，我活到八十深感苦恼，并不是我灰心、丧气，这正是因为我还有力量和勇气。"

"我自己却感觉到那一条称为'衰老'的毒虫不断地在蚕食我的心，一直到今天，也将一直到最后。"

"我一直在挣扎，我从生活、从文学作品汲取养料，汲取力量。"

"我开始用'文章'里的话衡量自己：我是不是完全抛弃了理想？我的灵魂有没有出现皱纹？我必须承认：皱纹太多了！过了八十我还得从零开始。"

"我忘不了我那些年轻的'老师'（我应当称他们为老师），他们给了我勇气和力量，想到他们我总有这样一种感觉：他们拿着鞭子在赶我前进。"[①]

文章撰写于1984年11月18日至29日，用时11天。巴金甫抵香港，心绪波澜日益壮阔，香港年轻读者多样化的回响，让他对文学使命及个人价值深度产生了新的思考。当被探询如何看待稿酬为其构筑的优渥生活时，巴金的心境交织着复杂情感。他坦率而言，虽稿酬非丰，却诚然为他赢得了宝贵的时间与空间，以滋养创作之树。然而，问题

---

① 巴金：《幸福》，《无题集》，人民文学出版社2018年版，第10—15页。

的打开却伴随了他内心挥之不去的自责，这份自责植根于他对艺术良知的不懈秉持及对读者殷切期盼的庄重回应。

在巴金的心中，艺术良知犹如文学创作之灵。身为文匠，他深知笔下每一言每一语皆承载着对读者的沉甸甸的责任与使命。故而，面对读者对其生活境况与创作态度的质疑，巴金感受到一种前所未有的内在驱动力，这驱动力非外界压力所强加，而是源自内心深处的自我鞭策。他自喻为一名受鞭策的行者，时刻警醒自己勿忘文学之初衷与使命，誓以行动践行对社会的回馈，以及对那些翘首以盼其文字的灵魂的报答。

面对岁月无情，年华渐逝，巴金的选择不是沉沦亦非逃避，而是以更加坚毅不屈之姿，与"衰老"这一无形之敌展开顽强的较量。他深知，或许灵魂的纹理已悄然爬上岁月的痕迹，但只要心中之火不灭，力量与勇气尚存，他便能继续迈步向前，不懈书写独属于自己的生命篇章。

＊ 123 ＊
为旧作新版写序
——边写边学，边校边改

"我一向是在版权得不到保障的条件下从事写作的，所以看见盗印本接连出现，我也毫不在乎。"

"我知道有些日本朋友正是靠了这些'租型本'和盗印本听到我的声音的，因此我看见它们反而感到亲切。"

"然而我更希望读者们看到我自己修改过的新版本。我常说我写文章边写边学，边校边改。”

"一本《家》我至少修改过八遍，到今天我才说我不再改动了，并不是我不想改动，只是我不能把时间完全花费在一本书上面，我不是在写'样板小说'。对生活的感受和认识是无止境的，我的追求也没有止境。"

"天地图书公司愿意照付'版税'，我说：'还是捐赠给中国现代文学馆吧。'"

"我绝不会删去补写的章节，让《三部曲》、让《家》恢复原来的面目。"

"我自己也不愿意再拿初版的《家》同读者见面。"

"在我还是一个'懂事的'小孩的时候，我就对当时存在的种种等级抱有反感。"

"'父母之命，媒妁之言'的封建毒素又深入人心，她'穿针引线'，不顾这一切，她是'反封'的'战士'，绝不是一个媒人。"

"难道在我们这个社会里，男女青年间或者大年龄的男女青年间就没有正常的社交活动，就不能自由恋爱，不能依照婚姻法自由结合，必须求助于'父母'和'媒妁'吗？"

"'门当户对'至今还是他们决定子女婚姻的一个标准。听话的孩子总是好孩子。为了'婚姻自主'，多少青年还在进行斗争。"

"青春是无限的美丽。未来永远属于年轻人，青年是人类的希望，也是我们祖国的希望。这是我的牢固的信念，它绝不会'过时'。我相信一切封建的流毒都会给年轻人彻底反掉！"①

　　文章撰写于1984年12月11日。巴金以一颗平和之心，于开篇处娓娓道来版权之事，指出在版权保护尚显薄弱的时代背景下，他依旧笔耕不辍，对于盗印本的流传，亦未表现出过分的抗拒或反感。在那个特定的历史时期，盗印本作为一种特殊的文学传播方式，自有其存在的意义。然而，在自我修订的道路上，巴金从未有过丝毫懈怠，始终精益求精。他视写作为一场永无止境的学习与修正之旅，通过对作品无数次的校对与修改，力求使其臻于完美。以《家》为例，该书历经八次以上的改动，却仍未达到他心中的理想状态。在巴金看来，生活的感悟与认知永无止境，对艺术的追求亦是一条永不停歇的征途。

　　在对待作品版本的态度上，巴金先生展现出了对艺术的高度负责精神，以及对读者深沉的责任感。他更倾向读者能读到他亲自修订的最新版本，因为其中凝聚了他对文学的深刻感悟，以及对时代变迁的敏锐洞察。每一次作品再版所得的版税，他都慷慨捐赠给中国现代文学馆，这份对文学事业的热爱与支持，背后是他超脱名利、追求艺术纯粹的高尚情操。

　　当话题转向带有封建残余思想的等级制度、买卖婚姻时，巴金的言辞瞬间变得激昂而犀利。他痛斥这种行为剥夺了青年人的恋爱自由，是对人性的极大践踏。早年，他便通过作品中那些勇于反抗婚姻束缚、追求自由恋爱的青年男女形象，表达了对"父母之命，媒妁之言"的强烈批判，以及对婚姻自主的坚定支持。而时至晚年，当他听闻此类现象依旧存在时，再次挺身而出，予以严厉批判。巴金鼓励年轻人珍惜青春年华，勇敢追寻属于自己的幸福，坚决反对任何形式的

---

① 巴金：《为旧作新版写序》，《无题集》，人民文学出版社2018年版，第16—21页。

包办婚姻。他坚信，唯有真正的自由恋爱，以及在婚姻法保障下的自由结合，方能凸显出人性的尊严与价值，实现个人自主性的选择。

* 124 *

人道主义
——不得不苦苦思索

"朋友在第二节的小标题上打了两个圈，他在信里写道：'您大概不会把人道主义看作洪水猛兽吧。'"

"我已经听惯了这种'官腔'。"

"我身受其害，有权控诉，也有权探索。"

"我一定要弄清楚这个问题，即使口里不说，心里也不会不想，有时半夜从噩梦中惊醒，眼前也会出现人吃人的可怕场面，使我不得不苦苦思索。"

"我当时非常狼狈，只是盼望那个孩子对我讲点人道主义。"

"前些时候全国出现了一股'人道主义热'，我抱病跟着大家学习了一阵子，不过我是自学，而且怀着解决实际问题的目的去学。"

"我虽然年迈体弱，记忆力衰退……"

"那些杰出作家的名字将永远活在读者的心中：老舍，赵树理，杨朔，叶以群，海默……和别的许许多多。"

"所以时机一到，一声号令，一霎时满街都是'虎狼'哪里还有人敢讲人道主义？哪里还肯让人讲人道主义？"①

　　文章撰写于1984年12月20日。人道主义，如同一盏璀璨明灯，照亮了人类历史长河中对于真诚、善良与美德的不懈探寻，它深刻体现了对人性尊严、价值及自由的无限关怀。在巴金的笔下，人道主义超越了哲学的范畴，化身为一种生活哲学，一种对过往苦难岁月的深沉反思与对未来美好愿景的热切期盼。

　　面对历史的波澜壮阔，巴金以独特的视角，将人道主义作为一面透视过往的明镜。他提及友人于小标题上的圈点、自己对"官腔"的淡然处之，这些细微之处，实则是对那个时代普遍存在的社会问题之深刻批判。巴金挺身而出，控诉与探索并存，在寂静的夜晚，于噩梦的纠缠中，他坚持不懈地追寻着人性的本质——"人吃人"的惨烈图景，既是他对历史悲剧的刻骨铭心之描绘，也是对人性沦丧的深切觉醒与反思。

　　巴金时常感慨自己年事已高，体衰力弱，记忆力亦日渐衰退。然而，无论岁月如何更迭，那些痛心的记忆却如影随形，无法抹去。记忆，是历史的教训与未来的希望之所在，他清晰地铭记着每一位在历史洪流中遭遇不幸的杰出作家。他们的事迹，如同星辰般璀璨，永远闪耀在文学的夜空。巴金以此提醒后人，追求人道主义的道路布满荆棘与挑战，我们必须警惕，防止"虎狼"再次横行，对社会正义构成威胁与践踏。而这些伟大的作家，将永远活在读者心中，他们的精神与作品，将永远璀璨于文学的浩瀚星空。

---

①　巴金：《人道主义》，《无题集》，人民文学出版社2018年版，第22—26页。

* 125 *

"紧箍咒"

——对我们迷信的惩罚

"老友是出色的杂文家，文章短，含意深，他不像我那样爱说空话。他常常对准目标，弹无虚发。"

"事后我遇见他，对他谈起这件事，他只是微微一笑。"

"他现在不那么健谈了。"

"他即使讲话不多，但拿起笔来，仍未失去当年的勇气。对于不合理的现象，对于不应当发生的事情，他还是有自己的看法。"

"我到了北京，就感觉到风向改变，严冬逼近，坐卧不安，不知怎样才好。"

"我当然一口答应，我正需要用这种表态文章来保护自己。她催得急，说是要用电报把文稿发到上海去。反正文章不长，可以摘抄大报上的言论，我当天就写成了，记者拿去，第二天见报，我的心也安定了些。我还记得短文的题目是《中国人民一定要走社会主义的路》。走社会主义道路是我多年的心愿，但文章里的句子则全是别人常用的空话。"

"今天我们的想法不会是当时那样的吧……现在再回头去看二十七年前的事情，我觉得自己多么可笑又可悲。"

"一个愿意改造自己的'知识分子'整天提心吊胆，没有主见，听从别人指点，一步一步穿过泥泞的道路，走向一盏远方红灯，走一步，摔一步，滚了一身泥，好不容易爬起来，精疲力尽，继续向前，又觉得自己还是在原地起步。不管我如何虔诚地修行，始终摆脱不了头上的'金箍儿'。"

"我不得不把朋友们忘得干干净净，我真正被孤立起来了。即使在大街上遇见熟人，谁也不敢跟我打招呼。"

"我们交谈起来，还是很亲切，只是不常发出笑声。"

"不过在这种时候主动地请我在饭馆里吃饭，也需要大的勇气。他的脾气没有大改变，只是收敛了些。在他身上我找到了旧日的友情，经过两次大火还不曾给烧成灰烬的友情。"

"我只好交给他我的《一封信》，就这样地结束了我十年的沉默。"

"于是我又读到了他那些匕首似的杂文。"

"我总觉得把时间耗费在主席台上太可惜了，我很想找他谈谈，劝他多写文章，劝他多讲心里的话。"

"我的高兴是可以想象到的。原来杂文家还在继续使用他的武器。"

"前年十月底我第二次住进医院的时候，噩梦就做得最多，而且最可怕。我当时的确害怕这些梦境会成为现实，所以我主张多写这些噩梦，不但要写泪，而且要写血，因为那些年我们流的血、淌的泪实在太多了。"

"'紧箍咒'不就是对我们的迷信的惩罚？想起《西游记》里唐僧对孙悟空讲的那句话，我就恍然大悟了。唐僧说：'当时只为你难管，故以此法制之。'"①

文章撰写于1984年12月25日，由老友林放的杂文引申开来，我们得以一窥那段特殊历史时期的文化景观与知识分子的心灵轨迹。林放，凭借其独树一帜的文风与深邃的人格魅力，在杂文界独领风骚。他的文章虽篇幅短小，却意蕴悠长，字字珠玑，直击要害，无须锋芒毕露，便已展露出他作为杂文家的敏锐洞察力与非凡勇气。这是他个人品质的体现，也是那个时代知识分子对真理不懈追求的缩影。

历史的车轮滚滚向前，在那段动荡不安的岁月里，每一个生命个体都不可避免地置身于时代的洪流与个人抉择的十字路口。巴金，这位以真诚与坦率著称的文学巨擘，亦需在"紧箍咒"的束缚下做出艰难的选择。在那风雨交加的年代，为了自保，巴金也曾发表过违心之论，这些言辞虽背离了他的内心真实，却也是他在特定环境下的无奈生存之道。这份无奈与妥协，对自我内心的背叛，让人深切感受到历史对人性无情的考验与磨砺。

然而，巴金从未忘却那段血泪交织的历史，也从未放弃对真理与思辨的执着追求。沉默并非永恒的避风港，唯有发声，方能唤醒沉睡的心灵。于是，在长久的沉默之后，巴金终于打破沉寂，以文字为笔，记录下那段不堪回首的往事，让自己的心声穿越时空，传递给后世。老友林放亦复如是，他的杂文犹如一把锋利的匕首，穿透了时代的阴霾，为巴金点亮了希望的明灯。他们深知，唯有让后人铭记历史的教训，方能最大限度地避免历史的重演。

在此意义上，"紧箍咒"一词蕴含了深刻的双重寓意。它既是外

---

① 巴金：《"紧箍咒"》，《无题集》，人民文学出版社2018年版，第27—36页。

界巨大压力对思想与自由的枷锁，象征着对内心欲望与杂念的束缚与压制；同时，它也是个体在特殊历史时期内心挣扎与痛苦的象征。以孙悟空为例，紧箍咒伴随其成长，成为他征服自我、实现蜕变的标志。正是在与紧箍咒的不断抗争与适应中，孙悟空学会了自我控制，完成了质的飞跃。而巴金，亦是在束缚与痛苦的磨砺中，如同头痛欲裂般的反思与自省，最终找到了突破枷锁、实现自我救赎的思想之路。

* 126 *

"创作自由"
——中国文学的黄金时代

"我对这次大会怀有大的期望，我有一个想法：这次大会一定和以前的任何一次会议不同。"

"对于大会可能各人有各人的看法，但有一点则是共同的：大家都欢迎它。"

"我同意王蒙那句话：'中国文学的黄金时代真的到来了'。"

"一位海外同行说这次大会'最值得注意的有两件事：第一是胡启立代表中共中央提出给作家以创作自由的保证；第二件是刘宾雁、王蒙等革新派作家的高票当选。'"

"最近我还在家里养病。晚上，咳得厉害，在硬板床上不停地向左右两面翻身，总觉得不舒服，有时睡了一个多小时，又会在梦中被自己的叫声惊醒。"

"我想到的恰恰也就是那两样事情：祝词和选举。这是大会的两大'收获'，也是两大'突破'。"

"有人带了头，跟上来的人不会少。有了路，走的人会更多。"

"从'创作自由'起步，会走到百花盛开的园林。'创作自由'不是空洞的口号，只有在创作实践中人们才懂得什么是'创作自由'，也只有出现更多、更好的作品，才能说明什么是'创作自由'。"

"作家们用自己的脑子考虑问题，根据自己的生活感受，写出自己想说的话，这就是争取'创作自由'。前辈们的经验告诉我们，'创作自由'不是天赐的，是争取来的。"

"黄金时代，就是出人、出作品的时代。这样的时代绝不是用盼望、用等待可以迎接来的。"

"后来走上文学道路，我也不习惯讨好编辑、迎合读者，更不习惯顺着别人的思路动自己的笔，我写过不少不成样子的废品，但是我并不为它们感到遗憾。我感到可悲的倒是像流水一样逝去的那些日子。"

"读者们盼的是作家们的创作实践和辛勤劳动，是作品，是大量的好作品。没有它们，一切都是空话，连'中国文学的黄金时代'也是空话。应当把希望放在作家们的身上，特别是中青年作家的身上——我一直是这样想的。"①

　　文章撰写于1985年2月8日，透过巴金先生的笔触，我们看到

---

① 巴金：《"创作自由"》，《无题集》，人民文学出版社2018年版，第37—42页。

一位文学巨匠对创作自由深沉的向往与深刻理解，以及他对中国文学未来蓬勃发展的热切期盼。尽管巴金先生未能亲临作协第四次代表大会的现场，但他的心与大会紧密相连，对此寄予了厚望。他预见这次大会将不同于往昔，其背后蕴含着创作环境即将迎来变革的强烈预感。巴金指出，尽管人们对大会抱有不同见解，但普遍对其召开表示欢迎，这种民主而广泛的期待，正是文学界对新风貌、新机遇渴望的生动体现。尤为引人瞩目的是，大会被视为两大"收获"与"突破"的象征，明确承诺了创作自由，标志着文学界内部力量对比的重大调整，预示着一个更加开放、包容的创作环境正在逐步构建与完善。

巴金先生强调，"创作自由"绝非空洞无物的口号，它需要在创作的实践中不断探索与体悟。真正的创作自由，是作家能够独立思考，依据个人的生活体验，自由地抒发内心的声音。在这个复杂多变的社会环境中，这种自由并非唾手可得，而是需要作家们付出不懈的努力与斗争去争取。他勉励作家们要勇于走自己的路，即使面临失败与挫折，也是成长道路上不可或缺的宝贵财富。

当谈及"中国文学的黄金时代"时，巴金先生难掩激动之情。他赞同王蒙的观点，认为这个时代的确已经呼之欲出。但同时，他也保持着清醒的头脑，指出黄金时代并非靠等待与期盼就能轻易到来，而是需要作家们以实际行动去践行，用作品去证明。唯有大量优秀作品的问世，才是检验黄金时代是否到来的唯一标准。这些作品凝聚着作家们的心血与时间，是他们辛勤耕耘的结晶。只要有人敢于率先垂范，引领风骚，那么跟随者自会络绎不绝，文学的道路也将因此变得越发宽广。唯有如此，我们才能真正迎来"中国文学的黄金时代"，让文学的百花园在自由的土壤中绽放出最绚烂的光彩。

＊ 127 ＊
"再认识托尔斯泰"？
——他是世界上最真诚的人

"'再认识'托尔斯泰，谈何容易！世界上有多少人崇拜托尔斯泰，有多少人咒骂托尔斯泰，有多少人研究托尔斯泰，但谁能说自己'认识'托尔斯泰？"

"他是世界上最真诚的人。他从未隐瞒自己的过去。"

"他的一生充满了矛盾，为了消除矛盾，他甚至否定艺术，相信'艺术是一种罪恶'。"

"那个替丈夫抄写《战争与和平》多到七遍的女人，当然不愿意他走上否定艺术的道路，因此对那些她认为是把托尔斯泰引上或者促使他走上这条道路的所谓'托尔斯泰主义者'有很大的反感，她同他们的斗争越来越激烈。她热爱艺术家的托尔斯泰，维护他的荣誉，做他的忠实的妻子，为他献出她一生的精力。"

"他留给妻子的告别信还是一八九七年写好的，一直锁在他的抽屉里面。这说明十三年前他就有离家的心思，他的内心战斗继续了这么久。"

"'我知道我是你父亲的死亡的原因。我非常后悔。可是我爱他，整整爱了他一辈子，我始终是他的忠实的妻子。'我姐姐和我说不出一句话。我们两个都哭着。我们知道母亲对我们讲的是真话。"

"托尔斯泰所追求的就是言行的一致。"

"十九世纪世界文学的高峰。他是十九世纪全世界的良心。他和我有天渊之隔，然而我也在追求他后半生全力追求的目标：说真话，做到言行一致。我知道即使在今天这也还是一条荆棘丛生的羊肠小道。"

"我觉得好像他在路旁树枝上挂起了一盏灯，给我照路，鼓励我向前走，一直走下去。"①

文章撰写于1985年3月30日，聚焦于19世纪俄国文学巨匠托尔斯泰，这位以其深邃思想及鸿篇巨制影响深远的文学大师，其一生本身就是一部交织着传奇与矛盾的宏伟史诗。从贵族家庭的优渥生活，到攀登世界文坛之巅，再到晚年毅然离家出走，最终在小车站静静离世，托尔斯泰的一生，是对"探索"二字最生动的诠释与实践。巴金以其独特的视角和深刻的洞察力，为我们勾勒出一个更加立体、多维的托尔斯泰形象。

巴金笔下的托尔斯泰晚年，是一段内心矛盾与挣扎交织的历程。他追求真理，渴望言行合一，却在现实与理想的夹缝中徘徊不定，这种挣扎与探索令人动容。托尔斯泰的坦诚无欺，赢得了巴金深深的敬意，将其誉为"世界上最真诚的人"。晚年托尔斯泰对艺术与私有财产的批判与否定，导致了他与妻子索菲亚关系的紧张，更将他推向了无法自救的精神深渊。对此，巴金对那些歪曲托尔斯泰生平的言论表示了强烈的愤慨。他强调，托尔斯泰的一生复杂而真实，不应被简单标签化或肆意曲解。巴金指出，关于托尔斯泰的私生活，已有丰富的资料留存，包括其日记、书信以及亲友的回忆等，任何基于不实"研究资料"撰写的文章，都是对这位文学巨匠的极大不公。他强烈呼吁

---

① 巴金：《"再认识托尔斯泰"？》，《无题集》，人民文学出版社2018年版，第43—49页。

人们应尊重事实，以客观、全面的态度去认识和评价托尔斯泰。

对巴金而言，托尔斯泰的一生犹如一部生动的教科书，教会了他如何面对生活的种种挑战，如何坚守自己的信念与理想。托尔斯泰追求言行一致的精神，如同一盏明灯，照亮了巴金前行的道路，激励着他为实现这一目标而不懈努力，哪怕付出再大的代价也在所不惜。这份精神遗产对巴金的影响深远而持久，让他更加坚定地追求真理与善良，成为他人生道路上不可或缺的力量源泉。

* 128 *

再说端端

——教育改革，人人有份

"我算了一算她一天伏案的时间比我多。我是作家嘛，却没有想到连一个小学生也比我写得更勤奋。'有这样的必要吗？'我不止一次地问自己。"

"所以有一天我听见端端一个人自言自语发牢骚：'活下去真没劲！'不觉大吃一惊，我对孩子的父母谈起这件事，我看得比较严重，让一个十岁多的孩子感觉到活下去没有意思，没有趣味，这种小学教育值得好好考虑。"

"端端并不理解这个警告的严重性。她也不知道如何练就应付那些功课的本领。"

"我在旁边冷静地观察，也看得出来：孩子挨骂的时候，起初有些紧张，后来挨骂的次数多了，她也就不大在乎了。所以发生过的事情又继续不断地发生。"

"我总是顺着自己的思路想问题，也只能顺着自己的思路想问题，那些填进去的东西总不会在我的脑子里起作用，因为我是人，不是鸭子。"

"今天的孩子当然也不是鸭子，即使我们有十分伟大，极其崇高的理想也不能当作'饲料'使用吧。要是作为'饲料'，再伟大的东西也会走样的。"

"为孩子们着想，培养他们最好是'引导'，'启发'使他们信服，让他们善于开动脑筋，学会自己思考问题。"

"多考虑，多议论，多征求意见，一切认真对待。总之，千万不要忘记认真二字。"

"这一段'随想'则写得很吃力，还删改了三次。为什么这样困难？我找出一个原因：我把自己同端端混在了一起，我写端端，却想到自己。"

"在那段漫长的时间里，我经常像小学生那样战战兢兢地应付没完没了的作业，背诵、死记'老师们'的教诲；我强迫自己顺着别人的思路想事情，我把一连串的指示当作精饲料一古脑儿吞在肚里。"

"头发在灌输和责骂中变成了银丝，拿笔的手指颤抖得不由自己控制，写作成为惩罚的苦刑，生活好似长期的挣扎。"

"说老实话，我同情端端，我也怜悯过去的自己。"

"她不会想到每天早晨那一声'再见'让我的心感到多么暖和。"[1]

---

[1] 巴金：《再说端端》，《无题集》，人民文学出版社2018年版，第50—56页。

文章撰写于1985年5月25日，巴金以其细腻的笔触，描绘了一个在"填鸭式"教育重压下挣扎的孩子形象。她的辛劳与无奈，如同一面镜子，映照出当时教育体制的诸多弊病。巴金严厉批判了那种无视孩子个性与兴趣，盲目灌输知识的教育方式，指出这不过是另一种形式的"填鸭"，其结果只能是让孩子们的思维变得呆板，对知识的好奇与对生活的热爱被逐渐消磨。

巴金敏锐地观察到，小女孩端端在沉重的课业与频繁的责骂中，从最初的紧张不安到后来的麻木，这种转变令人痛心疾首。它深刻地揭示了教育过程中，当惩罚与责骂成为常态时，孩子们将逐渐失去对错误的警觉与改正的动力，教育的初衷也随之扭曲。巴金不禁发出拷问："这样的教育方式，真的有必要吗？"他的担忧远不止于学习态度的问题，还有对整个教育体制合理性的反观思考。他倡导一种先进且开明的教育理念——真正的教育应当是"启发"与"引导"，鼓励孩子们在探索中认识自我，学会独立思考，而非被动接受现成的答案。教育应当激发孩子们对伟大、崇高、美好事物的追求，而非将成人的既定理想强加于他们，使他们成为"填鸭式"教育的牺牲品。

巴金不由自主地将端端的现状与自己在特殊历史时期的经历相联系，产生了强烈的共鸣。他回忆起自己也曾如端端一般，在灌输与责骂的泥潭中苦苦挣扎，那份对知识的渴望被繁重的学习任务所取代，思想被束缚，独立思考的能力被压抑。这份自我反思，令他在对个人历史的回顾的同时，对教育未来的走向的表示忧虑。

晚年的巴金，尽管文学成就卓越，著作等身，但他的内心世界却充满了孤独与苦涩。他渴望与人交流，渴望有人能理解他的良苦用心，然而现实往往不尽如人意。他只能通过撰写"随想"来抒发内心的情感。而端端的关怀，如同一缕温暖的阳光，穿透了他孤独的阴霾。端端的陪伴与关爱，让他感受到了家人的温暖，也更加坚定了他通过文字唤醒人们对教育问题的关注与思考的决心。他希望，通过自己的努力，能够让每一个孩子都能在爱与自由的环境中茁壮成长，远离"填鸭式"教育的阴影。

＊ 129 ＊

"寻找理想"
——我追求集体的幸福和繁荣

"在理想问题上我们成了十只迷途的羔羊。但是我们不甘沉沦，我们决心探索、寻求。"（读者来信）

"我们想您那里一定有一种神奇的力量，有打开我们心灵窗户的神秘钥匙。"（读者来信）

"我只能跟在你们背后慢慢地前进，即使远远地落在后面，我还可以努力追赶。"

"'寻求理想'不是一天、两天的事。理想是存在的。可是有的人追求了一生只得到幻灭；有的人找到了它一直坚持到生命的最后一息。"

"我也是相信邪不胜正的人，我始终乐观。"

"在这一场理想与金钱的斗争中我们绝不是旁观者，斗争的胜败关系到我们每个人的命运。我们是这个社会的成员，是这个国家的公民。"

"'向前看'一下子就变为'向钱看'，定风珠也会变成风信鸡。"

"理想是那么鲜明，看得见，而且同我们血肉相连。它是海洋，我好比一小滴水；它是大山，我不过一粒泥沙。不管我多么渺小，从它那里我可以吸取无穷无尽的力量。拜金主义的'洪流'不论如何泛滥，如何冲击，始终毁灭不了我的理想。问题在于我们一定要顶得住。我们要为自己的理想献身。"

"我在二十年代写作生活的初期就说过：'把个人的生命连系在群体的生命上面，在人类繁荣的时候，我们只看见生命的连续，哪里还有个人的灭亡？'"

"但是理想从未在我的眼前隐去，它有时离我很远，有时仿佛近在身边；有时我以为自己抓住了它，有时又觉得两手空空。有时我竭尽全力，向它奔去；有时我停止追求，失去一切。但任何时候在我的前面或远或近，或明或暗，总有一道亮光。不管它是一团火，一盏灯，只要我一心向前，它会永远给我指路。我的工作时间剩下不多，我拿着笔已经不能挥动自如了。我常常谈老谈死，虽然只是一篇短短的'随想'，字里行间也流露出我对人生无限的留恋。"

"千万要珍惜你们宝贵的时间。只要你们把个人的命运同集体的命运连在一起，把人民和国家的位置放在个人之上，你们就永远不会'迷途'。"①

文章撰写于1985年6月25日，记录了巴金与十位五年级小学生就"理想"这一永恒主题展开的深刻对话。回信中，巴金以真挚而诚恳的笔触，回应了孩子们对于未来与当下的迷茫，他们自比为"迷途的羔羊"，对理想充满了困惑。巴金首先阐明了理想的本质，它并非一蹴而就的短期目标，而是照亮人生道路的永恒灯塔，需要我们

---

① 巴金：《"寻找理想"》，《无题集》，人民文学出版社2018年版，第58—64页。

用一生去追求。对理想的坚持不懈，因人类精神世界的深邃与广阔，启示我们在面对困难与挫折时，要坚守对理想的执着与信念，永不言弃。

当孩子们问及理想与金钱的抉择时，巴金给出了明确的答复。他认为在这场理想与金钱的较量中，每个人都是参与者，无人能置身事外。他严厉批判了那些唯利是图、藐视理想的行为，同时表达了对正义终将战胜邪恶的坚定信念。巴金指出，虽然社会充满了诱惑，但理想的力量是无穷的，它能够激发人的内在潜能，使人超越个人私利，追求更高尚、更崇高的目标。他鼓励年轻人在物欲横流的社会中保持清醒的头脑，坚守自己的道德底线和理想追求，不为金钱所动。

巴金的生命哲学和理想主义追求中，有着鲜明的集体观和全人类共融的思想。他将自己的生命与群体的利益紧密相连，认为个人的兴衰荣辱都与人类的整体繁荣息息相关。这种超越个人界限的理想追求，体现了巴金对人类共同命运的深切关怀和对集体幸福的执着向往。他巧妙地将理想比作"海洋"和"大山"，而个体则是"一小滴水"和"一粒泥沙"，这比喻生动地展现了理想与个人之间的紧密关系，以及理想对个人成长的巨大影响。

巴金强调，无论个人多么渺小，都能从理想中汲取无穷的力量。这种力量使人在面对拜金主义的冲击时，能够坚守本心，不为所动。他的这种信念是对理想的贴切诠释，也给予了读者精神鼓舞和心灵慰藉。通过这封信，巴金向孩子们传递了关于理想、信念和坚持的宝贵财富，激励着他们勇敢追寻自己的梦想，成为有理想、有道德、有文化、有纪律的新时代青年。

＊ 130 ＊

"从心所欲"
——未来可以由我们塑造

"'从心所欲'也不过是做一两件自己想做的事，或者退一步说不再做自己不想做的事，对一个老人来说，这样的愿望大概不会是过分的要求吧。"

"人不断地找上门来，有熟人，也有陌生的读者，他们为了接连出现的各种'红白喜事'拉我去充当吹鼓手；他们要我给各式各样的报纸、书刊题辞、题字，求我担任这样那样的名誉职务。"

"要我题字，无非让我当众出丑，这是我不愿意做的事。有些人却偏偏逼着我做，我再三推辞，可是我的话不起作用。"

"我呢，只好向他们哀求，'还是让我老老实实再写两篇文章吧。'倘使只是为了名字而活下去，那真没有意思，我实在不想这样地过日子。可是哀求、推辞、躲避有时也没有用，我还是不得不让步，这里挂一个名，那里应付一下。"

"当然我也不甘心任人摆布。我虽然又老又病，缺乏战斗意志，但还能独立思考，为什么不利用失败的经验，保护自己？"

"可是想到将来会出现的评论、批判、研究、考察以及各种流言蜚语，我再也不能沉默。"

"我牢牢记住这样一句名言：'人啊，你们要警惕！'

我正是为了这个才活下去、写下去的。"

　　"本来我就这样想：过去是抹煞不了的，未来却可以由我们塑造。不坚强可以变为'坚强'，没有'勇气'的人也会找到'勇气'。"

　　"当时萧珊尚在人世，每天我睁开眼睛听见她的声音，就唤她的名字，我说：'日子难过啊！'倘使要我讲出自己的真实思想，那就是：没有希望，没有前途，我忍受不了阎罗殿长时期的折磨。"

　　"当时的情景还是那么鲜明，好像就发生在昨天一样，我并不曾脸红，也不觉得可耻。"

　　"但是从此我就在想一个问题：不能让这奇耻大辱再落到我的身上。今天我也还没有忘记这个问题。究竟我有没有'勇气'，是不是'坚强'……"①

　　文章撰写于1985年7月14日。巴金笔下，"从心所欲"这一境界是对晚年悠然生活的憧憬，更是对精神自主与创作无拘的深切呼唤。他带着一丝无奈，细腻描绘了晚年生活中外界干扰如潮水般涌来，使得静心创作成为奢望的困境。不论是熟人的探访、陌生读者的频繁登门，还是纷至沓来的社会活动邀请、题字题词之请，乃至各类名誉职位的加冕，这些表面光鲜的荣誉背后，实则是对巴金宝贵时间与精力的无情侵蚀。他直言不讳地表达了对这种仅为虚名所累生活的厌倦与抗拒，感到自己仿佛"为名而生"，失去了生活的真谛。

　　在巴金的心中，真正的价值植根于创作中，在于以笔墨为剑，镌刻时代印记，反思历史沧桑，照亮未来之路。他渴望回归创作的纯粹，尽管面对外界的喧嚣显得力不从心，但他的内心未曾有丝毫妥协

---

　　①　巴金：《"从心所欲"》，《无题集》，人民文学出版社2018年版，第65—70页。

之意。他提出疑问："为什么不利用失败的经验，保护自己？"过往虽不可更改，却铸就了我们的记忆与历史；而未来，则需我们以实际行动去描绘与塑造。巴金深信，今日的坚韧可以弥补昔日的软弱，当下的勇气足以填补过往的畏惧。这份信念，源自他对个人经历的反思，也与他和萧珊共渡难关的岁月息息相关。

在此基础上，巴金进一步探讨了"说真话"所需的勇气与坚韧，强调这绝非空洞的口号，而是需以实际行动践行的原则。他警醒世人，保持警觉之心，这是对后来者的殷切嘱托。作为五四新文化运动的继承者，巴金先生肩负起知识分子的责任与使命，勇于揭露真相，唤醒民众意识，坚持不懈地说真话，记录真实的世界。

＊ 131 ＊

卖真货

——单单讲真话已经不够了

"可能有人认为我讲得太多了，为什么老是揪住真话不放呢？其实，谁都明白，我开的支票至今没有兑现。我编印了一本《真话集》，只能说我扯起了真话的大旗，并不是我已经讲了真话，而且一直在讲真话。"

"经过这些年的实践，我懂得讲真话并不容易，而弄清楚真、假之分更加困难。此外，我还忽略了讲话和听话的密切关系。"

"他们说话，总是出口成章，滔滔不绝，说过就忘记，别人要是提起，自己也不会承认。在他们，讲话不过是一种装饰，一种游戏，一种消遣，或者一种手段。"

"我的箭垛首先是自己，我揪出来示众的也首先是自己。"

"写完'再认识'的文章，我才明白：讲真话需要多么高昂的代价，要有献身的精神，要有放弃一切的决心。"

"它们是真是假，固然别人可以判断，但自己总不能不作个交代吧。我经常想起它们，仿佛在查一笔一笔的旧账。这不是愉快的事。午夜梦回我在木板床上翻来覆去，往往为一件事情或几句假话弄得汗流浃背。我看所谓良心的责备的确是最痛苦的，即使别人忘记了你，不算旧账，你躲在一边隐姓埋名，隔岸观火，也无法得到安宁。首先你得不到自己的宽恕。"

"我自己倒变做了一个贩卖假药的人。卖过些什么假药，又卖给了什么人，我一笔一笔地记在账本上，又好像一刀一划地刻在自己心上，刀痕时时在作痛，即使痛得不厉害，有时也会妨碍我平稳地睡眠。"

"单单讲真话已经不够了，太不够了。"①

文章撰写于1985年8月，在巴金先生深邃而坦诚的文字里，我们再度看到一位文学巨匠对真话的执着追求与省思。巴金从审视个人言行的角度坦诚地指出，自己提倡的讲真话并未完全兑现，这同时也是对整个社会风气的暗喻剖析。巴金所倡导的"讲真话"，绝非空洞的口号或高悬的旗帜，而是期许以自己的实际行动为火种，点燃更多人心中的真话之光，鼓励他们勇敢地发出内心的真实声音。他亦深知，讲真话之路布满荆棘，它要求有无畏的勇气、深邃的智慧以及不懈的坚持。正如他所言，"讲真话并不容易，而弄清楚真、假之分更加困难"。外界环境纷繁复杂，身在其中的人们有时也难辨真假，再加上

---

① 巴金：《卖真货》，《无题集》，人民文学出版社2018年版，第72—77页。

诸多原因造成的内心世界的挣扎与抉择，让讲真话、办实事的路时常寸步难行。

在巴金的笔下，我们看到那些轻易言谈，却对真话视而不见的人，如同玩味言辞的游戏者一般，他们的话语失去了分量，成了空洞的装饰。与此形成强烈对比的是始终将批判的矛头指向自己的巴金，他的自我反思精神，是对真话追求的最高直径。讲真话的代价是沉重的，之前在《再认识托尔斯泰?》的文章中巴金就已经提到，它需要有献身的精神，有放弃一切、一腔孤勇的态度。他坦言，曾花费宝贵时间去学习那些由假变真的东西，以为自己拥抱了真理，却发现不过是假话堆砌而成的泡影。他的自责，如同一个诚信的人去贩卖假药一般，内心煎熬如焚，难以平复。

在真话与行动之间，需要一座桥梁，那就是实践。所以巴金说，单单讲真话已经远远不够。真话要用口大胆地说出，更要付诸实践，专为推动社会进步的力量。要做讲真话的勇士，更要做实践真话、捍卫真理的行动者。

＊ 132 ＊
再说知识分子
——我总要走完我的路

"不过向来瞧不起知识分子的人多数还是坚持己见，'翘尾巴'论就是从他们嘴里嚷出来的。"

"不要知识，不要科学，大家只好在苦中作乐，以穷光荣。"

"光阴似箭，我绕了数不清的大弯，然后又好像回到了原处。"

"我就只有在油锅里熬剩下来的那一点点油渣，你用鞭子抽也好，开会批判也好，用大道理指引也好，用好听的话鼓励也好，我总要交出它们，我总要走完我的路。"

"我生长在中国，我的一切都属于中国的人民。为自己，这样生活下去，我已经心安理得了。"

"谁不曾胆战心惊地度过那些漫长的、可怕的'寒夜'！"

"倘使有人把某一个时期我们知识分子的生活如实地写出来，一定会引起无数读者同情的眼泪，唤起他们愤怒的抗议吧。"①

　　文章撰写于1985年9月10日。病榻之上的巴金，以其虚弱之躯，仍执笔书写着时代的沉思。这篇虽较往昔"随想"篇幅大为缩减，却字字沉重，句句深情，映照出那个风雨如晦的时代里，知识之光被厚重阴霾所掩的无奈现实。科学，这本应引领人类前行的灯塔，在当时却被视为可有可无的装饰；知识分子，那些以智慧为剑，誓要刺破黑暗、追寻光明的勇者，却遭受着前所未有的误解与排挤。

　　许多对知识分子不尊的话，如同锋利的刀，割裂了他们与社会大众之间的理解和尊重。在那个特殊的历史时期，知识分子被错误地贴上了各种诬蔑性的标签，他们遭到无情的批判，学识与贡献也被轻视。这种偏见与冷漠，让知识分子的心灵饱受摧残。"苦中作乐"是对那个时代社会风气的深刻讽刺。当知识的价值被贬低，科学的探索被忽视，整个社会仿佛陷入了一种盲目的自我麻痹之中。人们以无知为乐，以贫穷为荣，这不是个人的悲哀，而是时代的悲剧。这时文中

---

① 巴金：《再说知识分子》，《无题集》，人民文学出版社2018年版，第78—81页。

的"漫长的寒夜"也成为巴金对过往岁月反思时对知识分子群体记忆的共同呼唤。那些"寒夜"里的孤独与恐惧，如今看来，是巴金在深度忧思下对知识价值的重新审视与珍惜。

中国的知识分子，在追求真理与光明的路上，经历了无数的曲折与坎坷，却似乎始终未能走出时代重叠的阴霾——心中的理想与现实的巨大落差，让人倍感苍凉。面对这样的境遇，巴金没有选择沉默，他再次站出来发声。无论在怎样艰难的岁月，巴金始终心系祖国，将个人的命运与人民的命运紧密相连，这份深沉的国家情怀，令人动容。他希望通过真实的情感记录与反应，唤起社会对知识分子困境的关注，只有给予他们充分的尊重与平等对待，才能激发他们的创造力与潜能，推动社会的持续进步与发展。

＊ 133 ＊
再说"创作自由"
——生活是创作的唯一源泉

"几位老朋友看见我这么久不发表文章，以为我要搁笔，担心我心上那点余烬已经冷却。"

"我从来不'找题目'做文章，只是有话才说，但我也有避开摆在面前的题目不声不响的时候。"

"现在人们又在议论怎样加强作家的社会责任感。"

"有位朋友开玩笑说，'创作自由'好像一把悬挂在达摩克里斯头上的宝剑，你想着它拿起笔就有千万斤重。"

"我始终相信那一句老话：生活是创作的惟一的源泉，我写我熟悉的生活。我执笔的时候从来不问自己：为什么写作？我活着总是希望对我生活在其中的社会有所作为，有所贡献，换句话说就是要尽我作为一个公民的责任，我不能'白吃干饭'，而且别人也不让我'白吃干饭'。"

"坐在达摩克里斯的宝剑底下，或者看见人在旁边高举小板子，胆战心惊地度日如年，这样是产生不了伟大的作品的。"

"我只能说：等待了三十几年，今天我终于明白黄金时代绝不会自己向人们走来，它等着作家们去迎接它，拥抱它。要迎来一个文学的黄金时代，必须付出高昂的代价，其中包含着作家们的辛勤劳动。"①

文章撰写于1985年12月25日，彼时，巴金先生因健康原因再度搁笔，时间已逾三月。达摩克利斯之剑，映射出一种无时无刻都迫在眉睫的危机与重压。它直接威胁着个体的生命安全，更在精神层面上投下长长的阴影，使创作者在构思与笔触间如履薄冰，唯恐不慎触及禁忌的雷区，招致不幸。在文学与艺术的广阔天地里，这柄剑化作了种种外在枷锁与束缚的象征，它们可能源自政治权力的钳制，可能源于社会舆论的洪流，亦可能是创作者内心深处的恐惧与自我限制。

巴金先生在《随想录》一书中屡次阐述"创作自由"的真谛，他力主真正的创作自由绝非遵循既定框架的机械造作，而是源自灵魂深处的真挚情感与创作冲动。当达摩克利斯之剑高悬于顶，创作者因恐

---

① 巴金：《再说"创作自由"》，《无题集》，人民文学出版社2018年版，第83—87页。

惧触碰敏感议题而束手束脚，那份自由便如风中残烛，岌岌可危。在画地为牢的背景下，创作者们或选择缄默以避祸，或仅能发出经过层层过滤与粉饰的声音，创作自由因此成了遥不可及的梦想。巴金先生对此深感忧心如焚，他担忧这样的环境会窒息真正的文学与艺术，令创作者丧失创作的勇气与热忱。

至于当下社会所倡导的社会责任感，在巴金先生看来，这不应是一种外加的负担，而应源自创作者内心深处对社会、对人类的深情挂怀。当创作者以一颗赤诚之心去体察社会、映照生活，他们的作品自然能够触动人心，激起广泛的共鸣。巴金先生恳切呼吁所有创作者，要勇于直面压力与挑战，坚守个人的创作原则与信仰。他坚信，倾注满腔热忱与不懈努力，方能迎来文学艺术的真正春天。

* 134 *

《全集》自序
—— 摒弃一切谎言，做到言行一致

"答应出版全集，我的确感到压力，感觉到精神上的负担。"

"任何一部作品发表以后就不再属于作家个人。它继续存在，或者它消灭，要看它的'社会效益'，要根据读者的需要和判断来决定。"

"现在是结算的时候了。我有一种在法庭受审的感觉。我不想替自己辩护，我也不敢对自己提出严格的要求，害怕自己经受不住考验。但我认为作家对自己的要求一定要严格。我不寻求桂冠，也不追求荣誉。我写作一生，只想摒弃一切谎言，做到言行一致。"

"而且对《全集》的'全'字我们可能还有不同的看法，不要紧！我只希望它成为一面大镜子，真实地、全面地反映出我的整个面目，整个内心。"

"不能用笔表达的，还可以用行为写出来，我这样地相信。"①

文章撰写于 1986 年 1 月 10 日，其间，巴金深刻阐述了对文学作品的"社会性"的独到见解。他认为，一旦作品公之于世，作品便已经脱离个人属性，融入社会肌理，而其存亡与价值，皆需经受读者审视与社会需求的考量。这一观点，揭示出文学作品的社会属性，同时体现出巴金对读者反馈的深切关注与尊重。

在为《巴金全集》撰写序言的过程中，巴金始终感受到一种如同"法庭受审"般的紧张氛围。他既无意为自己的过往辩解，也不愿有任何掩饰。他对自己创作的总结，追求的是言行合一。巴金期望《全集》能化作一面明镜，真实无欺地映照出他的思想与情感，无论对错、好坏，皆能坦然以对。同时，他的字里行间还流露出对知识分子尊严与平等的深刻体悟。他认为，作家应勇于直面自己的过往，无论是光辉还是阴霾，都应真诚地展现给世人。知识分子的使命，在于以文载道，记录时代、反映社会，更在于以身作则，影响和引领社会风气。这种对言行一致的执着追求，正是巴金先生对知识分子尊重与平等的至高礼赞。

这些看似朴素无华、了无新意的言辞，在信息爆炸、价值多元的当下，却蕴含着更为深远的启示。在这个时代，我们更应效仿巴金先生，勇于面对自己的过去，真诚地表达思想与情感。同时，我们也呼

---

① 巴金：《〈全集〉自序》，《无题集》，人民文学出版社 2018 年版，第 88—90 页。

吁大家尊重每一位知识分子的辛勤劳动，平等对待他们的思想与观点，共同营造一个开放、包容、理性的社会环境。唯有如此，我们才能更好地推动社会进步与发展，让知识分子的智慧与力量得以充分绽放与展现。

＊ 135 ＊

四谈骗子

——揭露他们是最好的办法

“有人怪我多事……不值得大惊小怪，何必让大家知道，丢自己的脸。”

“更奇怪的，是当时不少人都有这样一种主张：家丑不可外扬，最好还是让大家相信我们这个社会里并没有骗子。”

“今天是一九八六年一月中旬，整整过去了五年。”

“骗子的产生有特殊的原因，有土壤、有气候。他们出现了，生存了，这就说明我们社会还有不少毛病，还有养活骗子的大大小小的污水塘，首先就应当搞好清洁卫生。对付骗子的最好办法，不是一笔勾销，否认他们的存在，而是揭露他们。”

“于是‘向钱看’推动一些人向前飞奔。目标既然是发财，是改善，是提高，手段不妨各式各样，只要会动脑筋，手腕灵活，能说会道，就会左右逢源，头衔满身，买卖越做越大，关系越来越多，这不是走上了大家富裕的‘光明大道’？”

“因为已经到了人民与骗子不两立的时候，不需要我在这里讲空话了。"①

文章撰写于 1986 年 1 月 20 日，这是巴金第四次挺身而出，直击社会上的骗子问题。他是深情的叙述者，也是无畏的社会批判家。五年来，他对骗子问题的持续关注，至今仍如警钟长鸣，振聋发聩。文中，巴金以敏锐的洞察力和犀利的文笔，深入剖析了这一社会顽疾的根源，并提出了应对策略，为我们提供了一扇透视社会深层肌理的窗口。

面对外界"多管闲事"的质疑，巴金非但没有退缩，反而更加坚定了揭露骗子丑行的决心。他痛斥那种"家丑不可外扬"的陈腐观念，指出这往往成为掩盖真相、逃避责任的挡箭牌。巴金直言不讳地揭露，掩耳盗铃的心态，实质上是对社会问题的冷漠与放纵。五年时光流转，骗子问题非但未解，反而愈演愈烈。巴金觉察到，骗子的滋生绝非偶然，而是社会大环境纵容与"滋养"的结果。他将社会比作"土壤"，将骗子比作病菌，在社会的污浊中肆意蔓延。要根治此疾，首要之举不是掩盖与否认，而是勇敢地将其曝光。唯有让骗子的真面目在阳光下无所遁形，才能唤醒公众的警觉，凝聚起全社会共同抵御骗子的强大力量。

巴金还深入剖析了骗子现象背后的社会心态。他指出，在"向钱看"的浮躁风气下，一些人为了谋取财富不择手段，甚至以欺骗为荣。这种扭曲的价值观，正是骗子赖以生存的温床。因此，要根治骗子问题，必须从源头上净化社会风气，树立正确的价值导向。巴金对骗子问题的深刻剖析与勇敢揭露，是对当时社会现实的警醒，也为后世留下一份宝贵财富。他教会我们，面对社会问题绝不能讳疾忌医、遮遮掩掩，而应勇于面对、积极解决。

---

① 巴金：《四谈骗子》，《无题集》，人民文学出版社 2018 年版，第 91—94 页。

* 136 *

答卫缙云

——你的生命在开花

"我责备自己只顾到我的困难，失去几次跟你们联系的机会，现在突然得到你这封信，似乎一切都完了！"

"我这个病也是不治之症，我也是靠药物在延续生命。我整天感到浑身不舒服，而且坐立不安。我估计再活二至三四年，一直在考虑怎样安排生活，安排工作。"

"我只看出你的乐观和干劲，却并不理解你的毅力和深沉。你从未谈过你对祖国的感情和对事业的理想。今天反复念着你这次病中写的那些字句，我才明白什么是对祖国的爱，事业在你心里占什么样的位置。"

"我也应该锻炼自己的'耐力'，不让靠药物延续的生命白白浪费；我也应当'走'得平静、从容。"

"写到这里，我的眼前起了一阵雾，满腔泪水中我看见一朵巨大的、奇怪的、美丽的花。"

"这是你的生命在开花，你得到了我追求一生却始终不曾得到的东西。"①

文章撰写于1986年1月25日，在巴金的人生哲学与文学作品中，"生命的开花"这一核心理念贯穿始终，它既是个人生命价值的不懈追求，也是对社会、国家乃至全人类深沉情感的体现。此篇回信中，

---

① 巴金：《答卫缙云》，《无题集》，人民文学出版社2018年版，第95—98页。

巴金饱含深情地表达了对卫缙云生命态度的由衷钦佩，以及他对生命真谛的深刻领悟。

回信伊始，巴金流露出对卫缙云病情的深切震惊与痛心。彼时的他，自己也正被重病缠身，生命已步入黄昏，而卫缙云的境遇更添他心中的无助与哀伤。巴金坦诚地分享了自己的身体状况，不再如往昔那般乐观地宣称病情好转。他已坦然接受这不治之症的现实，明白自己的生命正"靠药物在延续"。面对死亡的逼近，他展现出一种超然的平静与从容，更加珍视的是如何规划余生的每一刻，让生命之光得以最绚烂的绽放。卫缙云对祖国的深情厚谊与对事业的矢志不渝，深深触动了巴金的心弦。在他看来，这正是"生命的开花"在现实生活中的生动诠释。这份生命态度给予了他莫大的启示与鼓舞，促使他重新审视并思考自己的生命价值与意义。

回信尾声，巴金以诗般的语言勾勒出一幅心灵画卷："一朵巨大的、奇怪的、美丽的花。"这朵花，是卫缙云生命之美的象征，也是"生命开花"理念的鲜活体现。它所代表的生命收获，超越了个人荣誉与成就的范畴，是精神上的丰盈与升华，是在生命旅途中不懈付出与奉献后所收获的内心宁静与满足。这是每个人在生命征途中都应追求的最高境界，是生命之树上最璀璨的果实。

* 137 *
# 可怕的现实主义
—— 问题没有解决，我还在思考

"我很奇怪这两位大作家当时怎样深入生活，进行创作，居然写出了几百年以后在社会主义社会中'活动'的人，即使二十世纪八十年代的衙内坐摩托车或者小轿车，开家庭舞会，住高级宾馆是关、施两位所梦想不到的，但他们的所作所为始终跳不出那两位作家的掌心。作一个读者，我理解关、施二公当初塑造那两位衙内是在鞭挞他们，批判他们，绝非拿他们做学习的榜样。"

"我今天才理解现实主义的威力。可怕的现实主义！然而现代的衙内究竟是怎样'成长'起来的？这个问题我仍然没有完全解决，我还在思考。"[①]

文章撰写于1986年2月22日，巴金于字里行间巧妙隐喻，将封建社会的残余习气比作幽灵，在现代社会的隐秘角落徘徊不去。这些遗风虽不再明目张胆，却以更为隐秘的形式，潜移默化地影响着当下人们的思想与举止。巴金警醒世人，尽管时代车轮滚滚向前，历史的阴霾却未彻底散去，我们务必恒常警醒，严防封建残余观念的死灰复燃。对此，巴金立场坚定，态度鲜明：面对社会之弊，吾辈当以鞭策与批判为刃，而非任其肆意蔓延。唯有勇于揭露并批判社会中的不公与暗角，方能驱动社会之舟破浪前行，迈向进步与发展。他再度以锋利笔触，痛斥那些对封建残余思想纵容姑息的"衙内"行径，号召人们勇于发声，直面现实。

"讲真话"，乃巴金一生信奉的座右铭。他坚信，欲揭露问题，必先"讲真话"——将问题之真相如实呈现，条分缕析，切忌模棱两可。吾辈肩负责任与使命，需揭露并批判阻碍社会进步的顽疾，坚持真相之声，因这是破题之始。此既为对事实的尊重，亦是对社会的担当。唯有以真诚与坦率之心面对问题，方能探寻到解决问题的真正路径。

---

① 巴金：《可怕的现实主义》，《无题集》，人民文学出版社2018年版，第100—101页。

巴金之"随想",犹如一面明镜,映照出社会万象,既揭示了人性的光辉,亦映射出其阴暗面。他以笔为剑,以信念为盾,不厌其烦地向年青一代传递智慧,呼唤社会之觉醒与进步。他提醒世人,需时刻保持警惕与批判精神,携手共筑一个更加公正、平等、美好的社会未来。

＊ 138 ＊
衙内
——需要继续反封建

"那些人的儿子的确是按照一种'不以人的意志为转移'的规律慢慢成长起来的,那就是从无到有、从小到大。这一点我也懂了,渐渐地懂了。我不明白的却是另一件事。"

"报纸又沉默了,事情也应该结束了。是不是我们必须忘记它?可是我还在想,我不能不想,这样一种可怕的精神境界……"

"因此要搞好清洁卫生,还是要大反封建主义。"

"是的,要反封建主义,不管它穿什么样的新式服装,封建主义总是封建主义,衙内总是衙内。"①

文章撰写于1986年2月23日,巴金以其深邃的洞察力与强烈的批判精神,从官僚主义、社会问题的根源剖析,以及封建思想残余等多个维度,对社会痼疾进行了深刻剖析与无情揭露。尤为引人注目的是,巴金对官僚主义的批判历来锋芒毕露,他援引鲜活的社会实践案

---

① 巴金:《衙内》,《无题集》,人民文学出版社2018年版,第102—103页。

例，犀利地揭示了官僚主义中官官相护的丑恶现象，及其对社会发展造成的沉重枷锁。他强调，面对社会问题，浅尝辄止的表面处理无异于隔靴搔痒，唯有深入挖掘其根源，方能对症下药。要根除官僚主义这一毒瘤，就必须从制度架构与文化根基双管齐下，彻底铲除其滋生的温床。

巴金还振臂高呼，要坚决清除封建思想的残余影响。他以细腻的笔触，勾勒出一些官僚身上残存的封建余孽，如等级森严的观念、特权至上的意识以及官僚子弟的特权心态等，深刻揭示了这些陈旧思想与现代社会文明格格不入的荒谬性。巴金坚信，要构建一个现代化的国家，就必须毅然决然地抛弃这些封建残余，树立起平等、公正、法治昌明的社会新风尚。

巴金对时政的深切关注与忧虑，显示出他作为知识分子的崇高社会责任感与使命感。他的作品是中国文化宝库中的璀璨瑰宝，更是后人面对社会问题时不可或缺的精神灯塔与行动指南。它们教会我们，面对社会的不公与黑暗，应勇于发声，敢于批判，以实际行动推动社会的进步与变革。

* 139 *

"牛棚"
——心有余悸

"别人说我坚强，其实我脆弱，或者可以说有时也很软弱……"

"我谈起这个梦，他笑着说：'还是那句老话：你心有余悸嘛。'"

"他的笑却引起我的反感，我反问：'难道你就没有余悸？'"

"今后，我又能够向你保证什么呢？"

"'他们认为自己受了不公平的待遇，不甘心，存心向别人报复，干出了种种坏事。'"

"'不，我不同意。你我不是也受了不公平的待遇吗？''你我不同，你我是长了尾巴的知识分子。他们出身好，父母为人民立过功。'"

"客人告辞以后，我还坐在沙发上胡思乱想。"①

文章撰写于1986年2月25日，巴金将个人的噩梦、对未来的深切顾虑、无尽的担忧，以及与友人间的隐晦对话，凝聚成一篇虽短小却意蕴深远的篇章。在阅读中，我们不难感受出历史沉甸甸的重量，也能体会到个体在时代洪流中的苦难与挣扎，从中领悟出宝贵而深邃的人生哲理。

巴金以特殊历史时期的切身体验为起点，提出了一个振聋发聩的个人见解：即便自己曾深受伤害，也绝不应将这份痛苦转嫁于他人。在动荡不安的岁月里，太多人因承受不公与压迫，心灵遭受重创，进而扭曲变形，将自身的苦难化作对他人的伤害。巴金对此深感痛心疾首，他强调，无论身处何种逆境，保持人性的善良与宽容，都是维系灵魂纯洁与尊严的基石。这种心怀大爱的自我反省精神，对于每一个在人生风雨中蹒跚前行的人来说，都是一盏明灯，一种警示——即便世界以痛吻我，我亦要以歌回应，用爱与宽容去温暖这个世界。

---

① 巴金：《"牛棚"》，《无题集》，人民文学出版社2018年版，第104—106页。

面对历史的长河，巴金认为，后人不能仅停留于对过去的苛责与指责，更应从中吸取深刻的教训，确保历史的悲剧不再重演。他强调时刻保持对历史的反思与警醒，是避免重蹈覆辙的关键。巴金的一生，本身就是一部充满反思与忏悔的史诗。他以文字为镜，不断审视自己在人生各个阶段的行为与抉择，勇于剖析、深刻内省，既是对自己的提醒，也是对世人的担忧与警示。

✳ 140 ✳
纪念
——痛定思痛

"请不要笑我愚蠢，有一个时期，一个相当长的时期，我的确相信过，我甚至下过决心要让人割掉尾巴。"

"认为自己低人一等，而且十分羡慕那些自认为比我高一等的人。"

"我至今心有余悸，只能说明我不坚强，或者我很软弱。但是十年中间我究竟见过多少坚强的人？经过接连不断的大大小小的运动之后，我的不少熟人身上那一点锋芒都给磨光了。有人'画地为牢'，大家都不敢走出那个圈圈，仿佛我们还生活在周文王的时代。"

"在二十年后的今天我们的眼睛应该睁大了，应该是真正'雪亮'的了。"

"问题在于我们要严肃地对待自己，我们要尊重自己。能做到这样，就用不着害怕什么了。"

"'消灭知识不过是让大家靠一根绳子走进天堂。办得到吗？……'"

"这个时候我已经不再是周文王治下的樵子武吉了。我也不完全相信'画地为牢'式的'勒令'了，可是我仍然害怕它，我不得不听话。我也明白自己已经完全解除了武装，现在只好任人摆布了。我有满脑子的'想不通！'我想起了我惟一的法宝：通过受苦净化心灵，但一味忍受下去，真的能净化心灵吗？无论如何，我们要活下去……'"

"为了不再做'牛'，我要用自己的脑子思考，站起来，挺起胸膛做一个人！"

"不能允许再发生那样的事。"

"'对，对。'我连声表示同意。'那些魔法都是从文字游戏开始的。'"

"要大家牢记那十年中间自己的和别人的一言一行，并不是不让人忘记过去的恩仇。这只是提醒我们要记住自己的责任，……无论是受害者，或者是害人者，无论是上一辈或者是下一辈。"①

文章撰写于1986年4月1日，巴金细腻地勾勒出个人记忆的斑斓轮廓，更触及了集体乃至民族心灵记忆的幽深之处。知识与学识，被他视为构筑人类精神世界不可或缺的基石，而非随意依附于个体的"附属品"。回望过往岁月，巴金逐渐体会到，正是知识的积累与学识的沉淀，如同坚固的锚，使个体得以在动荡不安的时代洪流中

---

① 巴金：《纪念》，《无题集》，人民文学出版社2018年版，第107—114页。

保持理智与坚韧不拔。知识不是书本上的文字堆砌，它触摸不到也无法销毁，它是引领人们洞察世界、深度觉察自我的璀璨灯塔，赋予人类明辨是非、不懈追求真理的力量，是精神世界中最为珍贵的宝藏。

巴金警醒地指出，若将知识与学识视作可有可无的"尾巴"而轻易割舍，人类的灵魂便如同失去了舵手的孤舟，难以抵御风雨的侵袭，漂泊无依。随着时代的飞速发展，信息爆炸与思想多元成为常态，巴金提醒我们，无论在任何时代背景下，保持清醒的头脑尤为重要。面对铺天盖地的信息与纷繁复杂的思想碰撞，人们极易被外界声音所左右，丧失独立思考与判断的能力。"随想"二字，如同一股清流，提醒我们要在混沌中坚守内心的原则与信念，以理性的光芒驱散迷雾，照亮前行的道路。

清醒而独立，意味着不随波逐流，不轻易向外界压力妥协，而是基于深思熟虑做出抉择，这既是对个人意志的考验，也是对社会责任的勇敢担当。在回顾历史时，巴金始终保持着一种痛定思痛、深刻自省的态度。他记录过往事件的重点不在苛责前人，而是希望后人能从中吸取教训，勇于直面历史的错误与不足，从而避免重蹈覆辙。记住历史，是为了铭记我们共同的责任与使命，让历史成为一面明镜，既映照出过去的辉煌与遗憾，也照亮我们未来前行的道路，指引我们不断向前。

✳ 141 ✳
我与开明
——我的文学生活从这里开始

"现在我已经不为任何应景文章发愁了，我说过：'靠药物延续的生命，应该珍惜它，不要白白地浪费。'"

"可以说，我的文学生活是从开明书店开始的。我的第一本小说就在开明出版，第二本也由开明刊行。"

"我有话要说，我要把自己心里的东西倾倒出来。我感觉到我有倾吐不尽的感情，无法放下手中的笔，常常写一个通宵，文章脱稿，我就沉沉睡去。"

"我一直将'自己要说话'摆在第一位，你付稿费也好，不付也好，总之我不为钱写作，不用看行情下笔，不必看脸色挥毫。"

"我有半年多没有收取稿费，却在朋友沈从文家中作客，过着闲适的生活，后来又给振铎、靳以作助手编辑《文学季刊》，做些义务劳动。"

"我对稿费的多少本无所谓，只要书印得干干净净，装得整整齐齐，我就十分满意，何况当时在开明出书的作者中我还是无足轻重的一个。"

"而且我个人对稿费的看法，一直不曾改变，今天还是如此。读者养活我，我为他们写作。"

"可以说，没有开明，就不会有我这六十几年的文学生活。"

"这位对中国封建文化下苦功钻研过的经学家，又是五四时期冲进赵家楼的新文化战士。……后来他瞎了眼睛，失去了老伴，在病榻上睡了五六年，仍然得不到照顾。"

"关于开明的朋友我还有许多话要讲，可是我怀疑空话讲多了有什么用。想说而未说的话，我总有一天会把它们写出来，否则我不能得到安宁。"

"我在知识分子中间生活了这几十年，谈到知识分子，我就想起这位不声不响、踏踏实实在书桌跟前埋头工作了一生的老友。这样的正直善良的知识分子正是我们国家不可少的支柱。"①

文章于1986年5月3日完稿，讲述了一段巴金与开明书店之间交织着文学梦想、崇高理想与深厚情感的传奇故事。开明书店，自1926年诞生以来，便在中国现代出版史上留下了浓墨重彩的一笔，成为推动文化进步的重要力量。对于巴金先生而言，开明书店是他文学之旅的起点，首部小说得以面世的地方，也是他心灵得以栖息、才华得以展现的温暖港湾。文中，巴金深情回顾了开明书店以其无官僚气息的纯粹、对作者与读者的平等尊重，以及不图名利、只为文化繁荣的崇高追求，深深契合了他的个人价值观，为他的文学创作提供了无尽的灵感与动力。这份精神上的共鸣，让巴金在开明的岁月中找到了归属感，也激发了他对文学无尽的热爱与执着。

巴金的文风，无论是青春年少时的激昂热烈，还是晚年时的沉稳深邃，都始终保持着那份爱憎分明、真挚浓烈的情感。他以笔为剑，记录着岁月的沉淀与人生的哲思，将内心的波澜化为纸上跃动的文

---

① 巴金：《我与开明》，《无题集》，人民文学出版社2018年版，第115—126页。

字。在回忆开明书店的过往时，巴金表达了对这段经历的深切感激，满怀深情地怀念起那些曾经并肩作战的同人——默默奉献于书桌前的知识分子们，那些在五四新文化运动中勇往直前的先锋战士。他们中有人因时代洪流而遭受不公，蒙受冤屈，让巴金痛心疾首。

于是，他再次提笔，以文学的力量为武器，呼吁社会正视这些知识分子的贡献与遭遇，给予他们应有的尊重与公正。巴金相信文学的魅力在于唤醒沉睡的良知，在于传递真善美的火种，推动社会不断向前发展。唯有当人们深入了解历史，开始关注并思考社会问题，我们才能携手共建一个更加公正、和谐的社会，让每个人都能在阳光下自由呼吸，有尊严地生活。

＊ 142 ＊
我的责任编辑
——是他给我照亮的路

"不过进步与落后的划分是十分明显、非常自然。即使你有钱有势，读者也不会跟着你跑。"

"我的中篇小说《新生》的初稿，一九三二年同《小说月报》编辑部一起烧成灰烬。"

"不过我又说：'我的文章是写给多数人读的。我永远说自己想说的话。……'"

"特别是对叶圣老，我渐渐地领会到他把我送进文坛后，虽然很少跟我接触，很少同我交谈，却一直在暗中注视着我。"

"即使失去了信心，我也会恢复勇气，在正路上继续前进。"

"这样的朋友我不止有一位，但叶圣老还是我的老师。这样的老师我也有不止一位，而叶圣老还是我的头一本小说的责任编辑。我还说过他是我的一生的责任编辑，我的意思是——写作和做人都包括在内。"

"因为他们关心我，我不愿使他们失望，我不能辜负他们对我的信任，我今天还是这样想，还是这样做。"

"我叫起来，我想用我的声音撞破四周的岑寂。于是从朋友们那里来了鼓励，来了安慰；从四面八方伸过来援助的手。"

"我虽然失去一位长期关心我的老师和诤友，但是他的形象、他的声音永远在我的眼前，在我的耳边：不要名利，多做事情；不讲空话，要干实事。这是他给我照亮的路，这也是我的生活的道路。不管是用纸笔，或者用行为，不管是写作或者生活，我走的是同样一条道路。"①

文章于1986年5月15日完稿，记录了巴金与叶圣陶之间跨越半个世纪的深情厚谊，这是一段文学佳话，那个时代知识分子间纯真友情的璀璨典范。回溯至1928年寒冬，叶圣陶在昏黄的灯光下细细品读着远在法国的巴金寄来的小说稿《灭亡》，对其才华大为赏识。次午，他亲自操刀，在《小说月报》上连载此作，使之迅速在社会各界引起轰动。正是这一转折点，为巴金铺就了通往文学殿堂的道路，而叶圣陶也因此成为巴金心中永恒的导师与一生的编辑引

_____

① 巴金：《我的责任编辑》，《无题集》，人民文学出版社2018年版，第129—133页。

路人。叶圣陶对巴金的关怀，如同细雨润物，无声却深远。正如巴金深情所述，叶老始终如一地"在幕后默默守望"，这份无形的支持成为巴金文学征途上最坚实的后盾。每当巴金遭遇挑战与困境，叶老的鼓励与扶持便如春风化雨，温暖心田，助他重拾信心，勇往直前。

巴金的文学创作，始终坚守着"言为心声"的原则，字里行间流露出的真诚与勇气，很大程度上得益于叶圣陶的熏陶与影响。叶老曾赞誉巴金的文字"充满热情"，"很是爽利"，他对巴金的文学才华始终高度认可，对其文学追求与精神风貌也一直共鸣。

在那个特殊的历史时期，知识分子间的情谊显得尤为珍贵。他们共同追寻文学的真理，在生活的点滴与创作的道路上相互扶持，携手共渡时代的风雨。巴金与叶圣陶之间，用行动诠释了何为师友情深，何为文学与人生的双重追求。巴金对叶老的缅怀与致敬，是对自己人生道路的坚守与承诺，更是那一代知识分子精神风貌与高尚情操的生动写照。

＊ 143 ＊
"样板戏"
——心上烙下的火印

"现在我才知道'样板戏'在我的心上烙下的火印是抹不掉的。从烙印上产生了一个一个的噩梦。"

"离家一个多月了，我没有长期留在农村的思想准备，很想念家，即使回去两三天，也感到莫大的幸福。"

"受到他的辱骂，这不是第一次，看到他的表情，听见他的声音，我今天还感到恶心。"

"我讲话向来有点结结巴巴，现在尽讲些歌功颂德的违心之论，反而使我显得从容自然，好像人摆地摊倾销廉价货物一样，毫无顾忌地高声叫卖，我一点也不感觉惭愧。"

"我绝不像有些人过去遭受冤屈，现在就想狠狠地捞回一把，补偿损失。但是我总要弄清是非，不能继续让人摆布。正是因为我们的脑子里装满了封建垃圾。"

"时光流逝得真快，二十年过去了。'过了二十年又是一个……'阿Q的话我们不能轻易忘记啊！"①

文章撰写于1986年5月28日，巴金在梦魇与回忆的交织中，再次被"样板戏"的阴影笼罩，那段特殊岁月的记忆如烈火烙印，深刻且难以磨灭。一开篇他便坦诚相告，"样板戏"在他心上刻下的痕迹，犹如铁蹄火印，被灼烧的痛感依然强烈，这既是一个生动的比喻，也揭示出历史对个体精神世界的深远影响。所谓烙印，即是那些对自由思想与独立人格的沉重压制；而火印，则象征着道德底线的沦丧与人性光辉的消磨。在外界重压下，巴金曾被迫发表违心之言，颂扬虚妄，这对他的信仰与道德构成了严峻考验。他自嘲为街头兜售廉价货的小贩，以讽刺的笔触描绘出当时的困顿与无奈。这自嘲背后，是对自我价值的深度怀疑与道德重负的沉痛背负。他在被迫言不由衷时的"从容自然"，实则是对内心极度痛苦与挣扎的

---

① 巴金：《"样板戏"》，《无题集》，人民文学出版社2018年版，第135—139页。

掩饰，这种鲜明的反差，凸显了那个时代的荒谬与知识分子的无奈抉择。

巴金并未被时代的洪流彻底淹没，他内心深处始终保持着一份清醒与自省。他坚定地表示要"总要弄清是非，不能继续让人摆布"，对真理与正义执着追求，对个人尊严坚决捍卫。他痛斥封建残余思想对人的束缚依旧存在，反思过去，警醒未来。

文章结尾，巴金借阿Q之名言"过了二十年又是一个……"作为结语，寓意深远。此言并非简单感慨时光荏苒，而是对历史循环往复的深深忧虑与警惕。阿Q，鲁迅笔下的经典形象，以精神胜利法和逃避现实的态度而为人所知。巴金引用此言，并非认同或模仿阿Q，而是隐喻地指出历史循环与人性弱点之间的紧密联系。他警示我们，若不能从历史中吸取教训，正视并改正过往错误，历史便有可能重演，人类或将再次陷入相似的困境。阿Q的精神胜利法，是一种逃避现实、自欺欺人的心理防御机制。巴金以此提醒我们，无论时代如何变迁，我们都应保持警醒，勇于面对真相，不懈追求进步与正义。这是推动人类社会不断前行的不可或缺的力量，也是社会得以进步的根本所在。

＊ 144 ＊
官气
——需要抓实事求是

"我说这很好，有些人本来不是官，却有不少的官气。"

"可是事后我总要认真地想一想。'认真'的结果我发现了一个警句：话讲得越漂亮的人做起事来越不漂亮。"

"我们都说：'日子越过越好'，也相信'人越变越好'。"

"一次接一次开不完的会，一本接一本记录不完的笔记，一张接一张废话写不完的手稿！"

"我既然是'牛'，当然不会有人为我'服务'，我只好接受非人的待遇。"

"十年中间，我并没有感觉到人和人的关系'越变越好'，只知道'人'和'牛'的关系越变越坏。"

"到处都有一种官气，一种压力，我走到许多地方都觉得透不过气来。"

"其实每个地方都有好有坏。我们有句老话'挂羊头，卖狗肉'，可见挂漂亮的招牌卖假货、劣货，古已有之。要是不认真地大抓一下，那么人们很容易习以为常，甘心上当，听其发展了。"

"总之，不能再把'真话'放在脑后，到了非抓不可的时候了。抓什么？就是抓实事求是，也就是说真话吧。我们'说话算数'，不是说了就算，而是说了就做，说了不做，等于不说。"①

文章撰写于 1986 年 6 月 9 日，巴金以敏锐的洞察力和深邃的文笔剖析了"官气"这一社会痼疾。官气，指那些无官却仿官、沾染官场陋习之人，是一种弥漫于社会、脱离实际、形式主义盛行，重表面轻实质的浮躁风气。在巴金看来，这股风气如同无形的枷锁，严重阻碍了社会的健康发展与进步步伐。

---

① 巴金：《官气》，《无题集》，人民文学出版社 2018 年版，第 140—145 页。

通过细致入微的观察和深刻的自我反思，巴金揭露了官气所带来的种种恶果。他指出，那些言辞滔滔、华而不实之人，往往在行动层面显得苍白无力。这一现象反映出社会普遍存在的浮躁心态：人们过分追求言辞的华丽与外表的光鲜，却忽视了实际行动的坚实与效果。这种本末倒置的做法，导致了社会资源的极大浪费，使得众多社会问题悬而未决，进一步激化了社会各阶层之间的矛盾与冲突。

巴金强调，社会的进步与发展离不开脚踏实地的实干精神，而非空洞无物的口头承诺。他以频繁的会议、冗长的笔记、堆积如山的手稿为例，批判了形式主义泛滥、务虚不务实的社会风气。这种风气消耗了宝贵的人力物力，使得真正需要解决的问题被忽视和拖延，严重阻碍了社会的正常发展。同时，巴金结合自身经历，痛陈官气对个人尊严与自由的践踏，以及对人际关系的扭曲与破坏。他坦言，自己并未看到社会的实质性改变，这进一步印证了官气对人际关系乃至整个社会的深远腐蚀作用。

针对如何改变这一现状，巴金提出了自己的真知灼见。他认为，应始终坚守"说真话"的底线，大力倡导实事求是、坦诚相待的社会风气。唯有"说话算数"，才能勇于面对现实、积极解决问题。唯有如此，才能从根本上挣脱官气的束缚，推动社会实现真正的进步与发展。巴金的这些见解是对当时社会风气的深刻揭露与批判，同样，指引与殷切期盼着未来社会的从容发展。

* 145 *

"文革"博物馆
——"不让历史重演"

"我并没有完备的计划，也不曾经过周密的考虑，但是我有一个坚定的信念：这是应当做的事情，建立'文革'博物馆，每个中国人都有责任。"

"有人说：'再发生？不可能吧。'我想问一句：'为什么不可能？'这几年我反复思考的就是这个问题，我希望找到一个明确的回答：可能，还是不可能？这样我晚上才不怕做怪梦。但是谁能向我保证二十年前发生过的事不可能再发生呢？我怎么能相信自己可以睡得安稳，不会在梦中挥动双手滚下床来呢？"

"并不是我不愿意忘记，是血淋淋的魔影牢牢地揪住我不让我忘记。"

"我不曾灭亡，却几乎被折磨成一个废物，多少发光的才华在我眼前毁灭，多少亲爱的生命在我身边死亡。"

"有人出来讲话，扫帚扫不掉'灰尘'，密云也不知给吹散到了何方，吹鼓手们也只好销声匿迹。我们这才免掉了一场灾难。"

"探病的客人不断，小道消息未停，真真假假，我只有靠自己的脑子分析。"

"这不是某一个人的事情，我们谁都有责任让子子孙孙、世世代代牢记十年惨痛的教训。'不让历史重演'，不应当只是一句空话。"①

　　文章撰写于1986年6月15日，巴金先生于病榻之上展开了一场关于个人命运、国家历史与民族未来的深刻讨论。在这份沉痛的回顾与警醒中，暮年的他以病弱之躯、悲壮的心态，发出了建立历史博物馆的强烈呼吁。那一代知识分子中，巴金是第一个提出这样想法的人，是他对历史责任的勇敢承担，更是对未来命运深切的忧虑与守望。在五卷集"随想"中，他反复强调：遗忘历史，就是在为重复过去的错误铺设道路。面对时代飞速发展的洪流，他敏锐地察觉到人们对历史真相的坚持与记忆价值的保留正逐渐淡漠，这让巴金不禁恐惧。他深知，历史的伤痛不应被时间的尘埃所掩埋，而应成为后世的一面明镜，照亮前行的道路，警醒人们避免重蹈覆辙。

　　对于那些质疑历史事件是否会再次上演的声音，巴金的忧虑显得尤为沉重。他既恐惧过去悲剧的直接重演，又忧心当时社会环境中潜藏的诸多隐患。他忧虑地指出，若后人未能从历史中吸取教训，建立有效的防范机制，那么过去的悲剧完全有可能以另一种形式卷土重来。这份对未来的不确定感，让他在病痛中难以入眠，心中满是对国家与民族命运的深切牵挂。

　　巴金先生的个人经历，特别是他在特殊历史时期所遭受的苦难，是他无法释怀的记忆。这段痛苦的记忆，不仅是对那段黑暗历史的直接见证，更是他坚持建立博物馆、铭记历史的重要驱动力。在病痛中，他依然保持着清醒的头脑，对社会上的各种声音与信息保持着敏锐的洞察力。巴金将建立博物馆、铭记历史视为"每一个中国人的责任"。他强调，"不让历史重演"不应仅仅是一句空洞的口号，而需要

　　①　巴金：《"文革"博物馆》，《无题集》，人民文学出版社2018年版，第146—150页。

转化为实实在在的行动。只有将历史的教训传递给后人，确保悲剧不再发生，才能为国家和民族的长远发展奠定坚实的基础。巴金先生的这份坚持与担当是对历史的尊重与铭记，更是对未来的一份深情厚望。

* 146 *

二十年前
——旧事需要重提

"这是我后半生中一件大事，忘记不了，不能不让它在脑子里转来转去，因此这些天我满脑子都是二十年前的事情。"

"那种人与人之间的关系！真是一片黑暗，就像在地狱里服刑，我奇怪当时我喝下什么样的迷魂汤，会举起双手，高呼打倒自己，甘心认罪，让人夺去我做人的权利。"

"我坐在大厅里什么也不敢想，只是跟着人们举手，跟着人们连声高呼……我注意的是不要让人们看出我的紧张，不要让人们想起以群是我的朋友。"

"我动着笔，不加思考，也毫不迟疑，更没有设身处地想一想亡友一家人的处境。我感到疲乏，只求平安过关。"

"我不用自己脑筋思考，只是跟着人举手放手，为了保全自己，哪管牺牲朋友？起先打倒别人，后来打倒自己。"

"今天我也常问：为什么那些年冤假错案会那样多？同样也没有人给我回答。"

"今天读傅雷的遗书我还感到一股显示出人的尊严的正气。我常用正直、善良的形容词称赞我的一些朋友，它们差不多成了我的口头禅，但是用在每一位亡友的身上，它们放射出一种独特的光芒。"

"说惨痛太寻常了，那真是有中国特色的酷刑：上刀山、下油锅以及种种非人类所能忍受的'触皮肉'和'触灵魂'的侮辱和折磨，因为受不了它们，多少人死去。"

"整整过了二十年。我也害怕重提叫人心痛肠断的往事。但是二十年来一直没弄清楚的那些疑问，我总得为它们找到一两个解答。否则要是我在泉下遇见萧珊，我用什么话去安慰她？！"

"尽管那些年我受尽侮辱，受够折磨，但我还是不能不责备自己为什么不用脑子思考？！作为知识分子，我的知识表现在什么地方？"①

文章于1986年6月19日终成其稿，难以想象巴金老先生为此倾注了多少心血与时日，字里行间，无不透露出那段无法磨灭的伤痛。巴金以露骨的真实，将自己特殊岁月中的心灵挣扎与道德拷问剖析得淋漓尽致，个体在时代洪流中的渺小、无助与无奈尽显无疑。在描述那些非人道的酷刑与折磨时，巴金以冷峻而有力的笔触，揭示出人们在生死关头所展现出的极端行为与人性的复杂多面。

那段被巴金称为"黑暗""服刑"的日子，人与人之间的关系被扭曲得面目全非。恐惧与猜忌如同瘟疫般肆虐，即便是最亲密的朋

---

① 巴金：《二十年前》，《无题集》，人民文学出版社2018年版，第151—161页。

友，也不得不保持一种既谨慎又疏离的距离。巴金将自己在那时的状态比作傀儡，违心自我否定的痛苦，成为他一生都难以释怀的耻辱。他痛心疾首地自责，为何当时会被恐惧所左右，为何未能保持清醒的思考，为何会盲目跟风，甚至为了自保而牺牲朋友。这份被他反复叨念的悔恨，犹如紧箍咒一般，时刻盘旋于他的脑海里，让他痛不欲生。

对那些在动荡中逝去的亡友，巴金的怀念之情如江水滔滔。他赞赏那些拥有正直、善良人格的人们，更痛惜他们受到的不公正待遇。那些友人身上所散发的知识分子的良知与光辉，让他深感敬仰。每提及亡妻萧珊，巴金的思念与愧疚之情更是溢于言表。他始终认为萧珊的病逝与自己有着千丝万缕的联系，觉得自己欠她一个解释、一个安慰。正因如此，哪怕反复回忆那些痛苦不堪的往事会让他心如刀割，他也要为那些悬而未决的问题寻找答案，以求得内心的一丝慰藉。

巴金的自责是对自己过去行为的思辨，也是对当时知识分子群体的拷问。他责备自己在那个时代未能坚守独立思考的立场，未能勇敢地站出来说真话、做实事。因此，他选择不时地将那些旧事重提，以此鞭策自己、警醒世人：永远不要忘记历史，也不要放弃对真理的执着追求。在巴金的身上，我们看到了一个知识分子的良知与勇气；在他的文字中，我们感受到了一个民族在历史洪流中的挣扎与觉醒。

＊ 147 ＊
怀念叶非英兄
——我一生敬爱的朋友

"他们不愿在污泥浊水中虚度一生，他们把希望寄托在青年一代的身上，想安排一个比较干净的环境，创造一种比较清新的空气，培养一些新的人，用爱集体的理想去教育学生。"

"我去看望他们，因为我像候鸟一样需要温暖的阳光。我用梦想装饰他们的工作，用幻想的眼光看新奇的南方景色，把幻梦和现实混淆在一起，我写了那些夸张的、赞美的文章，鼓励他们，也安慰我自己。今天我不会再做那样的好梦了。"

"他们只知道一个责任，给社会'制造'出一些有用的好青年。"

"我因为漂亮的空话感到苦恼，我不曾实践自己的诺言。"

"几年中间我写了不少怀旧的文章，都是在苦思苦想的时候落笔的。"

"死者已无法为自己说话，而他，以我对他的认识，我相信他总是带着对巴老的深挚友谊逝去的。"（友人书信）

"这也就是所谓'划清界限'吧。我只说'感到内疚'，因为我当时删改文章确有'一场空'的感觉。"

"我今天仍然因为这几篇文章感到羞耻。我记得在每次运动中或上台发言，或连夜执笔，事后总是庆幸自己又过了一关，颇为得意，现在看来不过是自欺欺人。"

"我战战兢兢，仿佛大祸就要临头，一方面挖空心思用自责的文字保护自己，另一方面又小心翼翼不让自己的怨气在字里行间流露。"

"我什么话也没有讲，我心里想着一个朋友。"

"我还想保留一九五九年加上的脚注，我也许没有精力更深地挖自己的心，但是我觉得解剖自己还远远不够彻底。"

"我紧张，我惶恐，我只有一个念头：要活下去。"

"我看见他那微驼的背，他那凹进去的两边脸颊，他那一头乱发，还有他那一身肮脏的灰布学生服。他瘦多了，老多了！学校办得有生气，这成绩是他的健康换来的。拿我的生活同他的相比较，我不能不佩服他。"

"他太疲劳，倒在床上就打呼噜。其实我不是来采访，不需要记录什么，我只是在旁边看他如何生活，如何工作。"

"我并不完全同意他的主张，不过他那种'殉道者'的精神使我相当感动，因为我自己缺乏这精神，而且我常常责备自己是'说空话的人'。"

"人死了，是非却并未消亡，他没有家，没有子女，过去的学生和朋友却不曾忘记他。"

"他的一生是只有付出、没有收入的一生，将心比心，我感到十分惭愧。我没有资格批评他。他不是一个讲空话的人。"

"我还想说：'一个中国人什么时候都要想到自己是一个人，人！'"[①]

---

① 巴金：《怀念叶非英兄》，《无题集》，人民文学出版社2018年版，第162—182页。

　　文章于1986年7月3日完稿，是"随想"系列中篇幅颇为可观的一篇。叶非英，这位在中国现代史长河中或许未留下显赫印记的理想主义者与教育先驱，以其坚定的信念、无私的奉献，以及对于青年一代深沉的关爱与培育，令人铭记于心。生于纷扰乱世，叶非英的一生虽短，却始终怀揣着对美好未来的无限憧憬，将全部的热情与智慧倾注于教育事业，矢志不渝地传播精神火种，培育出一代有理想、有远见、有担当的新青年。他与一群志同道合的同人携手，共同营造了一片相对纯净、清新的教育天地，以集体的崇高理想滋养并塑造着学生们的心灵世界。

　　在那个错综复杂的时代背景下，巴金曾迫于无奈与叶非英"划清界限"，这一抉择成为他心头难以释怀的重负，晚年时分更是化作精神上的枷锁，让他深感对精神信仰的背叛，以及对挚友叶非英的不公待遇。为此，巴金在其后的文学作品中屡次流露悔恨之情，并毅然决定在新版《选集》中保留那些曾伤害友人的文字，以此作为自我鞭策与警示，铭记过往，警醒未来。

　　岁月悠悠，巴金对叶非英的思念与愧疚之情非但未减，反而越发浓烈。他认为，此刻唯有文字方能承载这份复杂而深沉的情感，寄托他对叶非英无尽的哀思与崇高的敬意。文章尾声，巴金郑重强调，作为中国人，应时刻铭记身为"人"的责任与尊严，这是个体意识觉醒的鲜明体现，也是对人性本质、社会责任及生命价值的觉察反思与重新定位。

　　叶非英以其平凡而伟大的一生，生动诠释了何为真正的理想主义者与教育者。然而，令人遗憾的是，社会并未给予他应有的认可与尊重，这是历史的一大遗憾，也促使我们反思觉察历史的公正性问题。叶非英的故事，如同一面镜子，从中映出人性的光辉与社会的欠缺，激励我们不断前行，追求更加公正、美好的世界。

＊ 148 ＊

三说端端

——思想有它自己的路

"但是我冷眼旁观，觉得像这样过日子实在'没劲'。像端端这样年纪，一星期总得有几个小时跳跳蹦蹦，和两三小朋友一起谈笑，才算是有了自己的童年。"

"要想把工作做好，就得先把多数的普通人教育好，因为干实事的是他们。孩子既然进不了重点学校，那么规规矩矩地做一个普通人有什么不好？！"

"只有我一个人不像他们那样悲观，虽然在家里我完全孤立，但是我相信社会主义的教育事业并不在于办重点学校，正如它的教学方法也绝不是灌输和死记。"

"不要轻视胡思乱想，思想有它自己的路，而且总是顺着思路缓缓前进，只有多用自己脑子思考的人才有真正的是非，才有认真的探索和追求。"

"但历史对人是不会宽容的，轻视教育的人会受到惩罚。普及教育绝不是单单制造大批只知唯唯诺诺、举手、盖章的人，即使再好的老师，也得重视学生的脑子。"

"这次动笔写《三说》的时候，我绝未想到那些打死人不眨眼的小小红司令，可是疑问自己出现了：填鸭式的教育，怎么会产生那些昙花一现的小小红司令呢？

这是值得大家深思的问题。"①

文章于1986年7月23日完稿，聚焦当下社会广泛热议的教育议题。巴金在其"随想"中对外孙女端端的教育境遇反复地细致探讨，犀利地揭示了现代教育体系中存在的诸多痼疾。在应试教育的重压之下，孩子们的宝贵时光被无尽的课外作业与补习班所充斥，他们本应享有的纯真快乐的童年被无情剥夺。教育，这一本应启迪智慧、塑造人格的神圣过程，却逐渐沦为了机械记忆与应试技巧重复演练的冰冷场域，对孩子们的天性构成了极大的戕害与压抑。

巴金强烈反对盲目追求所谓的"精英教育"理念，他坚信教育的初衷在于培育具备独立思考能力与健全人格的普通人，而非仅仅为了应试而存在的"考试机器"。他痛斥"填鸭式"的知识灌输毫无意义，这样的教育方式只能培养出照本宣科、缺乏独立思考能力的顺从者。巴金再次重申独立思考的重要性，他强调"思想有它自己的路"，应鼓励孩子们勇于"探索与追求"。他认为，唯有激发学生的独立思考能力，为他们提供广阔的思考空间，方能实现教育的更高价值。然而，现行的教育体制却恰恰忽视了这一点，过分拘泥于标准答案与应试技巧，严重束缚了下一代的思维拓展与创新能力。

同时，巴金对教育体制的弊端提出了尖锐质疑，他忧虑重重地指出，若教育体制不能得到根本性改革，将难以培养出具有创新精神与实践能力的杰出人才。他对"填鸭式"教育的批判，绝非仅仅是对当下现状的简单指责，更是对历史教训的省思觉察与沉痛追溯。回望历史长河，我们不难发现，"填鸭式"教育并非今日之新生物，在漫长的封建社会中，这种教育模式便已根深蒂固，成为束缚人们思想与创

① 巴金：《三说端端》，《无题集》，人民文学出版社2018年版，第183—189页。

造力的重要工具。然而，历史的惨痛教训并未得到应有的重视与省察，以至于在当今社会，"填鸭式"教育依然盛行，继续对下一代的成长与发展构成严重威胁。

巴金郑重提醒后人，我们必须正视当前教育体系中存在的种种弊病，从历史中吸取深刻教训，切实关注孩子们的身心健康，积极推动教育体制的改革与创新，高度重视独立思考能力的培养。唯有如此，我们才能培育出更多具备创新精神与实践能力的真正人才，为社会的进步与发展贡献力量，铺就通往未来的坚实基石。

＊ 149 ＊
老化
——生活的激流永远奔腾

"封建文化的残余现在到处皆是。这些残余正是今天阻碍我们前进的绊脚石。"

"到了叶落归根的时候，我的一切都会覆盖在根上，化作泥土。"

"我说我是'五四'的儿子，我是'五四'的年轻英雄们所唤醒、所教育的一代人。谁也不能否认我是在祖国的土地上成长的。'五四'使我睁开了眼睛，使我有条件接受新思想、新文化，使我有勇气一步一步离开我的老家，离开那个我称为'专制的黑暗干国'的大家庭。"

"我说过生活的激流永远奔腾，我要摧毁封建家庭的堡垒。"

"我们的民族绝不是因为'五四'而'再无立脚之处'，恰恰相反，因为通过'五四'接受了新思潮、新文化，中国人民才终于站了起来，建立了统一的社会主义的国家。"

"我们找不到民主的传统，因为我们就不曾有过这个传统。'五四'的愿望到今天并不曾完全实现，'五四'的目标到今天也没有完全达到。"

"我们究竟怎样总结'五四'的教训呢？为什么做不到'完全'？为什么做不到'彻底'？为什么丢不开过去的传统奋勇前进？为什么不大量种树摘取'科学'和'民主'的果实？我想来想去，始终无法避开这样一个现实：老化。"①

文章于1986年7月29日完稿，巴金在"随想"的尾声，回望并颂扬五四新文化运动的精神遗产。五四新文化运动，作为中国近现代史上一次具有划时代意义的文化启蒙与思想解放运动，标志着中国现代化进程中的重要转折，对后世知识分子产生了深远而持久的影响。这场运动以反对封建礼教、倡导"民主"与"科学"为核心，通过文学、哲学、政治等多领域的深刻变革，唤醒了国人的民族意识与自我觉醒，为中国社会的转型与发展奠定了坚实的思想基石。

巴金，作为五四新文化运动的直接受益者与积极参与者，他自豪地称自己为"五四的产儿"。他认为是五四运动让他睁开了蒙昧的双眼，打开了认知的新世界，接受了新思想、新文化的洗礼，并赋予了他无畏的勇气去挑战陈旧的封建秩序，追求个人的独立与自由。巴金早年间的作品，如"激流三部曲"系列，是对封建家庭与制度深恶痛绝的强烈控诉，以及对人性解放的深切呼唤，这是五四新文化运动精

---

① 巴金：《老化》，《无题集》，人民文学出版社2018年版，第191—195页。

神在他笔下的直接映射与生动诠释。

　　然而，随着岁月的流逝，巴金在感受到生命逐渐老去的同时，也深刻意识到"五四"精神虽然影响深远，但其宏伟目标尚未完全实现。封建文化的残余依然顽固存在，成为阻碍社会进步与发展的绊脚石。因此，在"随想"即将落下帷幕之际，巴金郑重提出"五四"精神的传承问题，表达他对新一代年轻人寄予的殷切期望。他坚信，"五四"精神作为中华民族宝贵的精神财富，必将激励一代又一代的年轻人，为实现中华民族伟大复兴的中国梦而勇往直前、不懈奋斗。

　　在文中，巴金使用"落叶归根""化作泥土"的意象，不禁让人联想到他《病中集》第九十六篇《愿化泥土》中的深情诉说。晚年的巴金，在病榻上回首往昔，曾经的"私心杂念"与未竟的愿望如潮水般涌上心头。他将"老化"视为阻碍"五四"精神完全实现的障碍，并引发人们深思：这"老化"是指巴金那一代知识分子的逐渐老去？还是在传播过程中，因时间、空间、人力等诸多因素所造成的精神磨蚀？这是巴金在"随想"的篇末，留给后人去独立思考、深刻探究的永恒课题。

＊ 150 ＊

怀念胡风

——往事不会消散

　　"我们也了解胡风的处境，他一方面要贯彻治丧会的决定，一方面又要说服我们这些'临时办事人员'。"

　　"通过这一次的'共事'，他给我留下这样一个印象：任劳任怨，顾大局。”

“我对他并无反感，他在一九二五年就给我留下了好的印象。”

“我一直是这样想：我写作靠自己的思考，靠自己的生活，我讲我自己的话，不用管别人说些什么。”

“我们有一个共同的地方：敬爱鲁迅先生。大家主动地团结在先生的周围，不愿意辜负先生对我们的关心。”

“我钦佩他，不过我并不想向他学习。除了写书，我更喜欢译书；至于编书，只是因为别人不肯做我才做，不像胡风，他把培养人才当作自己的责任。”

“我们谈了几句，我问他：为什么别人对你有意见？他短短地回答：‘因为我替知识分子说了几句话。’”

“我应当知道他是胡风，这是在一九五五年以后我第一次看见他。他完全变了，一看就清楚他是个病人，没有什么表情，也不讲话。我说：‘看见你这样，我很抱歉。’我差一点流出眼泪，这是为了我自己。”

“我的眼光常常停在他的脸上，我找不到那个过去熟习的胡风了。”

“我想起一句老话，‘见一次就少一次’。我却想不到这就是我和他的最后一面。”

“我终于失去了向他偿还欠债的机会。但赖账总是不行的。即使还债不清或者远远地过了期，我总得让后人知道我确实作了一番努力，希望能补偿过去对亡友的损害。"

"只有在我总结过去的时候，它们才像火印似地打在我的心上，好像有一个声音经常在我耳边说：'不许你忘记！'"

"被颠倒的一切又给颠倒过来的时候，被活埋了的人才回到了人间，但已经不是原来的胡风了。一个有说有笑、精力充沛的诗人变成了神情木然、生气毫无的病夫，他受了多大的迫害和折磨！"

"我对自己的表演（即使是不得已而为之吧）也感到恶心，感到羞耻。"

"我想讲真话，也想听别人讲真话，可是拿起笔或者张开口，或者侧耳倾听，才知道说真话多么不容易。"

"梅志称她的文章'往事如烟'。我说：往事不会消散，那些回忆聚在一起，将成为一口铜铸的警钟，我们必须牢牢记住这个惨痛的教训。"

"我不知道他的近况，只听说他丧失了精力和健康。关于他的不幸的遭遇，他的冤案，他的病，我怎样向后人交代？"①

"随想"系列的终章，于1986年8月20日落下帷幕。胡风，这位在中国现代文学史上留下深刻印记的文艺理论家与批评家，其一生波澜壮阔，与巴金的交往更是交织着复杂的情感纽带与历史沧桑。巴金在开篇之际便坦言，对于胡风，他心中积压已久的情感如同巨石，沉甸甸地让他"总感觉到透不过气"。在巴金的记忆中，胡风是一位行

---

① 巴金：《怀念胡风》，《无题集》，人民文学出版社2018年版，第197—214页。

事踏实、一丝不苟的智者。共事的日子里，胡风展现出的"任劳任怨，顾全大局"的品质，与他在文学批评领域的执着与热忱交相辉映，共同勾勒出一位知识分子应有的责任与担当。

时代的洪流无情地冲刷了两人的命运轨迹。胡风因一篇文章而蒙受不白之冤，这段往事如同一块巨石压在巴金的心头，让他至今回想起来仍心有余悸，痛彻心扉。当20世纪80年代两人再度重逢，胡风已从昔日那个精神饱满的文艺斗士，变成了眼神空洞、病体缠身的模样，这一幕深深刺痛了巴金的心，也让他更加深刻地意识到，历史的伤痕绝非轻易靠时间就能抚平。

作为"随想"系列的收官之作，这篇文章是对胡风这位故人的深情追忆，也是巴金对自己内心深处歉疚与遗憾的深刻阐释，但我们仍能从这其中品读出一种"未竟之感"。巴金勇敢地揭露了自己在过去那段特殊时期，不得不违背本心参与对胡风的批判，这份愧疚如同欠下的债务，让他永远抬不起头。巴金在向后人揭示这段历史的同时，也在为自己曾经的过错寻求救赎的出口——他从未忘去那段沉重的历史，也从未停止对真相的执着追寻。

在文章的尾声，巴金诚恳地道出对未来的深深忧虑与殷切希望。历史的伤痛虽需时间来治愈，但时间绝不是用来抹去历史痕迹的工具。他将评判历史的权利交给了未来的"子孙后代"，让他们以更加客观、理性的视角去审视历史的对错，形成自己的判断。铭记历史，是每一位知识分子最基本的担当；而对某个时代集体记忆的记录与唤醒，则是每一个人都需肩负起的漫长而艰巨的使命。

图书在版编目（ＣＩＰ）数据

浅读巴金《随想录》 / 金小安著. -- 北京 ： 现代
出版社，2025. 4. -- ISBN 978-7-5231-1257-1

Ⅰ. I206.7-53

中国国家版本馆CIP数据核字第2025LA5599号

浅读巴金《随想录》
QIAN DU BAJIN SUIXIANG LU

著　　者	金小安	
责任编辑	赵海燕	
助理编辑	马文昱	
责任印制	贾子珍	
出版发行	现代出版社	
地　　址	北京市安定门外安华里504号	
邮政编码	100011	
电　　话	(010) 64267325	
传　　真	(010) 64245264	
网　　址	www.1980xd.com	
印　　刷	三河市宏盛印务有限公司	
开　　本	710mm×1000mm　1/16	
印　　张	24.25	
字　　数	300千字	
版　　次	2025年4月第1版　2025年4月第1次印刷	
书　　号	ISBN 978-7-5231-1257-1	
定　　价	75.00元